KB198650

사늘기 머신기묘

사는기 머신기요

2024년 11월 11일 제 1판 인쇄 발행

지 은 이 ㅣ 서태양
퍼 낸 이 ㅣ 박종래
퍼 낸 곳 ㅣ 도서출판 명성서림

등록번호 ㅣ 301-2014-013
주　　　소 ㅣ 04625 서울시 중구 필동로 6(2층·3층)
대표전화 ㅣ 02)2277-2800
팩　　　스 ㅣ 02)2277-8945
이 메 일 ㅣ msprint8944@naver.com

값　15,000원
ISBN 979-11-94200-33-8

사늘기 머신기요

서태양 수필집Ⅲ

도서출판 명성서림

그런 시절이 있었네

철없던 유년 시절을 두메산골에서 보낸 나는 소꼴을 먹인답시고 길을 나서서는 소는 산 중턱쯤에 풀어놓고, 주로 인적이 드물거나 동네 사람들이 잘 가지 않는 산과 계곡을 찾아다니길 좋아했었습니다. 봄부터 가을까지 산에서 얻을 수 있는 산딸기를 따 먹거나 산 더덕, 잔대, 칡뿌리, 산마, 머루, 다래, 으름 등을 따 먹고, 덤불도 장치며 꼬마 타잔처럼 온 산을 누비며 살았습니다. 동네 앞 냇가에서 가재나 물고기를 잡아 구워 먹으며 허기를 달래기도 했지요.

그때만 해도 하루 세끼 온전히 밥을 먹지 못하는 집이 많았습니다. 가정 형편이 어려웠던 집들은 감자, 고구마를 주식으로 삼고, 소나무 껍질을 벗겨서 만든 송기떡이나 보릿겨로 만든 개떡 등으로 연명하기도 했었습니다. 비록 부잣집이라 하더라도 보리밥, 무밥, 감자밥, 수수밥을 해서 먹거나 어려운 이웃을 생각하며 하루 한 끼는 꼭 국시기를 끓여 먹는 것이 미덕인 시절이었습니다.

삶이 뭔지도 모르던 어린 시절! 삶은 어른들의 일인 줄로만 알고 어른들을 좋아 사는 것이 전부였습니다. 늙고 병듦은 노인들의 몫이고, 영원히 살 것처럼 착각 속에 살던 그 시절의 죽음은 관심 밖의 일, 그냥 관성처럼 살아지던 시절이 있었습니다. 초등학교를 졸업하고 고향을 떠나

서울에 유학하여 이방인처럼 지내며 어렵게 꿈을 키웠고, 천년 고도 경주의 대학에서 30여 년 학생들을 가르치게 되었습니다. 전공이 관광자원 개발이고 보니, 전 국토를 두루 섭렵해야 하는 답사 여행을 많이 하는 편이었는데, '좋아하고 즐거운 일'이 직업이 되었으니 제게는 큰 행운이기도 했습니다. 한 때 천리라 진주에 머물러 살 때는 금세 그곳의 아름다움에 빠져들게 되었는데, 도도히 흐르는 남강, 의암, 촉석루, 진양호, 비봉, 가야 고분 등 모두 구미를 당기게 하는 매력적인 관광자원이었습니다. 진주에 이웃해 있는 곳의 다 허물어져 가는 조그만 사당 하나를 보기 위해 혼자서 완행버스에 몸을 싣고 반나절을 보내고, 해거름에 주막에 들러 막걸리 한 사발과 두부 한 모로 저녁을 때운다 해도 마냥 즐겁기만 했었습니다. 긴듯 짧은 인생, 철없이 살다가 철들면서 가는 것이 인생인 것을, 한세상 평안하고 즐겁게 살고 싶은 것은 꿈이요 곧 행복인가 합니다.

즐거움과 고통이 함께하는 세상살이, 세상의 모습은 긍정과 부정, 자신의 관점에 따라 달라지는 변화무쌍한 것, 뭇 중생들의 존재 이유와 그 가치를 인정하고 배려하며 사는 삶, 그것이 아름답고 행복한 삶이 아니겠는지요. 이렇듯 어린 시절부터 한평생을 역마직성驛馬直星처럼 전국을 두루 떠돌아다니며 다양한 삶의 현장을 체험하고, 소소하고 순박한 정을

5

나누며 인생의 참뜻을 되새기다 보니 어언 '마음이 하고자 하는 바를 좇아도 도에 어그러지지 않는다.'라는 종심從心의 중턱에 이르렀네요. 오나가나 인덕이 많아 받기만 하고 보시하고 베풀지 못한 자신이 새삼 부끄러워집니다.

요즘은 태안 바닷가 파도리 작은 농장에서 잡초를 뽑으며 고요하게 수행하는 마음으로 소일하는 시간이 많아졌습니다. 보리수나무 그늘에서 땀을 식히며 밤이면 여섯 평 농막 뙤창으로 스며드는 달빛과 솔바람 소리를 듣고 있노라면 그토록 치열하게 앞으로만 내달렸던 내 인생의 정점은 바로 이런 날이 아니었던가! 싶습니다.

"더도 덜도 말고 파도리만 같아라." 비로소 정착할 곳을 찾고 심신이 평온하고 흡족한 시점에 그동안 나름 순간을 포착하여 틈틈이 끄적여 두었던 글들을 한데 모으고 다듬어 세 번째 수필집 『사늘기 어신기요』를 출간하게 되었습니다.

혹시 〈오늘도 어제 같고 내일도 오늘같이〉 삶이 지루하신 당신과

　오랜 세월 굴곡진 인생 여정 고비마다 따뜻하게 붙들어 주시고 용기를 주신 시절 인연 맺은 분들, 그리고 사랑하는 초당 가족과 소박한 일상 속의 아름다움, 감사, 사랑, 생명의 소중함을 함께 나누고 싶은 바람이 전부입니다. 내심 앞의 수필집보다 더 기쁘고 설레는 것은 어인 일일까요. 특히 이번 세 번째 수필집 『사늘기 어신기요』의 글들을 더욱 빛나게 멋있게 작업해 주신 일러스트 작가 이상희님께 고맙다는 마음을 전하며, 저의 천둥벌거숭이 같은 분신들을 미끈하게 뽑아내주신 『도서출판 명성서림』의 정성을 잊지 않겠습니다.

2024년 늦여름
태안 파도리 경안정에서
초당 *서태양*

2

정으로 산다

3

궁신（弓神）의 눈

4

어긋난 하루

1

아름답고 귀한 인연

나는 앵두가 좋다

태안군의 최서단 파도리에 있는 농장엔 내가 애지중지하는 유실수가 한 그루 있다. 바로 앵두나무다. 삼 년 전 농장에 유실수를 심을 때 가장 먼저 사서 특별히 농막 가까운 밭머리 물가에 심어 놓았다. 가뭄에는 수시로 물을 주고 막걸리를 먹을 때면 반병은 내가 먹고 나머지 반은 으레 앵두나무에 주었다.

앵두가 사과나 복숭아처럼 큰 과일은 아니지만, 보석처럼 빨간 열매가 유달리 예쁘고 익으면 얇은 맛도 있다. 하지만 앵두나무에 대한 나의 애착은 유년 시절 고향에서 있었던 잊을 수 없는 추억 때문이 아닌가 싶다.

거창군 가북 송정마을 아래 뜸의 진오 노인은 오막살이 초가에 자식도 없이 두 노인만 살고 있었다. 그 집 뒤뜰엔 마음대로 자란 큰 앵두나무가 몇 그루가 있었는데, 매년 초여름이면 돌담 너머 앵두나무엔 빨간 앵두가 탐스럽게 열려 있었다. 그 집 뒤 고샅길을 지날 때면 '언젠가 꼭 한

번 저 앵두를 따 먹어야지' 하는 충동이 일어나곤 했었다. 마침 오월 어느 날 진오 노인이 툇마루에 누워 낮잠을 자고 있을 때, 친구와 나는 앙증맞은 앵두의 유혹을 뿌리치지 못하고 돌담을 넘고 말았다. 그 순간 엉성하게 쌓아 놓은 돌담은 와르르 소리를 내며 무너져 내렸고, 집을 지키고 있던 개가 달려와 내 무릎을 사정없이 물어버렸다. 너무 당황한 나머지 아픈 줄도 모르고 피를 흘리며 도망쳐 우리 집 사랑방에 숨어 있었다. 결국, 발각되어 어머니께 크게 야단을 맞고, 우리는 죄인이 되어 진오 노인 앞에 불려가 마당에 무릎을 꿇고 눈물을 흘리며 빌었다. 그리고는 '개에 물린 상처는 그 개의 털을 베어다가 불에 태워 상처에 발라야 낫는다.'는 민간요법대로 어머니가 진오 노인에게 사정하여 개털을 베어 다가 불에 태워 물린 상처에 발라 치료는 하였으나 아직도 정강이에 흉터가 남아있다.

60여 년 세월이 흘러 비록 고향 땅은 아니지만, 낯선 태안 땅에 농막이 만들어지고, 드디어 마음 속에 자리하고 있던 각별한 앵두나무 사랑이 결실을 보게 된 것이다. 이젠 앵두나무의 주인으로서 가까이에 두고 수시로 보살피며 예쁜 앵두의 모습도 보고, 마음 편히 실컷 따 먹을 수 있어 고향을 찾듯 농막 생활의 즐거움이 더욱 커지고 있다. 첫해에도 앵두가 조금 열리기는 했지만 새로운 환경에 적응 때문인지 몇 알만 남기고 모두 떨어져 버렸다. 작년엔 제법 많이 열려서 둘째 딸과 사위가 앵두 주를 담아 먹고, 나에게도 보내줘서 모처럼 앵두의 맛을 볼 수가 있었다. 올해는 지난봄 농장에 갔을 때 파란 앵두가 많이 달려, 내심 큰 기대를 하고 있었다. 한동안 바쁜 일정으로 농막에 가지 못해 혹시 수확 시기를 놓처 앵두가 모두 떨어져 버리지나 않을까 노심초사하다가 유월 중순이 되어서야 농장을 찾게 되었다.

도중에 태안 서부시장에 들러 단골 할머니 식당에서 바지락 칼국수로 점심을 먹고, 시장을 둘러보다가 들깨 모종과 고향 뒷산에서 자주 보던 보리수나무 세 그루도 샀다. 유월 가뭄에도 잡초는 무성하게 자라서 아직 뽑지 못한 마늘은 잡초 속에 묻혀 황무지처럼 변해버렸다. 앵두는 기대를 저버리지 않고 마치 나의 정성에 보답이라도 하듯 빨갛게 익은 열매가 나뭇가지와 잎 사이에 다닥다닥 많이도 달렸다. 이웃하고 있는 뽕나무도 검은 오디가 잔뜩 열렸다. 우선 윤기가 나는 탱글탱글한 앵두를 한 주먹 따서 먹어보았다. 단맛보다는 새콤한 맛이다. 모든 것이 부족했던 어린 시절을 보상이라도 받듯 앵두나무 가지를 바꿔 가며 실컷 따 먹었다. 그리고 뽕나무 쪽으로 이동하여 손가락과 입이 까맣게 물들도록 달콤한 오디로 오후 간식을 마무리했다. 부잣집보다도 '앵두나무가 있는 집'이 더 부러웠던 유년 시절이 떠올라 마치 한恨풀이라도 한 듯, 이 순간이 마냥 행복하다.

마늘 뽑기가 끝나갈 무렵, 태안 나무 시장에서 사 두었던 보리수나무가 도착했다. 식목에 적합한 시기가 아니라 각별한 정성이 필요한지라 나무 심을 구덩이를 깊이 파고 물을 흠씬 준 다음, 보리수나무를 심고 몇 차례 물을 더 주었다. 내년에 앵두와 함께 빨갛게 열릴 왕보리수 열매를 기대하며, 강한 여름 해풍을 대비해 지주도 세워주었다. 해거름에 남은 앵두를 따기 시작했다. 나뭇잎 사이에 보석처럼 박힌 빨간 앵두를 나무 아래서 올려다보며 한알 한알 따는 재미가 쏠쏠하다. 고향에 가지 못하는 마음, 천천히 앵두를 따며 실컷 즐기고 싶다. 사위와 딸 몫으로 빛깔 고운 앵두주 두 병도 담아 두었다. 고희를 넘긴 지금도 어린 시절 추억은 더욱 선명하고, 앵두에 대한 미련도 전혀 달라진 것이 없다. 아픈 추억까지도 그리움으로 만들어 주는 마법 같은 이 열매, 여전히 서리해 먹고 싶을 정도로 매력적인 과일을 고르라면 난 단연코 앵두를 선택할 것이다.

나는 앵두가 좋다.

어버이날에

벌써 몇 개월째 지속되는 COVID-19 여파로 삶의 패턴이 완전히 바뀌어 버렸다. 감옥 같은 자가격리 생활로 아파트 주변을 산책하거나 집에 틀어박혀 독서를 하는 것이 요즈음 내 생활의 전부다. 그러다 보니 결국, 눈에 문제가 생기고 말았다. 지금까지 안경을 쓰지 않고 시력에 큰 불편 없이 종심을 넘겼으니 눈 하나만은 자부심이 있었는데, 요즈음 와서 자꾸 눈물이 나고 침침해져서 이제 노안이려니 생각하면서도 한편으론 새로운 걱정거리가 되고 있다.

눈이 잘 보이지 않으면 당장 내가 좋아하는 활을 쏠 수도 없고, 더욱이 운전이 어려워져 내가 가고 싶은 곳을 마음대로 다닐 수가 없으니, 여행을 좋아하는 나에게 이보다 더 가혹한 일은 없기 때문이다. 책을 읽고 글을 쓰다가 눈이 피로하면 눈의 부담을 덜어주기 위해, 우선 내가 할 수 있는 방법은 수시로 베란다에 심어 놓은 호박을 돌보거나, 서쪽 창가에 서서 솔안공원의 푸른 숲과 멀리 문학산과 청량산을 하염없이 바라보는 것이 전부다.

그런데 어제 어버이날을 하루 앞두고 택배가 하나 도착했다. 딸들이 보내준 선물 꾸러미였다. 올해는 무엇을 보내 왔을까 내심 궁금한 마음으로 박스를 열었다. 두 딸이 궁리 끝에 선택한 올해 어버이날 선물은, 눈 마사지기 '누리아이굿'이었다. 마침 안과 병원 검진을 고려하고 있던 차에 보내온 선물이라, 당장 아내와 선물을 개봉하고 시연까지 했다. 그리고는 고맙다는 내용의 글과 함께 시연 장면을 사진으로 찍어 보내주었다. 부모를 걱정하며 건강에 조금이라도 도움이 되었으면 하는 마음으로 보내온 선물이라고 생각하니, 고맙기도 하고 한편으론 신경을 쓰게 하는 것 같아 짠한 마음을 지울 수가 없다.

그동안 어버이날 선물은 주로 현금을 보내오다가, 꽃과 음식을 대접했었고, 언제부턴가 늙어가는 부모의 모습이 안쓰럽고 염려가 되었던지, 새롭고 유용한 건강 보조 기구들을 구입해서 보내오고 있다. 어버이날에 즈음해서 두 자매가 연합해서 부모의 건강을 체크하고 서로 의논하는 그 과정을, 상상만 해도 가슴이 따뜻해지고 삶의 가치와 보람을 느끼게 된다. 오늘은 L사 주재원으로 중국 상해에 나가 있는 아들 며느리로부터 꽃바구니와 케이크가 도착하고 축하 전화도 받았다.

마침 꽃바구니를 받고 보니, 10여 년 전 현직 시절 경주에서 객지 생활을 하고 있을 때, 어버이날 느꼈던 지워지지 않는 한 장면이 불현듯 떠올랐다. 어버이날 아침 인천 본가로 올라가기 위해 서경주역에서 대구행 무궁화 열차를 탔었다. 열차 안은 검소한 차림의 농촌 어르신들이 대부분이었고, 모두 가슴에 소박한 붉은 카네이션을 한 송이씩 달고 즐거운 모습이었다. 환하게 웃는 어르신들의 밝은 모습을 보면서, 왠지 모르게 고맙기도 하고 자랑스럽게 느껴졌다. 그 순간 고관대작이나 재벌보다도 그분들이 더 부러웠었다.

나 또한 삼 남매의 부모인데, 꽃 없는 내 가슴이 쓸쓸하고 초라하게 느껴져 그 자리에서 『집으로 간다.』라는 시를 쓰며 스스로를 위로하기도 했었다. 바쁜 인생살이에 어버이날은 자식들이 일 년에 단 하루만이라도 부모의 은혜를 되새기고, 고마운 마음을 가질 좋은 기회가 아닌가 싶다.

한편 어버이날이 자식들에게 해결해야 할 하나의 과제처럼 느껴지거나 마음의 부담이 될까 봐 염려도 되지만, 어차피 누구나 한때 자식이면서 또한 어버이가 되게 마련이 아닌가? 부모와 자식이 서로 배려하는 마음을 표현함으로써, 정을 느끼고 사는 재미도 맛볼 수 있는 것이다. 또한 어버이날 서로 정을 나누면서, 자녀들에게 자연스러운 가정교육의 기회로 삼는 것도 좋으리라는 생각이 든다. 모두가 바쁜 현대 생활 속에서 모처럼 가족의 의미를 생각하며, 서로 배려하고 어색함 없이 따뜻한 마음을 표현할 수 있는 아름다운 전통으로 이어졌으면 하는 바람을 가져 본다.

두 번째 하산

풋풋한 초임 교수 시절 나름대로 멋진 교직 생활을 꿈꾸며, 미래 설계를 위해 쇠붙이를 버리어 명검名劍을 만들 듯 극기를 위해 혼자 여행을 떠난 적이 있었다. 구체적인 계획도 없이 발길 닿는 대로 떠나는 여행이라 자유롭고도 다소 불안한 여정이었지만 마음만은 즐거웠다. 첫날은 진주를 출발해서 산청, 안의, 장수를 거쳐 진안에 이르는 일정이었다. 마이산 탐사에 들러 그날 산장의 유일한 손님으로 하룻밤을 묵으며, 친절한 중년의 주인아주머니와 탐사의 역사, 가족 이야기, 관광자원 전공 교수로서 느낀 탐사의 매력, 그리고 자신의 아들이 모 대학교 관광학과 2학년에 재학 중이란 반가운 소식 등 밤 늦도록 많은 이야기를 나누었고, 후한 배려에 감동도 받았었다. 다음 날은 남원, 인월을 거쳐 함양으로 향하다가 마천에서 내려 생각지도 않았던 지리산 백무동 코스 등산길에 올라 장터목산장에서 하룻밤을 유숙했었다. 새벽에 천왕봉 일출을 만끽하고, 2박 3일 극기 여행의 마무리로 마이산과 지리산 체험 내용을 담은

「하산」이란 기행 수필을 남기기도 했었다.

「하산」 그 이후 어언 35년의 세월이 흘렀다. 아름답고도 힘겨웠던 그때의 기억들과 친절했던 마이산 산장 주인아주머니를 생각하며, 마치 제2의 고향을 찾는 심정으로 감회에 젖어 마이산도립공원을 다시 방문하게 된 것이다.

마침 도착 시각이 점심때라 탑사 남쪽 주차장에 차를 세우고, 출발 전 미리 검색해 온 인터넷 맛집에 들러 마이산 특식으로 식사를 했다. 그리고는 이 지역 토박이 출신이라는 음식점 주인에게, 조심스럽게 35년 전 탑사 방문 시 일화들을 기억을 더듬어 가며 설명을 하고는 탑사와 산장의 근황도 여쭈어보았다. 그는 탑사의 모든 것을 잘 알고 있는 듯한 표정으로 내 애기를 조용히 경청한 후, 산장의 주인 할머니는 아직 건재하시다는 애기와 그 산장에 관한 자세한 정보들까지 제공해 주었다.

잠시 후 놀랍게도 그는 자신이 그 집안의 둘째 사위라는 사실도 담담하게 밝혔다. 우연히 방문한 음식점이 산장 주인 둘째 딸의 집이라니! 마치 필연 같은 묘한 인연이 놀랍고, 아직도 그분이 건강하시다는 소식에 안도와 반가움에 잔잔한 설렘이 전율처럼 온몸에 번져나갔다. 하지만 너무 오래전 일이라 나를 알아보실는지 궁금한 마음에 동행한 아내와 소년 소녀처럼 내기를 걸기도 했다. 오랜 세월이 흐르긴 했지만 그래도 그날 산장의 유일한 손님이었고, 꽤 긴 시간 많은 애기를 나누었던 터라, 만나서 그때 상황을 자세히 설명하면 혹시 기억하실 수도 있으리라는 한 가닥 기대를 저버리지 않고 탐사를 향해 두근거리는 마음으로 걷기 시작했다. 이미 벚꽃은 지고 없지만 짙푸른 잎의 벚나무 가로수 길, 초여름의 밝은 햇살과 청아한 하늘빛이 탐사 가는 길의 운치를 한층 멋스럽게 연출하고 있었다.

탐영지를 거쳐 하늘에 닿을 듯 치솟은 암마이봉 밑에 도착하는 순간 옛 기억들이 바로 어제의 일처럼 선명해지기 시작했다. 하지만 공원 정비 사업으로 주변이 휑하게 변해 버린 탐사 전경을 보면서 옛 모습을 찾을 길 없어 세월의 무상함을 느꼈다. 이름과 건물까지 바뀌어버린 옛 산장을 묻고 물어서 어렵게 찾아갔다. 젊은 여인이 가게를 지키고 있었다. 찾아온 연유를 얘기했더니 어두컴컴한 가게의 내실로 나를 안내해 주었다. 구석진 골방에 무심한 표정의 할머니 한 분이 앉아 계셨다. 세월의 더께를 말해주듯 그 당시의 모습은 아니었지만, 내가 기억하고 있는 그분이 분명하기에 일단 인사를 드리고 35년 전 산장에 머물면서 그날 밤 나누었던 얘기들과 당시의 상황들을 소상히 말씀드려 보았다.

하지만 할머니는 반가워하시기는커녕 내가 하는 얘기에는 별 관심이 없는 듯 시큰둥한 태도로 기억하려는 노력조차 보이지 않는 것이 아닌가! 친절하고 배려심 많던 아름다운 그 옛 산장의 주인은 이미 무심한 세월과 함께 떠나버렸고, 내 앞엔 낯설고 어색한 노인 한 분이 앉아 계실 뿐이었다. 35년 세월 동안 내 마음속에 고스란히 자리하고 있던 나만의 그리움이 일시에 사라져 버리는 순간이었다. 아쉽고 섭섭하긴 하지만, 기억을 상실했거나 그동안 산장을 스쳐 간 수많은 사람과의 인연을 통해 깨우친

'할머니만의 삶의 도가 아닐까?' 하는 생각에, '그저 스쳐 가는 인연에 집착했던 나 자신의 업보'라 여기며 이내 마음을 비워버리고 담담한 마음으로 두 번째 하산을 했다.

'인생 자체가 한 조각 구름 같은 것을……'

그러기에 이번 마이산 여행길에 만난, 만만찮은 인생을 살아온 로컬푸드 매장의 반가운 종씨 S 대표, 천왕문 화엄굴 아래서 만난 성실한 삶을 살아온 진주 M씨 부부, 여걸답게 살고 있는 운장산 밑 O여사, 모두가 잠시 스쳐 갈 인연인 줄 알면서도 우리는 소낙구름이 비를 뿌리듯 진솔한 삶의 이야기들을 흠씬 쏟았었다. 그들이 오늘 내 인생의 가장 소중한 인연들이었다. 그러고 보면 이 순간 나와 함께하고 있는 운장산의 푸른 하늘, 바람에 흔들리는 나무들, 폐부를 씻어 주는 선풍, 숲에서 불어오는 꽃향기와 풀 내음, 아름다운 새소리 모두가 매한가지란 생각이 든다.

천년을 살 것처럼 경계하고 미워하고 분별하며 살아온 인생, 그동안 서로 의식 하지도 못한 채 스쳐 간 인연들이 얼마였던가? 영원할 수 없는 인생, 스치는 동안 아쉬움 없이 배려하며 최선을 다해 살아야겠다. 그것이 인생이니까. 35년 전 「하산」이 극기를 위한 육체적 의미의 하산이었다면, 이번 마이산 여행은 인연의 의미를 새롭게 깨달은 「두 번째 하산」이었다. 무성한 녹음과 화려한 꽃들이 슬프게 보이지 않고 아름답게 느껴지는 것은, 아직 의미 있는 나의 인생이 조금은 남아 있다는 증거가 아닐까?

인생은 슬픈 것이 아니라, 끝까지 찬란할 뿐

운장산雲長山 하늘 끝 한 조각 긴 구름雲長이 유유히 산을 넘고 있다.
산새들의 요란스러운 지저귐으로 숲에 생기가 넘친다.
행복한 아침이다.

호박꽃 연정戀情

내 작은 아파트 베란다에는 난, 귤, 호박, 상추 등이 자라고 있다. 나는 장미나 난 같이 화려하고 품위를 느낄 수 있는 화초도 좋아하지만, 특히 열매를 맺거나 먹을 수 있는 식물을 더욱 좋아한다. 지난 몇 년간 아파트에서 다양한 식물들을 재배하면서 쓰라린 경험을 많이 했었다. 고추도 심었으나 조금 자라다가 비리가 올라 이내 죽어버렸고 고구마, 마, 더덕, 오이까지도 제대로 성장해 보지도 못하고 어린 모종 시절에 모두 나와 인연을 접었었다. 진딧물 약도 뿌려보고 사람 몸에도 좋다는 목초액도 사용해 보고, 흙을 바꿔보기도 했지만 모두 허사였다.

내가 사는 아파트 층이 너무 높아(17층) 식물이 자랄 수 없다는 지인의 조언도 있었지만, 근본적인 원인은 식물을 좋아만 했지 길러 본 경험과 식물에 대한 지식의 부족이 아닌가 싶다. 하지만 내가 쉽게 미련을 버리지 못하고 또다시 호박에 집착하는 것은 작년에 한 개의 단호박을 거둔 경험이 있었기 때문이다.

호박 줄을 올리기 위해 거금을 들여 집을 짓듯 각목으로 사각형의 나무틀을 만들어 세워주었고, 마치 7대 독자를 키우듯 갖은 정성 끝에 단 호박 하나를 수확했었다. 거실 장식장 위에 모셔놓고 오래도록 지켜보다가 상하기 직전에 그동안의 감회를 되새기며 아내와 함께 쪄 먹었었다.

그때 말려 두었던 호박씨를 꺼내어 일부는 내 연구실을 청소하는 아주머니들께 드리고 나머지 몇 알을 올해 다시 베란다 화분에 심었는데, 3개의 어린 호박 새싹이 흙을 밀치고 올라온 것이다. 매일 아침저녁 어린 호박이 커가는 모습을 지켜보면서 봄을 보냈고, 3포기의 호박은 나의 극진한 사랑 속에 제각기 주변의 모든 식물이 마치 자신만을 위해 존재하는 양 닿는 대로 덩굴손을 뻗어 감으면서 겁 없이 자라기 시작했다. 먼저 수꽃이 하나둘 피기 시작하더니 드디어 호박이 하나 열리고, 그 위에 작은 암꽃 봉오리가 맺혔다.

며칠 지나자 호박이 노랗게 변하더니 맥없이 떨어져 버리고 말았다. 섭섭한 마음으로 아쉬워하던 중 또 하나의 호박이 달렸다. 암꽃 하나를 위해 마디마다 피는 수많은 수꽃을 보면서 종족 번식을 위한 자연의 섭리를 느끼게 된다. 아름다운 암꽃과 많은 수꽃이 있지만, 아파트 베란다에는 벌과 나비가 없으니 가루받이가 이루어질 수 없고, 가루받이가 되지 않은 호박이 정상적으로 자랄 리가 없을 것이라는 생각이 들었다.

차제에 내가 벌의 역할을 대신하기로 마음먹고, 암꽃이 만개할 시기에 맞추어 가루받이의 대상이 될 몇 개의 수꽃을, 사윗감을 고르듯 마음속으로 점찍어 두었다. 다음날 이른 아침 활짝 핀 암꽃을 확인하고, 가루받이를 위한 붓을 사기 위해 동네 문구점을 샅샅이 찾아다녔지만 마침 휴일이라 문을 열어 놓은 곳은 한 곳도 없었다. 적기適期를 놓칠세라 붓 대신 솜과 핀셋을 준비해서 수술의 꽃가루를 묻혀 암술의 머리 위에 흠씬 발라주고, 그래도 미심쩍어 꽃가루가 묻은 솜뭉치를 암꽃 속에 넣어 주었다.

비록 식물이지만 내가 하고 있는 이 일이 얼마나 성스럽고 값진 일인지를 알기에 야릇한(?) 기분마저 느끼게 된다. 호박은 나의 정성에 보답이라도 하듯 하루가 다르게 쑥쑥 자라 사춘기 청소년처럼 줄무늬도 생겨나고 제법 윤기가 흐르는 모습의 큰 호박으로 성장해서 아파트 베란다 정원의 옥동자 노릇을 하고 있다. 이어서 세 번째 호박이 열렸고, 작은 호박이 예쁜 꽃봉오리를 머리 위에 이고 있다. 암꽃 봉오리가 반쯤 피어 아직 가루받이하기에는 조금 이른 것 같아 직장에 다녀와서 오후쯤 거사(?)를 치르기로 마음먹고 출근을 했었다.

그런데 오후에 장시간 회의와 저녁 회식까지 이어져 너무 늦은 귀가로 다음 날 아침을 맞게 된 것이다. 이른 아침 거실 창문을 열고 서둘러 호박부터 살펴보았더니, 이미 피었다가 시들어 버린 암꽃은 혼기를 놓친 여인네처럼 꽃잎을 굳게 오므리고 있었다. 나의 불찰로 가루받이의 시기를 놓치긴 했지만, 그냥 내 버려둘 수만은 없어 쉰둥(?)이라도 바라듯 간절한 마음으로 가루받이를 시도해 보기로 했다. 수꽃 수술의 꽃가루를 암술머리에 묻히기 위해 오므린 암꽃 잎을 무리하게 벌리는 과정에서 결국 꽃잎이 찢어지고 말았다. 찢어진 꽃잎 사이로 암술머리에 수술의 꽃가루를 정성껏 발라주고 찢어진 꽃잎을 다시 닫아 주었다.

그 후 며칠이 지났다. 호박이 달려있긴 하지만 전혀 변화를 보이지 않는다. 왜소하고 노랗게 빛바랜 초췌한 모습의 셋째가 안쓰럽고 불안하기만 하다. 떨어지지만 않는다면 사죄하는 마음으로 끝까지 보살펴서 대를 이어주고 싶다.

네 번째 호박이 모습을 보였다.

화분의 규모나 거름흙의 양으로 보아 앞의 두 호박을 건강하게 키우기 위해서 막내 호박을 따주어야 할지, 아니면 스스로 정리하도록 놓아두어야 할지 걱정이다. 시간이 지나도 건강한 모습을 보이지 못하는 셋째 호박의 모습에 불길한 예감이 든다. 다소 도움이 될까 해서 넷째 호박을 포기하기로 마음먹었다.

가슴은 아프지만 방법이 없다. 혹 셋째를 잃는다고 해도, 넷째의 현재 모습과 호박 덩굴의 전체적인 분위기로 보아 그 앞길 또한 보장될 수 없다는 판단에서다. 선택에 관한 결과를 지켜볼 따름이다.

다른 줄기에서도 호박이 또 하나 등장했다. 마디마다 수꽃들이 줄줄이 대기하고 있다. 경쟁, 시기, 질투, 교활, 억울함을 넘어 의젓하게 피어 있는 정다운 호박꽃들! 누가 호박꽃도 꽃이냐고 반문했던가! 고향 생각, 추억, 그리고 배고픈 시절을 함께 했던 가장 향토적인 꽃

나는 호박꽃이 좋다.

잡초 유감有感

이번 겨울은 유난히도 춥고 눈이 많이 내렸다. 우수 경칩이 다 지난 삼월이건만 차창 밖은 온통 흰 눈으로 가득하다. 오랜만에 나의 도시 별장(?)이 있는 경주 나들이를 위해 도착한 신경주역은 한겨울의 정취를 느끼게 한다. 내가 경주를 정기적으로 내려오는 까닭은 30년간 직장생활을 한 익숙한 곳에 대한 애착 때문이기도 하지만, 한편 베란다에서 나만을 기다리고 있는 식물들을 건사하기 위함이기도 하다.

나의 분신 같은 화분들에 물을 주고, 잡초를 제거해 줘야 마음이 편안해지기 때문이다. 그런데 일전에 마가 자라고 있는 다라이(함지박)에 끝없이 올라오는 잡초를 뽑다가 문득 '내가 왜 이것을 뽑고 있지?' 하는 의문이 생겼었다.

이들 또한 귀한 생명체로서 삶의 아름다운 동반자가 될 수 있지 않겠는가?

'오직 살아 보겠다고 저렇게 저항이라도 하듯 끈질기게 싹을 내미는 강인한 생명체들을, 내가 군이 뽑아버리지만 않는다면 특별한 도움이나 정성스러운 보살핌이 없어도 스스로 무성하게 잘 자라서 나름대로 꽃도 피우고 씨앗도 맺을 수 있을 텐데…….' 모든 생명체가 라이프 사이클이 있거늘, 잡초라는 이유만으로 싹이 나오기가 무섭게 철천지원수라도 대하듯 서둘러 어린 생명을 무심히 제거해 버린다는 것이 너무 가혹하다는 생각이 들었다.

'어차피 그냥 둬도 일 년을 못 넘길 생명들인 걸'

그날 이후, 내 집 안에 존재하는 식물들은 그 어떤 것이라도 스스로 생명이 다할 때까지 보살피며 함께 하기로 마음을 먹었다. 따라서 우리 집의 잡초들도 이제 난이나 화초, 유실수 등과 차별 없이 같은 예우를 받게 된 것이다.

설 명절을 지내고 경주 방문이 늦어지면서, 식물들의 안위가 염려되어 마음이 초조해지고 식물들에게 다소 죄책감(?)마저 느끼고 있던 터라 아파트에 도착하자 미안한 마음으로 미처 외투도 벗지 못한 채 황급히 식물들이 있는 베란다로 향했다. 귤나무와 수국, 그리고 난은 그런대로 힘든 삶을 유지하고 있는데, 의외로 강하게 버티어 줄줄 만 알았던 무성했던 잡초가 뿌리가 얕은 탓에 잎이 시들어 죽은 듯 축 늘어져 함지박 바닥에 누워있다.

생명수가 고갈되어 촌각을 다투는 어려운 상황 속에서도 꽃망울까지 맺은 상태로 힘든 사투를 벌이다가 결국 모두 쓰러지고 만 것이다. 다시 살릴 수 있을지는 미지수지만, 우선 급히 물부터 듬뿍 뿌려 주고 건강했던 푸르던 모습을 생각하며 다시 회생할 수 있기를 간절히 기원했다. 그리고는 잡초의 생명을 지키기 위한 비상대책으로 오랜 시간 물이 서서히 공급될 수 있도록 붉은 토기까지 마련하여 물을 가득 담아 잡초밭 한가운데 비치해 주었다.

다음 날 아침 일찍 잡초를 만나러 창가로 나갔다. 다행히 바닥에 처져 있던 잡초가 서서히 깨어나기 시작했다. 오후가 되자 창으로 들어오는 밝고 따뜻한 햇볕을 듬뿍 받고는 푸르고 싱싱한 모습으로 기지개를 켜며 벌떡 일어섰다. 더욱이 안개꽃처럼 작고 흰 예쁜 꽃까지 피워서 큰 함지박이 푸른 생명으로 넘치고 있다. 자세히 들여다보니 잡초 그 본연의 독특한 모습이 다른 화초 못지않게 아름답다는 생각이 들었다. 하지만 머지않아 저 꽃도 지고, 잡초의 일생도 초연히 막을 내릴 것이다.

그저 차별하지 않고 배려하는 마음으로 봐 주기만 하면 되는 것을!

조금은 늦은 깨달음이지만, 한 생명체의 일생을 처음부터 끝까지 지켜 줄 수 있어서 다행이란 생각이 든다. 잡초와 함께할 수 있었던 시간들이 고맙게 느껴진다. 다음번엔 좀 서둘러 내려와야 될 듯 싶다.

대마도의 아리랑 마쯔리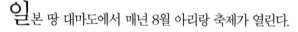

일본 땅 대마도에서 매년 8월 아리랑 축제가 열린다.

'왜 하필이면 일본에서 아리랑 축제일까?' 비록 짧은 2시간 30분의 거리이지만 질주하는 대마도행 페리호 속에서 계속 궁금증에 사로잡혀 있었다. 그러나 대마도의 수도 격인 이즈하라항에 도착해서 이곳저곳 관광을 하는 동안 점차 그 궁금증은 풀리기 시작했다. 대마도는 맑게 갠 날 부산에서 육안으로도 볼 수 있는 해상 50km 거리에 위치하고 있어 일본 본토(후쿠오카) 보다 오히려 두 배나 가깝다. 따라서 해방 전만 하더라도 대마도는 부산의 영향력 하에 생활이 가능했던, 생활권이 일본이 아니라 조선 땅 부산이었다. 산악이 국토의 80%가 넘는 척박한 섬에서 뚜렷한 자원도 없이 원시림을 삶의 수단으로 숯을 구워 부산에 내다 팔고, 그것으로 생활필수품을 구입해 가는 형편이었다. 즉 부산이 대마도의 수도 역할을 하였던 것이다.

또한 조선朝鮮 시대에는 200년간 12회에 걸친 조선통신사의 방문이 있었고 그때마다 조선통신사들은 이곳 대마도에 머물면서 대마도 영주의 안내와 영접을 받고, 쿄오토京都로 향했던 것이다. 당시만 하더라도 미개한 대마도에 문명국의 엘리트인 조선통신사들의 방문은 최고의 귀빈으로서 대마도 전체를 술렁이게 하는 일대 사건이었다. 따라서 현재 대마도에 남아 있는 조선통신사가 유숙했던 서산선사西山禪寺, 조선통신사 행렬도가 보관되어 있는 대마도 역사 민속자료관, 덕혜 옹주 성혼비가 있는 만송원, 이곳에서도 통용되고 있는 우리말의 편린들 그리고 고려문 등, 이 모두가 신기한 외국의 관광자원들이 아니라, 우리 문화의 숨결을 느낄 수 있는 또 다른 체험의 현장이었다.

고려문에서 시작하여 이즈하라항 메인 축제장까지 진행되는 조선통신사 행렬은 아리랑 마쯔리(축제)의 절정으로써, 전통의상을 입고 조선통신사 영접의 재현을 위해 자랑스럽게 참여하는 그들의 모습이 의아하기도 했지만, 한편으로 고맙게 느껴지기도 했다. 물론 축제를 좋아하는 일본사람들의 취향에 이러한 우수한 역사적 축제 소재가 딱 맞아떨어진 당연한 것이라고 할지라도 분명 이곳 사람들은 아리랑이 무엇을 뜻하는지 알고 있었다.

이즈하라항을 배경으로 밤무대에 연출되는 한국공연단의 환상적인 의상과 장고춤, 살풀이춤 등의 멋진 춤사위는 한·일 관객들의 숨을 멎게 하였고, 특히 조선통신사 행렬 중 이곳과 자매결연을 맺은 사명대사의 고장

밀양에서 온 농악팀의 거리공연은 일본 관객들의 혼을 빼기에 충분했다.

'과연 이 세상에서 이것(농악)을 능가할 흥겨운 음악이 또 있겠는가?'

일본 땅 대마도에서 느낀 우리 농악에 대한 나의 생각이었다. 유치원 어린이부터 노인에 이르기까지 전 시민이 1년을 기다려 스스로 준비하고, 참여하여 즐기는 대마도의 아리랑 축제, 그것은 진정 리틀 한국의 가장 멋진 축제였다.

치술령에 오르면

마치 신라 시대의 여느 하루처럼 경주 오릉의 고목들이 유난히도 푸른 가을 하늘을 머리에 이고 묵묵히 서 있다. 가을바람에 실려 먼바다 아련히 해무 속에 신라 충신 박제상을 실은 돛을 단 배가 돌아올 것만 같은 착각을 하며 치술령을 찾아 나섰다. 입실 모화를 지나 울산 석계의 치술령 자락 녹동에 닿았다.

한적한 산촌에도 가을은 이미 와 있다. 누렇게 익은 벼가 파도치듯 일렁이는 들판, 돌아드는 저수지 길목의 코스모스, 깨를 털고 있는 할머니, 지붕 가득 널려있는 붉은 고추, 탐스럽게 익어가는 튼실한 대추, 바람결에 흔들리는 은빛 억새, 모두가 깊어가는 가을의 모습이다. 치술령 정상으로 오르는 계곡의 등산로 주변엔 주렁주렁 덩굴에 매달린 으름이랑 다래가 가을의 풍성함을 느끼게 한다.

정상으로 향하는 급경사의 가파른 등산로는 숨이 멎을 듯 힘들지만, 마치 치술령의 산신에게 제사라도 올리려는 정중한 마음으로 가쁜 숨을 몰아쉬며 한 발씩 헤아리듯 오르기 시작했다. 온몸은 땀으로 흠뻑 젖었지만 마음은 신선이 되어 하늘을 오르듯 가볍기만 하다. 드디어 765m 치술령 정상!

신모사지엔 돌아올 남편을 기다리다 망부석이 되었다는 박재상의 부인과 두 딸이 치술령의 산신이 되어 비석으로 남아 있다. 서쪽 능선 아래는 돌아올 남편을 기다리며 삼 모녀가 연명했다는 망부천이 천년 세월을 넘어 아직도 흐르고 있다. 망부석에서 바라본 율포(울산) 앞바다엔 손 흔들며 돌아올 박재상의 배는 보이지 않고 망망대해에 윤슬만이 반짝이고 있다.

고구려와 왜국에 볼모로 잡혀 있던 신라 눌지왕의 두 동생 복호와 미사흔을 무사히 구출하고, 자신은 볼모가 되어 일본국 목도에서 불길 속에 타오른 충신 박재상을 생각하며 율포 바다를 향해 묵념을 올렸다.

"임금에게 근심이 있으면 신하가 욕을 봐야 하고,
임금이 욕을 당하면, 신하가 죽게 된다."
"어렵고 쉬운 것을 생각하여 행동한다면 충성되다 할 수 없으며,
죽고 사는 것을 가려 행동하는 것은 진정한 용기가 아니다."

충신 박제상의 말을 가슴 깊이 뜨겁게 되새겨 본다. 신하가 되면 살려 주겠다는 왜왕의 제안에, "내 비록 신라의 종이 될지언정 왜놈의 신하가 될 수는 없다"라는 영원한 신라의 신하, 기개가 서릿발 같았던 박제상을 떠 올리며 하산 길에 올랐다.

'관청골 산장'에 들러 무쇠솥 손 두부 안주에 시원한 맥주 한 잔을 따르고 합장으로 '박제상 추모와 치술신모제'를 대신했다. 이기적이고 혼탁한 세태에, 신의信義와 공익을 우선하는 살신성인의 정신을 본받고 자신의 삶을 반추해 볼 수 있는 의미 있는 산행코스, 치술령을 권하고 싶다.

백운산 둘레길

길을 나섰다. 월미산 둘레길을 마음에 두고 있었지만, 새롭고 낯선 길을 걷고 싶어 제법 먼 길을 선택했다. 지난봄 영종도 백운산 입구에 있는 천년고찰 용궁사를 찾았다가 둘레길을 발견하고는 꼭 한번 종주를 하거나 백운산 정상을 오르고 싶었다. 하지만 동행한 분들의 사정이 여의치 않아 산의 중턱쯤에서 내려오고 말았다. 못내 아쉬워 늘 마음속 앙금처럼 남아 있었는데, 오늘은 혼자서 홀가분한 마음으로 정상까지 한 번 도전해 볼 심산이다.

늦가을 날씨가 다소 쌀쌀하기는 하지만 맑고 푸른 하늘에 가을 햇볕이 청량감을 더해 준다. 인천의 랜드마크인 인천대교를 건너 서해를 가로지르는 기분이 가을 날씨만큼이나 상쾌하고 후련하다. 화려한 단풍으로 둘러싸인 고즈넉한 용궁사 입구에 들어서니 잔잔한 독경 소리가 깊어가는 가을 숲의 이야기처럼 힐링의 법음으로 다가온다.

등산길 초입엔 울창한 소나무 숲이 피로감을 잊게 해 주고, 조금 더 오르면 매력적인 참나무들이 늦가을 백운산 자락을 붉게 물들이고 있다. 참나무는 도토리가 열리는 나무인데 다양한 종류와 이름을 가지고 있다. 임진왜란 때 선조임금이 피난길에 먹을 것이 없어 상궁이 도토리를 주워 묵을 만들어 수라상에 올렸다는 데서 유래한 상수리나무와 떡을 싸서 먹기에 좋은 큰 잎사귀를 가진 떡갈나무가 있다.

그런가 하면 나무꾼이 산에서 나무하다가 짚신이 닳으면 잎사귀 몇 개를 겹쳐 신발에 깔아서 신었다는 신갈나무, 나무껍질이 두꺼워 굴피집의 지붕을 얹거나 코르크를 만드는 굴참나무, 나무껍질이 갈라질 때 갈색을 띤다 해서 갈참나무, 도토리나무 중 잎사귀가 가장 작은 졸참나무 등이 있다. 이렇듯 진짜라는 의미의 참 자가 붙은 이름에는 우리의 일상생활 주변에서 늘 함께하는 텃새인 참새와 삼천리 금수강산을 붉게 물들이며 화사하게 봄소식을 전해 주는 진달래로 불리는 참꽃이 있다.

그리고 동네 뒷산에서부터 준령까지 우리나라 어느 산에서나 볼 수 있는 친근하고 유용한 참나무가 있다. 이 흔하고도 소중한 참나무의 의미를 되새기며 힘든 줄도 모르고 깔딱 고개를 오르면 정상으로 향하는 두 갈래 길이 나타난다. 한 길은 일반적으로 누구나 선택하는 넓고 평평한 코스의 지름길이고, 두 번째 길은 좁고 오르막이 있는 작은 능선을 거쳐 둘러서 가는 낯선 길이다.

어느 길을 선택해야 할지 잠시 갈등은 있었지만, 자유롭게 선택할 수 있는 혼자만의 산행이기에 흔쾌히 새롭고 낯선 두 번째 길을 걷기로 마음먹었다. 남들이 쉽게 가지 않는 길이기에 더욱 궁금하고 내가 가야 할 길이라는 생각이 들었다. 혼자서 가는 초행길이 다소 외롭고 힘들기는 하지만 새로움과 낭만, 그리고 이 길만의 아름다움이 있어서 좋다.

내가 선택한 호젓한 나만의 길에서 한없는 자유와 만족을 느낀다. 다시 가파른 오르막길을 지나 능선 끝 서해를 조망할 수 있는 백운산 정상에 올랐다. 석양에 붉게 물든 망망대해의 반짝이는 윤슬이 꿈처럼 아련하다. 붉은 노을 아래 이상향처럼 떠 있는 검은 섬들, 그리고 마천루로 가득한 송도국제신도시와 인천의 심벌 인천대교, 비행기들이 쉴 새 없이 뜨고 내리는 인천 국제공항 등 모두가 백운산 정상에서 조망할 수 있는 살아 있는 한 폭의 그림이다.

새삼 삶의 가치와 아름다움을 동시에 느끼는 순간이다. 그렇게 높지도 않고 명산의 반열에 들지도 못하는 백운산이지만, 언제나 쉽게 찾을 수 있고 다양한 매력을 지닌 둘레길이 있어 좋다. 하산 길엔 용궁사 관음전에 들러 삼배를 올렸다. 관세음보살님께서 오늘따라 미소를 띤 더욱 다정한 모습으로 나를 내려다보고 계시는 듯하다.

'아름다운 삶'이란 화두를 들고 용궁사 절 문을 내려선다.

마카오의 꿈

전국의 산성을 두루 답사하고 있는 겨레문화연구소에서 모처럼 외국의 성을 찾아가기로 했다. 이번 목적지는 마카오의 몬테요새(포대) 성이다. 해외여행을 앞두고 청수회(친목회) 두 안방마님이 영감님들 먼 길 떠나보내기가 마음이 쓰였던지, 장도 축하 만찬 및 격려금 전달의 자리를 마련하였다. 평소 즐겨 찾는 수제 맥줏집에서 건배와 더불어 기념사진 촬영까지 하며 노년 부부의 정을 한껏 누렸다. '나이 들어도 행복할 수 있구나' 하는 생각이 든다.

오랜만의 해외여행이라 다소간의 기대와 설렘, 그리고 짧은 작별이지만 그 의미가 새삼스럽게 느껴져 착잡한 마음도 든다. 더욱이 열악한 저가 항공의 비행기여서 다소 안전이 염려되는 여행이라 걱정부터 앞선다. 만남과 이별의 연속이 인생살이가 아니던가? 그동안 수많은 시절 인연들과 만났다가 헤어지기를 반복하며 살아왔건만 큰 감흥 없이 일상생활의 한 부분으로 여기며 무심하게 받아들였었다. 그런데 나이 들면서 점점 삶과 죽음, 이별에 대한 생각이 부쩍 깊어진 것 같다. 모든 것을 운명에 맡기기로 하고 담담한 마음으로 여행 준비를 했다.

나이와 함께 감성도 더욱 예민해지나 보다. 늙으면 다시 어린애가 된다더니 하나하나 자상하게 챙겨 준 아내의 배려에 고마운 마음으로 배웅을 받으며 인천공항을 향해 출발했다. 세계 제일의 인천공항은 언제 와도 대한민국 국민으로서 자긍심을 느낄 만큼 아름답고 활기가 있어서 좋다. 바쁘고 기대에 찬 활발한 모습들, 각자 자신의 여정에 따라 움직이지만 최소한의 국제 매너를 생각해야 하는 특별한 공간이기도 하다. 기내식 서비스가 없는 저가 항공이라 입국절차를 끝내고 일행들과 함께 미리 설렁탕으로 든든하게 요기를 했다.

보딩을 하고 한참을 기다렸는데, 15분 늦어진다는 안내 멘트가 나온다. 저가 항공인데, 그러려니 생각하며 마음을 편하게 갖기로 했다. 어디에 있으나 생각하기 나름, 기다림도 여행의 한 과정이 아니겠는가? 긍정, 배려, 하심 등 종심의 나이에 걸맞은 여행 자세를 다시 한번 마음속에 새기며 편안하고 아름다운 관광여행을 꿈꾸어 본다.

이번 마카오 여행은 특별한 목적은 없다. 오직 내가 만나야 할 마카오의 색다른 모습들을 생각하며 홀가분한 마음으로 떠날 뿐이다. 드디어 비행기가 움직이기 시작했다. 뿌연 안개 속으로 이륙을 하자 조용히 눈을 감았다. 살아온 인생이 고스란히 눈에 보이듯 스쳐 지나간다. 고향의 어린 시절부터 성공을 향한 치열했던 삶까지, 아름답지 않은 것이 없다. 삶이란 그 자체가 아름다움이란 생각이 든다. 살아온 날들과 남은 삶의 방향이 더욱 뚜렷해진다.

실제로 구름 위에 올라 보니 구름 밑의 세상이 보이질 않는다. '그래서 구름 위의 계층들이(?) 구름 밑을 헤아리지 못했던가?' 하는 생각이 든다. 보이는 것만이 전부인 듯 살아온 삶, 평소 보이지 않았던 일상생활 속의 일들이 떠나고 보니 더욱 극명해진다. 모처럼 구름 위를 날면서 구름 아래 세상의 나 자신을 점검해 보는 이 시간, 염라대왕 업경 보듯 자신을 가장 정직하게 평가해 볼 수 있는 기회이다. 이번 여행의 부가적 득템이 아닌가 싶다.

드디어 마카오 공항에 도착했다. 안개처럼 황사로 자욱한 마카오 국제공항을 나서는 순간, 매캐한 마카오의 냄새가 색다른 느낌으로 다가온다. 비교할 일은 아니지만 인천국제공항에 비해 소박한 모습의 마카오 공항, 가까운 거리의 샌즈 그룹의 콘래드 호텔에 체크인하고 호텔 레스토랑에서 딤섬, 마파두부, 볶음밥과 마카오 맥주로 늦은 점심을 먹었다.

다음 코스는 카지노 체험이다. 런더너 호텔의 카지노 시설을 호기심 어린 눈으로 둘러보며 멤버십 가입도 하고, 기념으로 게임 연계 사용 이용권 베팅 금액 100불도 선물로 받았다. 도박을 좋아하는 것은 아니지만 세계적인 카지노 명소에 왔으니 체험은 해 봐야 하지 않겠는가? 언제나 이 것 아니면 저것이 세상살이이듯이, 잃지 않으면 딸 수도 있는 도박 게임 에서 어찌 따기만을 바랄 수 있으랴. '잃든 따든 체험은 남는다.'라는 생 각으로, 일단 도전해 보기로 했다. 비록 큰 금액은 아니지만 꿈을 품고 일 단 룰렛 게임을 시작했다. 아! 아쉽게도 순식간에 마카오의 꿈은 물거품 이 되고 말았다.

네 명이 천 불씩을 잃었고 동료 중 한 사람만이 삼천 불을 땄다. 현금 을 칩으로 교환하고 보니 그것은 더 이상 돈이 아니었다. 돈이 돈같이 보 이지 않는 세상, 마법에 걸린 듯 잃어도 칩이 사라졌을 뿐 아까운 줄 모 르고 쉽게 날려 버린 것이다. 너무 허망해서 더 하고 싶은 욕구가 치솟았 지만, 체험 비용으로 생각하고 이 선에서 욕구를 억누르고 말았다. 광장 처럼 넓은 실내 공간이 오직 도박에 몰입한 사람들로 가득하다. 어수룩 한 모습들과는 달리 고가의 칩들을 두둑이 쌓아 놓고 흔들림 없이 잃고 따기를 반복하는 젊은이도 있고, 큰 금액을 모두 잃고 말 한마디 못하고 허탈한 모습으로 돌아가는 이도 있었다. 내가 잃은 천 불은 껌값도 아니 었다. 마음 놓고 도박을 즐길 수 있는 입장도 아니고, 배포도 작은 나에 겐 이곳이 어울리지 않는 곳임을 확인하고는 화려하고 낯선 세상에 소외 감을 느끼기도 했다.

잠시 후 이곳 단골인 팀 가이드 김 사장의 안내로 세계 최대인 런더너 베네시안 카지노로 이동을 했다. 이번엔 김 사장이 블랙잭 게임에 도전했다. 짧은 시간에 만 불을 잃고 긴장감이 팽배해졌다. 경험자답게 잠시 후 오천 불을 만회했지만 만족하지 못한 느낌이다. 다음은 적은 돈으로 즐길 수 있는 슬롯머신에 도전했지만, 조금 잃고는 가슴을 졸이다가 이내 남은 칩을 현금으로 교환하고 말았다. 돈의 위력과 끝장을 보고 싶은 도박의 욕구, 스릴, 환락, 허무를 동시에 느낄 수 있는 색다른 세상임에 틀림이 없다. '이러한 삶의 모습도 있구나!' 하는 생각이 든다.

VIP나 단골 고객에게는 최고급 호텔의 객실과 음식을 무료로 제공하고, 최상의 예우로 인간의 끝없는 탐욕을 부추기는 상술 앞에 인간성이 무너져 내리는 공인된 도박의 현장이다. 정, 사랑, 배려 등 인간성과는 무관한 오직 돈만이 위력을 발휘하는 이곳, 주야가 따로 없는 도박, 명품, 환락의 도시이다. 하지만 인생에 한 번쯤은 체험해 볼 만한 세상이란 생각도 들었다.

오늘은 산성 답사팀의 주목적인 몬테요새 성을 둘러보는 날이다. 구시가지 세도나 광장으로 이동하여 전통거리를 거닐며 길거리 간식 에그타르트도 맛보고 도미니크 성당, 안토니오 성당, 바울 성당을 거쳐 몬테요새(포대) 성에 올랐다. 마카오에서 가장 높은 곳, 네덜란드군을 물리쳤던 포르투갈군의 우람한 포들이 성곽 둘레에 배치되어 있었다. 시가지를 조망하며 멀리 옛 마카오 카지노의 상징 건물이었던 그랜드 리스보아 호텔을 배경으로 사진도 찍었다.

카지노의 천국 마카오의 마지막 밤이 깊어가고 있다. 아쉬움을 달래며 붉은빛 마카오 맥주와 포르투갈이 지배하던 시절의 역사를 가진 술 포트 와인으로 밤 늦도록 뒤풀이를 하였다. 피곤하면서도 오래도록 기억될 아름다운 밤이다. 귀국 비행기에 올라 눈을 감으니 2박 3일의 짧은 마카오 여행이 마치 잠시 꿈을 꾼 듯 벌써 추억이 되어버렸다.

아름답고 귀한 인연

파도리 마늘밭에 진작 비료를 뿌렸어야 하는데 시기를 놓쳐 안 달하고 있던 차에, 마침 비 예보가 있어 만사를 제쳐두고 아내와 함께 파도리 농막으로 달려갔다. 도중에 어제 방송 프로그램에서 봐 뒀던 맛집이 생각나서 당진 장고항에 먼저 들렀다. 실치 철이면 맛객들로 북적이는 전국적으로 소문난 항구이지만 아직은 한적하다. 늘어선 횟집들 중 오직 한 집만이 손님들로 붐비고 있다. 매스컴의 위력을 눈으로 실감하는 순간이다. 점심을 먹기에는 다소 이른 시간임에도 식당 안은 식객들로 가득하다. 오직 식도락을 위해 찾아온 사람들, '건강만 하다면 살만한 세상이구나!' 하는 생각이 든다. 모두 새봄의 대표 음식인 도다리쑥국을 먹고 있다. 선택의 여지도 없이 나도 도다리쑥국을 선택했다. 잔뜩 기대하고 기다렸는데 막상 비싼 가격에 비해 쑥향도 맡을 수 없는 부실한 음식에 실망이 크다. 방송 보고 왔다고 했더니, 주인아주머니는 "그때그때 다르다."라며 비교하지 말라는 듯 통명스럽게 대답을 한다. 서둘러 식사를 끝내고 나이에

49

어울리지 않게 방송 보고 혹한 나의 팔랑귀를 자책하며 씁쓸하게 장고항을 떠났다. 지나는 길에 선상 어시장으로 유명한 삼길포항도 들르고 싶었지만, 꽃밭 만드는 일이 마음에 걸려 아쉽게 지나치고 말았다. 태안읍 서부시장에 들러 이웃집 선장네 선물할 떡을 사고, 태안 특산물 감태와 마늘밭에 뿌려 줄 비료 한 포를 샀다. 해가 바뀌고 올해 처음 찾은 농장, 멀칭해 놓은 마늘밭은 비닐이 찢어져 바람에 펄럭이고, 그물망 울타리는 강풍에 군데군데 쓰러져 있었다.

급히 일복으로 갈아입고 흉하게 쓰러진 울타리 보수 작업부터 시작했다. 예측하고 사 온 굵은 철 막대를 망치로 두들겨 세우고 그물망을 철 막대에 고정시켜 튼튼하게 보수했다. 서둘러 마늘밭에 비료를 뿌려 주고, 삼동 한파를 넘긴 유실수들의 상태도 점검했다. 그리고는 산으로 올라가 산밭의 명이와 하얀 몸을 가시로 무장하고 봄을 기다리는 두릅나무들도 둘러보았다. 오후 6시부터 비 예보가 있어서 그 전에 일을 마쳐야 하기 때문에 다소 무리해서 마늘밭의 김매기까지 끝냈다. 하지만 저녁이 되어도 기다리는 비는 내리지 않고 거센 해풍이 뙤창 밖 산죽대의 머리만 정신없이 흔들어 대고 있다. 오늘 일정은 늘 마음에 두고 있던, 농막 입구에 작은 꽃밭을 만드는 일이다.

밭머리 전봇대 밑 언저리에 매년 울릉도 취나물이 무성하게 자라고 있고, 그 주변에 자투리땅이 있어 유용하게 이용해 보자는 생각을 하고 있었다. 작은 땅이지만 꽃밭을 만들어 삭막한 농막의 분위기에 변화도 주고, 이웃과 '해변 마을 둘레길 걷기'를 하는 나그네들에게 기쁨을 주고 싶었다.

작은 꽃밭의 모습을 구상하며 아침 겸 점심 식사를 하기 위해 모항항으로 나갔다. 아늑한 모항항은 언제 와도 늘 그리움으로 남아 있는 고향 같은 곳이다. 지난 가을 맛집으로 소문난 식당에 들렀다가 대기 줄이 너무 길어 돌아간 적이 있었다. 바다를 향해 주차를 하고 한동안 푸른 바다를 감상한 후 식당 안으로 들어갔다. 오늘은 한가한 편이다. 이 집 대표 메뉴인 우럭젓국으로 주문을 했다. 마치 보양식 같은 뽀얀 국물, 시원한 해물 맛이 명실상부한 맛집이다.

모처럼 아내와 함께 아름다운 항구의 모습을 감상하며 여유롭게 식사를 즐겼다. 북유럽 여행 때 노르웨이의 베르겐 항구 레스토랑에서 식사했던 감동적인 순간이 떠올랐다. '나이 들어 느끼는 행복의 순간이 이런 것이 아닐까?' 하는 생각이 들었다. 서둘러 태안읍 서부시장으로 갔다. 시장의 이곳저곳 꽃집과 나무농원을 찾아다녔지만 내가 생각하고 있는 꽃잔디 모종은 좀처럼 찾을 수가 없다. '작은 꽃밭은 수포로 돌아가고 마는가?'

지치고 절망적인 생각으로 농막으로 돌아가는 길, 마지막으로 지나가는 철물점 건너편 길목에 임시 나무 시장이 열려 있었다. 그곳에 내가 찾던 꽃잔디가 있었다. 꽃잔디 스물네 포기와 수선화 열 포기를 샀다. 농막으로 돌아오는 동안 내내 수선화와 꽃잔디가 피어 있는 작은 꽃밭의 모습을 그리며 시간 가는 줄 모르고 농막에 도착했다. 곧바로 꽃밭 만들기 작업을 시작했다. 마당과 접한 굳은 땅을 곡괭이로 파서 땅을 고르고, 평소 밭 정지 작업을 하며 모아 두었던 작은 돌로 예쁘게 담을 쌓아 기초를 만들었다. 삽과 괭이로 흙을 파서 그 위에 덮고 덩어리 흙은 깨서 고른 다음, 비탈진 곳에는 분홍 꽃이 핀 꽃잔디를 세 줄로 심고, 그 위쪽으로 평평한 곳에 수선화를 심었다. 물이 흘러내리지 않도록 꽃모종 주변을 돋우어 주고 물을 흠씬 주었다. 농막 입구에 두어 평 부채꼴 모양의 예쁜 꽃밭이 만들어졌다. 농막 입구가 환해진 느낌이다.

비록 작은 꽃밭이지만 탁발승에게 보시라도 하는 심정으로, 이곳을 지나가는 해변 둘레길 나그네들과 함께 아름다움을 나누고 싶다. 이젠 농막 앞을 스쳐 가는 이웃들에게도 이 작은 꽃밭의 수선화와 꽃잔디가 고운 모습으로 반겨 줄 것이다. 파도리 농막에 오면 정을 나눌 새로운 친구가 생겨서 그들을 생각만 해도 행복하다. 참으로 아름답고 귀한 인연이다.

알철모

대학 시절 학군단 1년 차 후보생 때는 중대장을 하고, 2년 차에는 명예 위원장으로 의욕이 넘치는 모범 후보생이었다. 주중에 강의가 끝나면 곧바로 군사훈련이 기다리고 있어 대학 생활의 낭만 같은 것은 아예 생각할 겨를이 없었다. 하지만 여학생 동기생들이 많아서 팍팍하고 힘겨운 대학 생활에 큰 위로가 되었다. 이렇듯 평소에는 학내에서 강의를 들으면서 학군단 군사훈련을 받았고, 여름방학이면 부대에 입소하여 한 달간 집중 군사훈련을 받았다.

올해도 벌써 전반 학기가 끝나고 입소를 위한 군 트럭이 학군단 앞 연병장에 도착하여 우리를 기다리고 있었다. 1년 차부터 소대별로 트럭에 올라 마치 전선으로 떠나는 군인처럼 비장한 마음으로 교수님들과 여학생들의 환송을 받으며 0000부대를 향해 떠났다. 도착하자 첫날부터 잠시 부대시설과 영내 생활 안내가 끝나고, 맑은 하늘에서 거침없이 퍼붓는 칠월의 따가운 태양 아래 제식훈련, 총검술 등이 이어졌다. 훈련이 끝나고 나니 몸은 땀범벅이 되었다. 여름 가뭄으로 바닥을 흐르는 도랑물에 목욕은 하는 둥 마는 둥 통과의례로 끝이 나고, 속도를 요하는 식사 역시 반도 먹기 전에 끝이 났다. 저녁 내무반 생활 역시 청소와 정리정돈, 총기 수입 등 긴장된 시간의 연속이었다.

저녁 점호가 끝나고 취침 시간이 되자 금세 곯아떨어지는 친구도 있었지만, 홑이불 속에서 불을 켜고 몰래 편지를 쓰는 친구도 있었다. 그런데 갑자기 들이닥친 구대장님의 불시 점검, 잠자는 것도 훈련의 일환인 군 생활에서 자야 할 시간에 자지 않은 것이 취침 불량으로 걸리고 말았다. 그 결과 기합으로 우리 내무반 전체에 선착순 집합 명령이 떨어졌다. 명령의 내용은, '한쪽 발에는 영내화(고무신)를 신고 다른 한쪽은 군화, 복장은 러닝셔츠에 팬티 차림, 알철모에 소총을 메고 대연병장에 선착순으로 집합할 것' 취침을 하다가 갑자기 떨어진 명령에 모두 선착순에 뒤처지지 않기 위해 조용했던 내무반은 일시에 아수라장이 되었다.

나도 황급히 명령의 내용을 차례로 되뇌며 최대한 빠르게 선착순 장비를 챙기던 중 마지막 어려운 과제 하나가 바쁜 나의 발목을 잡고 말았다. 순간적으로 알철모에서 혼돈이 일어난 것이다.
철모 안에 쓰는 파이버를 말하는 것인지, 바깥 철모인지 도무지 알 수가 없었다. 초를 다투는 긴박한 상황에서 마음만 급할 뿐, 우왕좌왕 하면서 "알철모가 뭐꼬! 알철모가 뭐꼬!" 큰 소리로 외쳐 보았지만, 대답하는 친구는 아무도 없었다. 오직 나만 살고 보자는 제 갈 길이 바쁜 처지라 평소 친구 간의 의리, 전우애 같은 것은 안중에도 없었다. 일시에 내무반은 텅 비어버렸고 이미 나에게 선착순의 의미는 사라져 버렸다. 그때 친구들이 사라진 문 쪽에서

"친구야, 바깥 철모가 알철모다.
니하고 내하고 둘이서 천천히 가자. 맨 뒤에 서서 기합받으면 되지 뭐."

사람은 극한 상황에서 진정성을 헤아릴 수 있다고 했던가?
아, 어떻게 이런 대범한 친구가 내 곁에 있었다니……. 이 사건을 계기로 나는 알철모도 모르는 고문관이 되고 말았지만, 그 순간 선착순의 두려움은 사라지고 한없이 넓어 보이는 친구의 도량에 큰 깨우침을 얻었다. '세상은 이렇게 사는 법도 있구나!' 신세계를 발견한 느낌이었다.

꼴찌로부터 열 명, 두 명씩 잘라서 끝날 때까지 대연병장을 뛰는 것이었다. 거기서도 치열한 경쟁은 마찬가지였다. 하지만 우리는 마지막 두 사람으로 남는 것을 크게 두려워하지 않았다. 휘영청 밝은 달 아래 한 손으론 덜렁거리는 알철모를 잡고, 다른 손은 어깨에 총을 메고 절룩거리는 걸음으로 대연병장을 앞서거니 뒤서거니 서로를 격려하며 뛰고 또 뛰었다. 숨이 차서 쓰러질 지경이었지만, 도를 닦는 심정으로 고통과 전우애를 심신으로 느끼며 다섯 바퀴를 완주했다. 첫 선착순 집합은 이렇게 끝이 났다.
다음 선착순은 또 누구에게 어떤 해프닝이 벌어질지 모를 일이다.

찻잔 속의 봄

새봄을 맞이하기 위해 마음의 준비가 필요할 것 같다. 컴퓨터도 가끔 불필요한 아이콘은 정리를 해줘야 더욱 편리하고 효율적으로 사용할 수 있듯이, 나에게도 마음의 정리가 필요한 때가 있다. 모처럼 혼자 걸으며 조용히 사색하기에 좋은, 경주 동 남산 중턱에 자리한 칠불암을 찾기로 했다. 통일전 주차장에 차를 세우고 먼저 서출지 둑을 거닐며 아름드리 노송과 배롱나무 노목을 사진으로 담았다.

이어서 TV 프로그램에서 경주의 새로운 맛집으로 소개된 어묵 우동 집을 방문했다. 어묵이야 집 근처 마트나 가게에서 쉽게 살 수 있는 음식이지만, 이 집은 신선한 생선 살로 현장에서 직접 만들어 주는 즉석 수제 어묵이라는 점이 큰 장점이었다. 따라서 경주의 풍부한 문화적 관광자원을 보완해 줄 명품 요리로 자리매김할 수 있을지 확인을 하고 싶었다. 방송에서 보았던 주인은 출타 중이었고, 맛집 분위기와는 달리 어딘가 어설

퍼 보이는 아르바이트 학생 같은 두 소녀가 담담한(?) 표정으로 나를 맞이했다. 어색한 접객 분위기가 부담스러워 지체하지 않고 김밥과 어묵을 주문했다. 기대가 크면 실망도 크다고 했던가? 손님이 보는 앞에서 직접 수제 어묵을 만드는, TV로 보여 주었던 그 모습은 실현되지 않았고, 신선한 어묵 재료도 확인할 수가 없었다. 일반 어묵과 다름없는 어묵을 먹으며 기만행위에 배신감을 느꼈지만, 매스컴의 상업적 프로그램에 오락가락하는 귀가 얇은 나 자신을 자책하며 이내 기대를 접고 말았다.

칠불암을 향해 길을 나섰다. 초입부터 키 큰 소나무 숲으로 이어지는 완만한 오르막이 사색하며 걷기에 적절한, 한적하고 아름다운 숲길이다. 머릿속을 스치는 생각들을 하나씩 정리하며 걷다 보니 이마에 땀이 솟기 시작했다. 윗도리를 벗어젖히고 노송 그늘에 누워 하염없이 하늘을 쳐다보았다. 허공의 푸른 캔버스에 소나무들은 움직이는 그림이 되고, 청량한 솔바람 소리가 귓가에 맴돈다. 보이지 않는 바람이 솔숲을 만나 영혼을 씻어 주는 아름다운 하모니의 교향악을 연주하고 있는 듯하다.

반야심경의 '색즉시공 공즉시색' 이란 구절이 떠 오른다. 색이 곧 공이요, 공이 곧 색이다. 모양이 있는 것은 없는 것이요, 없는 것은 있는 것이다.
'일어났다가 사라지고 또 일어나는 파도나 바람처럼'

계곡 웅덩이에 비친 하늘과 소나무가 또 다른 한 폭의 그림을 만들고, 진달래 꽃망울이 어린 소녀의 가슴처럼 수줍다. 마지막 산죽 오솔길을 거처 칠불암에 오르니 숨이 턱에 찬다. 사면 석불의 노천 법당은 부처님전에 절하는 사람들로 빈자리가 없다. 땀도 식힐 겸 한동안 바위 의자에 걸터앉아 마음을 가다듬었다.

큰 바위에 동서남북으로 일곱 부처님이 계시니 사방이 법당이다. 남산 전체를 아우르는 가장 큰 자연 법당인 셈이다. 예불을 올리고 요사채로 향했다. 맑고 밝은 표정의 주지 스님께서 반갑게 맞아 주셨다. 오랜 지기를 만난 듯 편하고 자연스러운 스님의 법문을 들으며, 음미하는 향기로운 뽕잎 찻잔 속엔 이미 봄이 가득하다.

비학산 겨울 산행

언제부턴가 삭막한 겨울 날씨가 삶을 더욱 애틋하게 하고 가슴을 아리게 하는 것은 무엇 때문인지 모를 일이다. 그럴 때면 따끈한 정종한 잔으로 삶을 반추해보는 요즈음이다. 새삼스럽게 작년 새해 아침 만리포 해수욕장의 거친 바람과 높은 파도가 그리워진다. 비록 호화롭거나 충분하지는 못했지만 모처럼 온 가족이 함께 했었다. 오늘은 일상사 모두 훌훌 털어버리고 늘 신비롭게 여기던 산, 사연이 있고 민초들의 삶이 진하게 배어있는 비학산을 찾기로 한 날이다.

학이 알을 품고 있다가 하늘로 나는 형상에서 이름이 유래되었다는 비학산, 높지도 낮지도 않은 해발 762m의 능선이 아름다운 한국적인 산이다. 비학산 정상이나 동편의 등잔 혈에 묘를 쓰면 자손이 번창한다는 전설이 있고, 동남쪽 중턱 구릉지에 신비롭게 솟아 있는 '무제등'은 이 지역 민초들의 원이 서려있는 기우제를 지내던 곳이다.

산록의 넓은 터에는 신라 법흥왕의 법명을 따서 이름 지은 법광사지가 있다. 법광사는 부처님의 진신사리를 봉안했던 5천여 평 부지에 525간의 신라 시대 거찰이었으나, 지금은 전성기를 짐작케 할 거대한 불탑의 잔해들만 폐허에 나뒹굴고 있을 뿐이다. 등산로 입구 작은 암자 댓돌 위에 놓인 하얀 고무신 한 켤레가 세월의 무상함을 더욱 절감케 한다. 비록 차갑게 내리는 겨울비 속의 우중 산행이지만, 비학산을 오르는 발걸음은 마치 가슴에 품고 있던 설화를 하나씩 풀어가듯 가볍고 경쾌하다.

무제등에 오르니 내리던 비는 이내 눈으로 바뀌었고, 발아래 펼쳐지는 광활한 안강평야는 대지주나 사대부들의 터전이었음을 짐작케 한다. 흩날리는 눈을 맞으며 잠시 무제등 반석에 앉아 간식으로 챙겨 온 감과 귤 두 조각 고수레로 기우제를 대신했다. 구름이 덮여 있는 신령스러운 정상을 향해 오르는 급경사의 능선 길은 휘몰아치는 눈보라 속에 살을 에는 육체적 고통과 동시에 극기의 정신적 감동이 교차하는 산山 사람들만이 느낄 수 있는 매력적인 체험 산행코스였다.

세찬 설한풍에 내맡겨진 채 묵묵히 도열해 있는 능선의 굴참나무 군락을 보면서 인내의 참모습을 알았고, 학(정상)의 등을 타고 구름 속 천공을 날면서 비학산 하下 백성들의 삶을 헤아릴 수 있었다.

갑자기 북쪽에서 몰려오는 검은 구름이 하산을 재촉한다. 정상 등정 기념으로 백천(60도 고량주) 한 잔으로 언 몸을 녹이고, 쏟아지는 눈 속을 보조 밧줄에 의지하며 내려온 하산 길에, 보물 찾기 하듯 어렵게 얻은 더덕 몇 뿌리는 비학산 산신령이 하사하신 특별한 선물이었다. 눈 맞으며 비학산 계곡에서 끓여 먹은 더덕 라면, 시골 사랑방 같은 정다운 숯굴 찜질방, 비학산 원조 칼국수 집의 쫄깃한 칼국수 맛은 비학산 겨울 산행의 담백한 뒷맛이었다.

'겨울 속의 삶'이 아니라 '삶 속에 겨울이 있음'을 가슴에 새긴 하루였다.

백야의 나라에 반하다
(feat. 북유럽 4국 기행)

◆ 꿈에 그리던 북유럽

　칠순기념으로 꿈에 그리던 북유럽 4개국 여행을 기획하고 있었는데, 미리 예약을 하면 혜택이 주어진다는 여행사의 권고로 7월에 떠날 여행을 석달 전인 4월에 예약해 두었었다. 그런데 이상하게도 과거의 해외여행과 달리 마음의 설렘이 없이 그저 담담할 따름이다. 정년퇴직 후 지난해까지 서유럽, 동유럽을 연속으로 다녀온 터라 유럽에 대한 기대치의 하락인지 아니면 장거리 여행에 대한 부담감 때문인지 모를 일이다. 30여 년 전 처음 유럽여행을 떠날 때만 해도 계획 단계부터 얼마나 마음 설레며 기다렸었던가? 하지만 좀 늦은 나이의 쉽지 않은 해외여행인 만큼, 이번 백야의 나라 북유럽 4국 여행은 따라다니는 여행, 구경만을 위한 관광이 아니라 지금까지와는 좀 다른, 「늦은 나이의 관광여행」이란 나만의 새로운 여행 방법을 계획하여 시도해 보겠다는 특별한 목표를 설정하고, 마음의 각오를 다지고 나니 새로운 기대도 생기고 다소 설레기 시작했다. 늦은 나이의

관광여행이 간혹, '마지막 해외여행일 수도 있다.'라는 생각에 욕심이 앞서
다 보면 아집, 객기, 과로 등으로 함께하는 동행들에게 피해를 주거나 사
고를 유발할 수도 있다. 따라서 이번 북유럽 여행은 여행의 의도와 목적
자체를 달리하기로 하고, 그동안의 해외여행 경험을 총망라하여 여행에
임하는 마음 자세와 그에 따른 구체적인 나만의 행동지침을 마련하였다.

그동안 나의 해외여행이 새로운 경험과 지식충족을 위한 끝없는 도전
과 탐구였다면, 이번 「늦은 나이의 관광여행」은 휴식과 더불어 나 자신의
삶을 반추해 볼 수 있는 기회로 삼고, 하심과 배려, 보시 세 가지의 실천과
여행 분위기 그 자체를 즐기는 것으로 자신과의 약속을 한 것이다. 즉, 과
거의 해외여행이 주로 기록하고 사진 찍는 활동이었다면, 이번 여행은 목
적지의 문화체험과 더불어 또 하나의 관광 활동인 여행 중 나 자신의 언
행과 생각의 변화 등 자신과의 약속을 객관적인 입장에서 지켜보는 일이
다. 그리고 약속 성공 여부의 집착이 오히려 마음의 부담이 되지 않도록,
모든 것을 내려놓고 편안한 마음으로 여행을 즐겨 볼 생각이다.

벌써 마음이 홀가분하고 새롭게 만날 사람들이 궁금해지기 시작했다.
종심의 나이에 이제야 철이 드는 모양이다. 이른 아침 콜택시로 인천공항
행 리무진 버스 정거장이 있는 송도 신도시 쉐라톤 호텔 앞까지 편안하게
도착을 했다. 두 사람이 경로 할인으로 갈 수 있는 인천 지하철 원인재역
이 집 가까이 있지만, 번거롭고 힘겨워할 아내를 생각해서 내린 결단이었
다. 택시요금을 지불하고 기사분에게 "이것은 택시비 외에 팁입니다."하면

서 따로 2천 원을 더 드렸다.

"감사합니다. 마수걸이 손님이신데, 덕분에 오늘은 영업이 잘될 것 같습니다. 즐겁고 건강하게 잘 다녀오십시오."하면서 트렁크를 내려 주고는 밝은 미소로 90도 각도의 인사도 잊지 않았다. 서로가 만족스러운 여행의 시작이다. 자신과의 약속 첫 시도는 성공적이다.

기내의 모든 사람들이 더욱 가깝고 친근하게 느껴진다. 출발 전의 힘겨웠던 컨디션도 한결 좋아졌다. 그동안 삶의 과정 속에서 자신도 모르게 각박했던 마음이 조금이나마 여행을 통해 정화되어 순수한 본심을 새롭게 찾아가는 느낌이다. 인천공항에서 노르웨이 오슬로까지 11시간, 85kg에 달하는 나의 체구에 이코노미석이 다소 좁긴 했지만, 이것도 색다른 체험이라고 긍정적으로 생각하니 전혀 불편하게 느껴지지 않았다. 다소 무료하고 지루할 수 있는 긴 비행시간은 오히려 마음껏 생각하고 명상할 수 있는 풍요로운 시간이 되었다. 영화 한 편, 음악 한 곡 듣지 않고 노르웨이의 수도 오슬로 공항에 도착할 수 있었다. 현지 가이드를 만나서 인원 점검이 끝나고 투어버스 탑승 전 주의 사항과 열흘간 함께 여행할 팀원들에 대한 소개가 있었다. 젊은 아주머니 그룹 10명, 노부모를 모시고 온 가족 6명, 중년 여성 단체 6명, 70대 후반의 친구끼리 온 부부 2팀, 중년의 자매 2명, 단독 부부 2팀 그리고 우리 팀 부부 4명 총 36명으로 구성되었다. 이제 이 순간부터 나이 출신 경력 모두 떨쳐버리고, 오직 함께하는 팀의 일원으로서 여행을 즐기기로 굳게 다짐을 했다.

그런데 여행의 시작 단계부터 유난히 돌출된 행동을 보이는 사람들이 눈에 들어왔다. 젊은 아주머니 그룹 멤버들이다. 투어버스에 짐을 먼저 싣기 위해 달리기를 하듯 앞을 가로지르더니, 민첩하게 버스 앞 좌석을 차지하고는 승리감을 만끽하는 모습들이다. 오직 자신만을 생각하며 치열하게 살아온 평소의 습관을 그대로 보여 주고 있다. 과거 해외여행에서도 자주 목격했던 모습이기에 '그럴 수도 있는 일'이라고 이내 편편잖은 마음을 다스리며 천천히 편안한(?) 뒷자리에 앉았다.

동계 올림픽이 열렸던 릴레함메르를 지나, 멋진 호수 풍경이 내려다보이는 빈스트라의 갈라 호텔에 첫날밤 여장을 풀었다. 엘리베이터가 없는 호텔이어서 무거운 짐을 직접 들고 오르내려야 하고, 걸을 때마다 나무 바닥의 삐그덕거리는 소리, 에어컨과 냉장고 선풍기도 없는 소규모 가족 호텔이다. 1인당 GDP 99,295불의 세계 제2위 복지국가에 어울리지 않는 모습이지만, 검소한 생각을 가진 노르웨이 국민들의 생활 모습을 존중하는 것으로 편하게 마음을 정리했다. 평소 내 취향을 충족시키기 위해 떠나 온 여행이 아니라, 새로운 문화를 체험하고 맞춰가는 재미를 위한 여행이 아닌가? 자신의 방을 찾지 못해 방황하고 있는 부부를 위해 방을 찾아주고, 2층까지 트렁크도 옮겨 주었다. 작은 도움에 고마워하며 친근감을 보이는 그들의 모습을 보면서 오히려 내가 고맙고, 남은 일정 함께하는 팀원들을 위해 더욱 열심히 배려해야겠다는 생각이 들었다. 드디어 말로만 듣던 대로 밤 열 시에 해가 지고 밤중에도 어둡지 않은 백야의 밤이다. 밤 세시에 이미 날이 밝았다. 다소 고단하긴 하지만 신기한 경험이 여행의 즐거움으로 다가온다. 말로만 듣던 북극권의 나라에 와 있음을 실감하는 순간이다.

◆ 노르웨이의 대자연 속으로

기대가 큰 피오르드 관광이 기다리고 있는 첫날이다. 게이랑에르 피오르드로 가기 위해 좁고 구불거리는 산길을 한동안 버스로 달렸다. 눈길 닿는 곳마다 계곡을 흐르는 푸른 빙하수와 넓은 호수, 울창한 나무숲, 호숫가의 캠핑촌, 모두가 풍요로운 자연의 모습 그대로다. 노르웨이 국민들은 한 집에 캠핑카가 한 대씩, 전 국민이 캠핑의 생활화가 된 캠핑 천국이란다. 인위적 시설을 절제하고 자연 그대로의 모습을 지키면서, 그에 의지한 그들의 삶의 모습에서 여유와 평화, 그리고 행복을 느낄 수가 있었다. 산속의 작은 도시 오따에 도착했다. 아름다운 산장 마을과 북유럽의 독특한 목조 양식으로 못 하나 사용하지 않고 건축했다는 롬 바이킹 스타브 교회 모습을 보면서 노르웨이 전통문화를 새롭게 느끼게 되었다. 설산과 아름다운 목조 교회를 배경으로 팀원들의 사진을 찍어 주었다. 서먹했던 사람들이 점점 가까이 다가오고 있다.

투어버스가 힘겹게 산길을 올라 만년설로 덮여 있는 해발 1,300m의 그로틀리 호숫가에 정차했다. 마치 신선이라도 나타날 것 같은 상상 속의 모습 그 자체다. 설산의 산정 호수가 마침 갑자기 나타난 구름으로 서서히 덮여가는 신비한 광경에 말을 잃었다. 오직 노르웨이, 이곳에서만 느낄 수 있는 행운의 순간이다. 아름다운 순간을 담기 위해 포토존은 쟁탈전을 방불케 한다. 경쟁이 없는 뷰포인트에서 서둘러 두 컷을 찍고, 좋은 배경을 선택하여 차례로 다른 팀원들의 사진을 찍어 주었다. 고마워하는 모습이 호수의 경관보다 더 아름답다는 생각이 들었다.

그로틀리를 뒤로하고 대관령 아흔아홉 구비보다 더 구불거리는 급경사의 내리막 산허리를 돌아 게이랑에르 피오르드 선착장에 도착했다. 아름다운 항구엔 우람한 크루즈선과 유람선, 그리고 호화로운 요트들이 장관을 이루고 있다. 잠시 후 우리는 유람선을 타고 피오르드를 항해하면서 바다와 협곡, 그리고 높은 절벽에서 바다로 떨어지는 장엄한 폭포들을 구경할 수 있었다. 과거 뉴질랜드 관광에서 경험했던 밀포드사운드 피오르드와는 또 다른 느낌이었다. 특히 선장 복장의 아름다운 여자 직원이 판매하는 선상 커피와 팬케이크 맛은 잊을 수 없는 강한 여운을 남겼다.

피얼란드에서 송네피오르드 페리로 환승을 해서 작고 아름다운 전통도시 레르달에 도착했다. 저녁엔 린드스트로엠 호텔에서 함께 간 부부가 정을 담아 베풀어 준 칠순기념 와인으로 가슴을 적시며 객고의 여독을 풀었다. 영원히 잊을 수 없는 노르웨이 레르달의 감동적인 밤이었다.

맑고 청명한 날이다. 아침엔 다른 멤버들과 산책 겸 전통도시의 아름다운 경관을 배경으로 서로 사진을 찍어 주며 군것질거리로 친분을 나누었다. 산악관광열차『플롬라인』을 타기 위해 레르달을 떠나 아름다운 계곡마을 플롬에 도착했다. 짙푸른 바다와 피오르드협곡, 붉은색의 플롬역사譯숲가 절묘한 조화를 이루어 꿈처럼 아름다운 경관을 연출하고 있다. 『플롬라인』은 높은 산, 험한 계곡, 상상을 뛰어넘는 다양한 터널을 통과하며 주변의 아름다운 마을과 산악경관, 폭포 등을 감상할 수 있는 특별한 체험 관광코스였다.

◆ 아름다운 베르겐

산악관광열차에서 내리자 버스로 갈아타고 '솔베이지의 노래'로 유명한 노르웨이가 낳은 세계적인 작곡가 『그리그』의 생가가 있는 베르겐에 도착했다. 노르웨이의 가장 큰 항구도시인 베르겐은 송네피오르드의 관문으로 미로같이 복잡한 노르웨이 서해안의 다도해 지역에 위치한 물의 도시이다. 12~13세기에는 노르웨이의 수도였으며, 19세기까지는 북유럽에서 가장 큰 도시였다. 올드타운 브리겐은 삼각형 모양의 지붕을 얹은 중세풍의 건물이 많이 남아 있는 구역으로 1979년 유네스코 세계문화유산으로 지정되기도 했다. 특히 핫플레이스인 플뢰엔 산 전망대에서 조망하는 바다와 섬이 조화를 이룬 베르겐의 전경은 가히 비교 불가능한 세계 최고의 미항이라는 생각이 들었다. 부두 광장엔 카페, 레스토랑, 펍, 기념품점들과 어시장의 먹음직스러운 갖가지 해산물들이 관광객의 발길을 끌고 있었다.

점심 식사를 위해 해변 레스토랑에 들어갔다. 멤버 중 여성 두 분이 길을 잃어 모두 걱정이다. 얼른 밖으로 나가 가이드와 양쪽으로 길을 나눠 그들을 찾아 나섰다. 인파를 헤치고 한참을 걸어서 맞은편 해변에서 그들을 찾아 데리고 왔다. 내 나이 칠순이긴 하지만 아직 함께하는 사람들에게 도움이 될 수 있다는 것에 보람을 느꼈다. 모처럼 고급 레스토랑에서 베르겐 항구의 아름다운 풍광을 감상하며 노르웨이 특산 연어 요리를 테이블 서비스로 식사를 했다. 맛과 멋, 품위를 동시에 느낄 수 있는 행복한 체험이었다.

그런데 식사가 끝나 갈 무렵 팀 동료 어르신께서 일어서셨다. 그리고는 한 말씀 하시겠다며 여행하는 동안 "서로 먼저 인사하며 지내자." "건강하게 사는 법" 등 장황하게 인생 강의를 이어 가셨다. 요지要旨는 팀원들이 연장자인 자신을 알아서 모시지 않는 것이 못내 섭섭했던 모양이다. 하지만 모두 의아한 모습으로 그의 얘기에 관심보다는 빨리 끝나기만을 기다리고 있었다. 아름다운 베르겐 항구에서 감상에 젖은 멋진 식사 분위기가 일시에 깨지고 말았다. 직장 상사도 가족도 아닌, 각자 동등한 관광객의 일원으로서 함께하고 있는 특수한 상황임을 전혀 고려하지 않고, 오직 어른의 입장에서 훈계하는 것 같아 안타깝다는 생각이 들었다. 아이러니하게도 그분의 말씀과는 달리, 여행하는 동안 그 어르신의 가족들은 늘 굳은 표정으로 다른 멤버들과 인사는 물론 말 한마디조차 나눈 적이 없었다. '늦은 나이의 관광여행일수록 하심하며 몸소 행동으로 모범을 보이는 것이 오히려 공감을 얻을 수 있고, 모두가 즐거워질 수 있는 관광 여행법이 아닐까?' 하는 생각이 들었다.

언젠가 다시 찾아오리라 다짐하며 아쉬운 마음으로 아름다운 항구도시 베르겐을 떠나, 장시간의 이동 끝에 해발 800m의 쾌적하고 뷰(view)가 일품인 "스토레피엘 골 스키리조트"에 도착했다. 마침 하늘엔 화려한 무지개까지 떠올라 환영 세리머니 아치를 만들어 주었다. 저녁 만찬 땐 여행 중 생일을 맞은 아내를 위해 호텔 레스토랑 분위기에 걸맞은 고급 와인 1병으로 지인 부부와 함께 아름다운 고원의 야경을 감상하며 축배의 잔을 들었다. 삶의 소중한 가치를 새삼스럽게 느끼는 밤이었다.

다소 아쉬움이 있었다면, 매너가 필요한 뷔페레스토랑에서 행렬 사이를 수시로 끼어드는가 하면, 마치 계 모임이나 하듯 큰소리로 시선을 끌며 레스토랑의 분위기를 흐리고 있는 우리 팀 젊은 아주머니들의 태도였다. 같은 팀이라는 것이 낯 뜨거워 만류하고 싶었지만, 종심의 나이를 생각하며 마음을 접고 말았다. 언젠가 다른 관광객들의 매너 있는 모습을 보면서 스스로 깨우칠 수 있기를 기대할 뿐이다.

저녁 식사가 끝나고 와인 값을 지불하려는데 두 배의 값이 청구되었다. 웬일인가 했더니 옆 테이블에 앉아서 식사하던 우리 팀의 자매 두 분이 와인을 한 병 시켰다가 비싼 가격에 놀라 취소도 하지 않고 그냥 두고 가버린 것이 나에게 합산된 것이었다. 취소가 불가능하여 결국 유로 달러로 두 병값을 계산하고, 이웃 나라에서 사용이 불가능한 불편한 노르웨이 크로나로 돌려받는 황당한 일을 겪긴 했지만, '말도 잘 안 통하는 외국 여행에서 당황하면 그럴 수도 있는 일'이라고 이해하고 말았다. 다소 찜찜했던 마음은 지인 부부와 함께 호텔방으로 가서 한국에서 가져온 칼칼한

70

컵라면을 안주 삼아 맥주로 깔끔하게 뒷마무리를 했다. 역시 해외여행 중에 먹는 컵라면의 맛은 언제나 정답이라는 생각이 들었다.

◈ 만년설이 녹아내리는 툰드라

아내의 진짜 생일 아침이다. 이른 아침 지인 부부의 초대를 받았다. 여행지에서 초콜릿 찰떡을 구해서 어렵게 만든 케이크와 촛불까지 급조한 독특하고도 의미 있는 깜짝 생일 축하파티가 그분들의 방에서 열렸다. 조촐하면서도 정이 담긴 감동적인 생일상이 행복한 아침을 만들어 주었다.

오늘은 툰드라 지역 관광을 위해 아침 일찍 출발했다. 계곡과 산길, 달팽이 같은 나선형의 터널을 돌고 돌아 해발 평균 1,100m의 설원, 하당에르 국립자연공원에 도착했다. 계곡의 절벽 위에는 빨간 건물의 그림 같은 포슬리(Fossli) 호텔이 위치하고, 호텔 앞 모뷔달렌 계곡엔 절벽에서 떨어지는 높이 182m에 달하는 뵈링폭포의 장대한 물줄기가 장관을 이루고 있었다. 놀랍고도 감동스러운 경관이었다. 하당에르의 광활한 툰드라고원 만년설이 녹아 흘러내리는 2단의 뵈링폭포는 너무 높아 아쉽게도 한 번에 그 모습을 카메라에 담을 수가 없었다.

포슬리 호텔은 1880년 올라 가렘(Ola Garem)이 호텔 건립을 구상하고, 1887년 공사를 시작하여 1891년에 지어진 유서 깊은 호텔이다. 도로가 없던 시절 오직 말을 이용해서 건축자재를 고원까지 운반하여 건축한 전설 같은 역사를 지닌 호텔이다. 포슬리는 여름 한 철만 개장하는 호텔로 에드워드 그리그(Edvard Grieg)의 숨결을 느낄 수 있는 곳이기도 하다. 그는 베르겐 근교에 살면서 여름철이면 이 호텔에서 악곡을 구상했다고 한다. 그리그의 이야기를 들으며 그가 머물렀던 커피숍에서 마시는 차 한 잔이 색다른 의미로 와 닿는다. 특히 그가 연주했다는 1896년 제작된 라이프치히의 짐머만(Zimmerman) 피아노가 로비에서 눈길을 끌고 있다.

아쉬움을 뒤로하고 포슬리를 출발한 우리 일행은 툰드라를 가로질러 다시 오슬로로 향했다. 툰드라는 북반구 지역으로 2~3개월간의 짧은 여름 동안 이끼류, 키 작은 관목들이 자라는 맨땅과 바위지대로 되어있다. 산이 높지는 않지만, 위도가 북반구라 습하고 수목이 자라지 못해, 만년설과 누런 갈색을 띤 산군山群이 끝없이 이어지고 있다. 돌과 초원, 수많은 호수를 품은 독특한 풍경이 마치 우주의 낯선 세계를 걷는 느낌이다. 도로변에 줄지어 박혀 있는 나무 막대들은 눈 덮인 겨울, 제설작업을 위한 표시라고 한다. 자연환경에 따른 그들만의 삶의 모습들이 이곳에서만 느낄 수 있는 새로운 모습으로 다가온다.

오슬로의 비겔란 조각공원으로 이동했다. 상징적인 자연주의 조각가 구스타프 비겔란이 인간의 희로애락을 주제로 청동, 화강암, 주철로 만든 200여 점의 작품들이 도열해 있다. 특히 공원 중앙에 자리한 모노리트는 13년에 걸쳐 제작된 대작으로 실오라기 하나 걸치지 않은 121명의 남녀노소가 육중한 화강암 17.3m의 기둥에 비장한 모습으로 기어오르는 인간 칠기七氣의 모습이 표정, 근육, 머리카락 등이 살아 있듯 사실적으로 조각되어 있다. 거대한 규모와 섬세하고도 뛰어난 예술성에 '인간 능력의 끝은 어디까지인가?' 하는 생각이 들었다.

다음 코스는 전설의 바이킹 선이 전시되어있는 바이킹 박물관으로 이동했다. 오슬로의 피오르에서 발견된 오세베르그호, 고크스타호, 투네호 등 세척의 바이킹 선이 복원 전시되고 있었다. 9세기 초에 건조된 오세베르그호의 경우 35명의 노 젓는 사람들과 돛을 이용해 항해한 배로 가장 규모가 크고 화려했으며, 각종 장식품과 부엌 용품, 가구류 등이 발견되었다. 50여 년 활약을 끝내고 오사 여왕의 관으로 사용되었다고 한다. 놀랍기도 하고 역사의 무상함을 실감하는 순간이었다.

◆ 백야의 항해

노르웨이에서 스웨덴으로 이동을 했다. 국경을 넘어 다른 나라로의 여행 임에도 통제시설이나 검문 등 국경을 의식할만한 그 어떤 것도 존재하지 않았다. 오직 도로 위에 설치되어 있는 모니터 두 개와 스웨덴이라는 글자뿐이었다. 남북이 대치하여 늘 긴장 속에 살고 있는 우리나라와는 달리 평화로운 이웃이 부러웠다. 칼스타드의 스칸딕윈 호텔에 여장을 풀었다. 낯선 엘리베이터의 사용법을 몰랐던 탓에 좁은 엘리베이터에 큰 여행 가방을 가득 싣고 몇 차례를 오르락내리락 고생했다. 층을 누르고 객실 카드로 확인을 해야 하는데, 인솔자도 미처 생각하지 못했던 것 같다. 친절한 외국인의 도움으로 해결은 했지만, 한국에서 올 다음 관광객들을 위해 인솔자에게 귀띔을 해줘야 할 것 같다.

스웨덴 역시 산림자원이 풍부하고 아름다운 호수가 많은 나라로 특히 의료, 교육, 제조업 등이 발달한 나라다. 세금이 높긴 하지만 사회복지가 완벽에 가까워 국민의 불만은 없다는 것이다. 특이한 것은 스웨덴의 재벌 발렌베리 가문에 대한 전설 같은 이야기다. 스웨덴 GDP의 34%를 차지하고 있는 발렌베리 기업이지만, 우리나라 재벌들과 달리 지탄의 대상이 아니라, 국민으로부터 존경과 인기를 누리고 있다는 사실이다. 그 비결은 우리나라 재벌들처럼 부의 무조건적 자녀 세습이 아니라, 가문의 룰이 있어, 일단 가문의 아들이라도 스웨덴 해군을 다녀와야 하고 자력으로 외국에 가서 유학을 마친 후 일반인들과 동등한 입장에서 회사 입사가 가능하다는 것이다. 또한, 제2차 세계대전 당시 독일의 히틀러가 이끈 나치당이 유대인을 집단 학살할 때, 외교관이었던 발렌베리는 자비 비자로 유대인 20만 명을 스웨덴으로 구출했다고 한다. 스웨덴 국민은 그의 박애주의 정신을 잊지 않고 믿음으로 지지해 주고 있는 것이다. 그 밖에도 발렌베리사는 탈세 없이 정직하게 세금을 내고, 존재하지만 들어내지 않는 겸손의 유지와 사회적 기여도 때문이라고 한다. 국민과 기업 모두가 행복한 일이다.

다음 행선지는 물 위의 도시, 스웨덴의 역사와 자연이 조화를 이룬 세계에서 가장 아름다운 수도首都 중의 하나로 손꼽히는 스톡홀름이다. 북유럽 최고의 건축미를 자랑하는 스톡홀름 시청사, 스웨덴 왕궁, 감라스탄 구시가지와 광장 등을 둘러보고, 밤새 발트해를 가로질러 핀란드 투르쿠로 가는 탈링크 실자라인 크루즈선을 승선하기 위해 스톡홀름 크루즈항으로 이동했다. 선상에서 저녁 식사를 즐기며 발트해를 항해하는 여정旅

程이다. 실자라인은 3천여 명의 승객이 승선할 수 있는 발트해 최고의 크루즈선으로 선내에는 카지노, 레스토랑, 바, 스파, 면세점 등이 완비되어 있어, 자유롭게 이용할 수 있다. 30년 전 미국 플로리다 마이애미에서 바하마까지 운행하는 스타크루즈를 승선한 이후 오랜만의 경험이라 감회가 새롭다. 바다와 섬, 망망대해의 낙조를 조망하면서 뷔페식당에서 멋진 식사와 와인, 그리고 항해의 즐거움을 마음껏 누렸다. '한 잔 술에 젖어 천여 년 전 바이킹들을 상상하며, 항해하는 선상에서 백야를 감상하는 것'을 출발 전부터 꿈꾸어 왔던 터라, 지인 부부와 함께 10층 선데크로 이동을 했다. 데크에 앉아 석양빛 맥주로, "백야의 이 밤, 아름다운 인생을 위하여!"를 외치며 건배로 하얀 밤을 이어갔다. 삶의 가치와 인생의 아름다움이 흥으로 넘쳐 맥주를 쏟아버렸다. 맥주 바의 직원을 불러 냅킨을 부탁했더니 도리어 맥주 한 잔을 다시 가져다주며, 마음 쓰지 말고 오직 맥주를 즐기기만 하면 된다며 하이파이브까지 해 주었다. 친절한 서비스가 고마움을 넘어 감동으로 와 닿았다.

아침이 되자 크루즈선은 핀란드 투르쿠항에 도착했다. 핀란드는 인구 542만 명에 GDP 50,451달러로 세계 14위의 복지국가다. 헬싱키가 수도이며 바다에 둘러 쌓여 있는 발틱의 땅이다. 호수가 18,000개나 되는 물의 나라로서 자연을 마음껏 누릴 수 있는 관광객들의 낙원이다. 핀란드 사람들은 주로 독한 술을 즐기는데 아크바비티, 보드카, 푀이테비나 등이 대표적이다. 검소하고 작은 것에서 행복을 느끼는 사람들이다. 핀란드의 국민음악가 시벨리우스를 기념하는 시벨리우스 공원, 암벽을 깎아 만든 암

75

석 교회, 헬싱키를 상징하는 헬싱키 대성당, 그밖에 원로원 광장, 우스펜스키 사원 등 시내 관광을 끝내고, 이곳에서만 살 수 있는 우아한 고전미와 화려한 디자인의 핀란드 수공예품을 둘러보고 간단한 쇼핑도 했다.

헬싱키는 세계적으로 유명한 건축물과 디자인을 접할 수 있고, 시가지를 여유롭게 걸으며 명품 쇼핑을 할 수 있어 관광객들에게 큰 즐거움을 주고 있다. 짧은 여정에 많은 아쉬움을 남긴 채, 핀 에어 AY 961편을 타고 덴마크로 떠났다. 오늘은 일찍 투어를 시작하여 코펜하겐을 중심으로 덴마크의 상징적인 관광자원인 안데르센 동화 원작 인어공주 동상, 왕실 주거지인 아말리엔보그 궁전, 게피온 분수대 등 바쁜 관광 일정을 이어갔다. 코펜하겐의 운하 유람선을 타고 안데르센이 거주하던 아파트와 해안 경관을 둘러 보았다. 코펜하겐 근교에 있는 북유럽의 베르사이유로 불리는 프레데릭스보르그 궁전과 바로크 정원은 바쁜 일정으로 스치듯 사진 몇 장으로 대신하고 다시 스웨덴 트롤헤탄으로 이동했다.

◆ 북유럽 관광의 끝자락

스웨덴의 항구도시 트롤헤탄의 스칸딕 스와니아 호텔에서 맞이하는 아쉬운 북유럽 여행의 마지막 밤이다. 간단히 저녁 식사를 마친 후 북유럽 여행의 끝자락에서 허전한 마음을 달래기 위해 트롤헤탄 항구로 나갔다. 석양의 해변엔 선술집들이 즐비하고 항구를 뒤흔드는 락커들의 펍록 열창과 해적 같은 거구에 꽁지머리, 문신, 다양한 수염을 기른 젊은이들로 활기가 넘쳤다. 다소 긴장감과 두려움도 있었지만, 이색적인 즐거움을 느낄 수 있는 흥분된 분위기였다. 조심스럽게 해변의 선술집 탐사를 마치고, 다소 조용하고 전망이 좋은 펍에 들러 수평선을 붉게 물들인 낙조를 감상하며 우리들의 몸과 마음도 스웨덴의 붉은 맥주 빛으로 흠씬 젖어가고 있었다. 해변을 배회하고 있던 우리 팀의 중년 아주머니 6명도 다른 펍은 불안하다며 우리가 있는 술집으로 들어왔다. 모두 하나가 되어 오랜 이웃 같은 정을 나누며 아쉬운 북유럽 관광의 마지막 밤을 즐겼다. 오래도록 미련이 남을 아름다운 스웨덴의 밤이었다.

다음날 마지막 일정을 위해 다시 오슬로로 이동했다. 비행기 탑승 전 자투리 시간을 이용하여 비에 젖은 오슬로의 중심 거리와 시청사, 왕궁 등을 다시 둘러보고 북해의 관문 오슬로 항구에서 망망대해를 조망하며 칠순기념 북유럽 관광 『늦은 나이의 관광여행』 일정을 모두 마무리했다.

아쉽고도 홀가분한 마음으로 장시간의 귀국길, 대한항공KE 9916편 전세기에 몸을 실었다.

'기다림은 고통이 아니라 존재의 축복' 백야의 나라에 반하다

북유럽 여행은 장소적 명소뿐만 아니라 서유럽, 동유럽 관광에서 접할 수 없었던 백야와 툰드라, 피오르드를 체험할 수 있어서 행복했다. 「늦은 나이의 관광여행」으로 이기적인 마음을 자제하고, 다양한 상황에 따라 함께하는 사람들을 배려하는 과정에서 여행의 또 다른 맛과 멋, 그리고

품위와 감동을 느낄 수 있었다. 북유럽 4국 백야의 나라에 흠뻑 취해 여행의 진정한 의미를 새롭게 깨닫게 해 준 계기가 되었다.

2

정으로 산다

작은 생명

연구실 난蘭 화분에 작은 생명이 출현했다. 난도 죽지 못해 간신히 생명을 유지하고 있는, 별 영양분도 없이 작은 돌만 가득한 척박한 난 화분에 까만 껍질을 뒤집어쓴 새싹이 하나 나타난 것이다. 쓰고 있는 모자로 봐서는 아무래도 사과 씨가 아니면 수박씨 같기는 한데 성장을 더 지켜봐야 탄생의 비밀이 밝혀질 것 같다. 난 화분이기에 난 이외의 잡초를 제거해 주는 것이 당연한 일이고, 난의 품위에도 걸맞은 일이겠지만, 그것은 난의 입장이고 이 작은 생명의 처지에서 보면 잡초가 아니라 어엿한 주인공일 뿐만 아니라 얼마나 어렵게 탄생한 소중한 존재인가? 하지만 난과의 동거가 언제까지 가능할지 고민만 깊어 간다.

난보다 작은 생명을 위해 물을 자주 주지만 4주가 지나도록 성장이 부진하여 철모 같은 검은 두건을 벗지 못하고 있는 것이 안타깝다. 다소 영양 공급에 도움이 될까 해서 녹차 찌꺼기를 덮어 주었다. 며칠이 지나자 제법 길어진 줄기에 머리에 쓰고 있던 껍질까지 벗어버리고 노란 어린잎이 창밖에서 불어오는 실바람에 미동을 보인다. 녹차 거름 덕분인가 해서 다시 보충을 해 주고 장고長考 끝에 작은 생명의 장래將來를 위해 난과의 동거를 청산하기로 마음먹었다. 이 결정이 진정 저 작은 생명에게 새로운 삶을 선물할지, 아니면 생의 마지막으로 이어질지 수술대 앞에 선 집도 의사의 심정처럼 무겁기만 하다.

화분을 들고 집에 도착하자 곧 분갈이 작업은 조심스럽게 단행되었다. 작은 생명은 아예 장래를 생각해서 크고 넓은 화분으로 조심스레 이식移植해 주고, 평소 열악한 환경에서 생명 유지에 어려움을 겪던 난蘭도 보다 큰 화분으로 옮겨서 다른 식물 친구들 옆으로 자리를 잡아 주었다. 난의 처지는 차선으로 한 채, 정체 모를 업둥이 같은 작은 생명을 위해 최선을 다했다. 이제 작은 생명의 생사는 시간의 흐름에 맡기고 지켜볼 수밖에 없다. 최소한 내일 아침까지 지금과 같은 모습으로 건재健在해 줄지가 문제다. 비록 좋은 여건을 만들어 주긴 했지만, 어디까지나 내 생각일 뿐 어린 생명에게는 새로운 환경에 적응하기 위한 목숨을 건 사투일지도 모를 일이다.

'이 작은 생명체에 대한 나의 집착은 무슨 연유인가?'

앞만 보고 달려온 세월 이제야 생명의 소중함을 깨달을 나이가 된 것인지! 어떻든 현재 나의 소망은 이 글이 여기서 끝나지 않길 바랄 뿐이다.

지난밤 불안한 심정으로 아침을 기다리며 잠을 청했던지라, 새벽 동이 트기도 전에 베란다로 달려나갔다. 어둠 속에 꼿꼿하게 서 있는 작은 생명이 확인되었다. 안도의 한숨을 내쉬기는 했지만, 아직 건강한 삶이 보장된 것은 아니다. 작은 생명이 흙에 뿌리를 묻고는 있지만, 현재 그에게 어떤 작용이 일어나고 있는지 모를 일이다. 이제 수시로 상태를 확인하면서 지켜볼 수밖에 없는 입장이다. 오후가 되자 펼쳐져 있던 노란색 작은 잎이 다시 오므라들기 시작했다. 나팔꽃처럼 저녁이니까 그럴 수도 있다고 믿었는데, 기대와는 달리 잎의 끝부분이 마르기 시작했다.

'호의好意에 의한 배려라도 원하지 않는 행위라면 죄가 될 수도 있겠구나!' 하는 생각이 들었다.

"상대가 느끼지 못하는 사랑은 사기"라고 했던가!

불길한 예감이 엄습해 온다. 줄기가 그대로 서 있기는 하지만 언제 힘없이 쓰러질지 소생의 기적을 바랄 뿐! 만약의 경우(?)를 생각해서 핸드폰 카메라로 사진을 몇 장 찍어 두었다. 나약한 줄기, 식물로써 제대로 모양새도 갖추지 못한 가녀린 잎의 모습이 안쓰럽다. 하지만 끝까지 포기하지는 않을 것이다.

내일은 강한 햇볕을 가려주고 스프레이로 습기도 제공해 줄 생각이다.

아침에 일어나 버릇처럼 거실 창가로 걸어갔다. 여명 속에 누워있는 흰 줄기가 어렴풋이 보였다. 작은 생명이 처참하게 쓰러져 곧게 누워있었다. 결국 잘못된 나의 배려가 작은 생명을 앗아가고 만 것이다. 그늘에서 물만 먹고 웃자란 것이 갑작스러운 강한 햇볕에 적응하지 못한 것 같다. 어렵게 싹을 틔웠지만, 음지에서 살다가 밝은 태양 아래 잎도 제대로 피워 보지 못하고 짧은 생을 마감한 이름 모를 작은 생명이 가엽기만 하다.

마치 신기루처럼 내게로 왔다가 허망하게 꺾여져 버린 작은 생명!

주변은 아무 일도 없었던 듯 고추, 가지, 유채 등은 예나 다름없이 싱싱하게 잘 자라고, 마도 넓은 잎을 흔들며 곡마단처럼 열심히 줄을 타고 있다. 옮겨 심은 난도 더욱 건강한 모습으로 새로운 삶을 시작하고 있다. 달라진 건 아무것도 없다. 우리 인생살이도 이와 별로 다를 것이 없다는 생각이 든다. 기대가 사라져 버린 작은 생명이지만, 그냥 두고 볼 수가 없어 마지막 모습을 사진으로 몇 장 남기고, 유채꽃이 환하게 피어 있는 큰 화분(붉은 고무다라) 한가운데 묻어주었다. 새삼스럽게 인생을 생각하고 소중한 인연들을 떠 올리는 아침이다.

역시 오월은 가정의 달인가 보다. 어린 시절, 외할머니, 외할아버지, 그리고 부모님이 생각난다. 멀리서나마 어린이날을 앞두고 손자 손녀들과 함께하고 있는 아내가 부럽고 고맙게 느껴진다. 내 인생길 주변의 수많은 인연들에게도 더 잘해 줘야겠다는 생각이 든다. 이제 작은 생명에 대해 아쉬움은 운명으로 여기고, 남아 있는 마, 가지, 고추 등 다른 식물들에게 더욱 관심을 가져야겠다.

　　작은 친구여 안녕!

때 묻은 달걀 한 알

어언 50년 전의 일이다. 풋내기 교사로서 교육경력은 일천하지만 교육자로서의 사명감만은 불타던 시절이었다. 새 학기를 맞이해서 각반마다 새로운 담임선생님이 결정되고, 이어서 가정방문 주간이 시작되었다. 종례 시간에 우리 반 아이들에게 5일간의 가정방문 계획을 미리 알려 주고, 방문 시 부모님 중 한 분이라도 집에 계셨으면 좋겠다는 당부도일러두었다. 벌써부터 담임선생님이 자신의 집을 방문하는 것에 대해 기대 반 걱정 반으로 교실은 떠들썩해졌다. 그날 이후 선생님의 가정방문이아이들의 주요 관심사가 되었고, 다녀온 후론 그 전날의 결과가 우리 반아이들의 화젯거리가 되었다. 또 한 가정방문이 끝난 아이들은 방문 전과는 달리 밝은 표정으로 선생님 곁으로 다가와 말을 걸기도 하고, 말썽꾸러기 아이들도 얌전해지고 공부도 더 열심히 하는 모습을 보면서 변화된아이들의 행동에 나도 덩달아 기분이 좋아지곤 했었다.

가정방문 기간 나흘이 지나고 마지막 하루가 남았었다. 그날은 방문해야 할 집도 많고 산동네까지 포함되어 있어서 오전 단축 수업을 하고 일찌감치 가정방문을 나서기로 했다. 창밖엔 벌써 방문할 동네 대표 격인 아이가 선생님을 모시고 가겠다고 교무실 주변을 맴돌며 내가 나오기만을 기다리고 있었다. 출발과 함께 아이는 신바람이 난 듯 두 팔을 흔들며 나와 일정 거리를 두고 빠른 스키핑스텝으로 저만치 앞장을 섰다. 동네 앞에 다다르자 넓은 공터에는 그 동네에 사는 우리 반 아이들이 모두 모여 나를 기다리고 있었다. 이 동네는 양옥집이 많은 산 아래 평지 지역과 산동네 판자촌 지역으로 이루어져 있는데, 아이들은 벌써 자기들끼리 내가 방문할 집의 순서까지 정해 놓고 있었다. 순서에 따라 방문할 집 아이가 앞장을 서고 나와 나머지 아이들이 그 뒤를 함께 따랐다. 동네 어머니들도 밖으로 나와 골목길에 몰려다니는 우리들을 구경하고 있었다. 아이가 자신의 집을 안내하면 기다리던 어머니는 간단한 다과를 준비하여 선생님을 맞이하였다. 조심스럽게 아이의 가정생활과 학교생활을 면담하고 끝으로 아이에 대한 부모님의 기대와 당부의 말씀도 들었다. 부모님과 얘기를 나누는 동안 아이는 창밖에서 보초를 서듯 서성거리며 엄마와 선생님의 대화에 관심을 기울이고, 담장 밖에는 남은 아이들이 진을 치고 있었다. 가정방문이 거의 끝나고, 마지막 한 집이 남아 있었다.

따라다니던 아이들도 이벤트가 끝났다는 듯 모두 떠나버렸고, 자신의 집을 안내할 마지막 한 명의 남자아이만 남아 있었다. 얼굴은 가무잡잡하고 날렵한 몸매에 유난히 눈망울이 반짝이는 다부진 아이였다.

"가자, 너희 집은 어디냐?" 아이는 내 앞을 가로 막고 서서 고개를 떨구었다.

"선생님, 우리 집엔 못 가요."

"왜?"

"엄마가 없어요."

"엄마 어디 가셨니?"

"일하러 가고 집에 아무도 없어요."

"그래? 엄마 없어도 괜찮아."

"너의 집만 보면 돼."

"어서 가자."

그때야 아이는 고개를 들고 앞장서서 산동네 길을 오르기 시작했다. 한참을 올라 시내가 훤히 내려다보이는 곳에서, 집을 안내하던 아이는 멈춰 서서 말이 없었다.

"그래, 이 집이 바로 너희 집이구나?"

"네" 대답을 하고 고개를 떨군 아이의 두 눈에는 눈물이 가득 고여 있었다. 그 집은 구불구불한 산비탈 길을 한참 올라 산의 8부 능선쯤에 위치한 비탈진 언덕, 대문도 마당도 없는 판자촌 맨 끝 집이었다. 나는 아이를 꼭 끌어안고 머리를 쓰다듬으며

"너는 달리기도 잘하고 공부도 열심히 하니까 이다음에 커서 꼭 훌륭한 사람이 될 거야." 하며 격려해 주었다.

"엄마 오시면 선생님 다녀가셨다고 잘 말씀드려라."

"네"

"선생님 이제 내려갈게."

"네, 안녕히 가세요."

내려오다가 마음에 걸려 잠시 뒤를 돌아봤더니, 아이는 그 자리에 서서 비탈길을 내려가고 있는 나를 우두커니 지켜보고 서 있는 것이 아닌가! 손을 몇 번 흔들어 주고는 그 아이의 슬픈 눈망울이 떠올라 더이상 뒤를 돌아볼 수가 없었다. 한참 후 산비탈을 벗어날 때쯤

"선생니임~!" 하고 외치는 아이의 소리가 뒤에서 들려왔다. 돌아봤더니 그 아이가 급경사의 비탈길을 쏜살같이 뛰어 내려오면서 나를 부르고 있었다. 나는 걸음을 잠시 멈추고 그 아이를 기다렸다.

아이는 가쁜 숨을 몰아쉬며 내 앞에 와서는

"선생님, 이거요." 하고 손을 내밀었다. 눈물 자국으로 얼룩진 얼굴에 밝은 미소를 지으며, 자랑스럽게 내민 손에는 껍질에 금이 가고 손때가 묻은 삶은 달걀 한 알이 꼭 쥐어있었다.

"그래, 고맙다. 선생님이 잘 먹을게."

아이는 할 일을 다 했다는 듯 뒤도 돌아보지 않고 산비탈 골목길로 바람처럼 사라졌다. '이게 뭐지?' 나는 한동안 멍하니 바보가 되어 그 아이가 사라진 골목길을 바라보고 서 있었다.

'그래, 나는 선생님이지. 저 아이의 선생님......!'

아련한 세월 속, 때 묻은 그때 그 달걀 한 알이 아직도 내 가슴을 촉촉이 적시고 있다.

호림정의 갤러리들

경주 황성공원에는 국궁정인 호림정虎林亭이 자리하고 있다. 50여 년의 역사를 가진 도시 안의 유토피아 같은 멋을 간직한 전국 제일의 아름다운 활터이다. 노송으로 우거진 황성공원이 좋아 7년 세월을 아침마다 산책을 했고, 구경삼아 한 번 들러 본 호림정에 매료되어 3년 전 국궁을 시작했었다. 이런저런 핑계로 2년을 쉬었다가 올봄부터 다시 활을 쏘기 시작했다. 새벽에 일어나 한 시간 동안 기초체력 운동을 하고 5시 반이면 어김없이 호림정을 찾는다. 넓게 펼쳐진 푸른 초원, 과녁 뒤편으로는 멀리 남산 금오봉이 손에 잡힐 듯 솟아 있고, 양쪽 옆으론 오백여 년 세월의 회화나무와 느티나무 고목들이 호림정을 에워싸고 있다. 사대射臺 뒤편엔 호림정의 오랜 역사를 말해주는 비림碑林이 줄지어 있고, 활터의 동쪽 작은 동산에는 오성 장군을 능가하는 통일신라의 명장 김유신 장군 동상이 자리하고 있다. 북쪽을 향해 금방이라도 달려갈 듯 말 위에 앉아 칼을 빼어 든 장군의 모습이 우람하고 당당하다. 그 옆에 자리한 호림정의 궁사들은 늘 김유신 장군을 모시고 수련한다는 착각(?)으로 남다른 자부심을 갖게 된다.

89

이 도심의 낙원 호림정에는 뭇 중생들이 나름대로 조화를 이루며 동거를 하고 있다. 터줏대감인 까치와 참새 그리고 꿩 가족, 비둘기, 직박구리, 후투티(귀신 새), 뻐꾸기, 딱따구리, 백로, 청둥오리, 다람쥐, 청설모, 집 나온 고양이까지…….오늘 아침 호림정을 찾은 갤러리들은 다양하다. 제일 먼저 단골손님인 까치들이 등장하고, 곧이어 직박구리 무리가 밀고 들어온다. 푸른 초원을 사이에 두고 마치 신라군과 백제군이 전투라도 하듯 동쪽 숲과 서쪽 숲으로 편이 나누어져 한동안 두 세력 간 영역 다툼을 위한 기 싸움이 벌어진다. 맨 앞에 경계근무 중인 까치 한 마리가 먼저 앞으로 나가 날카로운 소리와 민첩한 몸놀림으로 공격을 해 보지만 떼로 덤비는 작은 직박구리 무리들도 절대 물러서지 않는다. 팽팽한 긴장감이 감돈다.

뒤쪽 울타리에선 싸움 구경에 신바람 난 참새들이 하굣길의 초등생마냥 철없이 떠들썩하다. 멀리서 뻐꾸기 소리가 숲을 울리고 점보 여객기 같은 백로들이 호림정 하늘을 여유롭게 가로지른다. 궁사들의 아침 훈련이 모두 끝나고 텅 빈 사대에 혼자 앉아 한없는 여유로움에 행복을 느낀다.

이 넓고 아름다운 공간을 나 혼자서 즐기고 있으니,

'이 순간만큼은 내가 누구보다 멋진 아침 여가를 누리고 있구나!' 하는 생각이 든다. 해거름에 꿩 가족이 등장했다. 화려한 목댕기 신사인 장끼가 앞장을 서고 그 뒤를 새끼 꿩들이 종종걸음으로 따른다. 맨 뒤엔 어미인 까투리가 새끼들을 추스르며 꿩 일가족이 과녁 앞을 여유 있게 가로지른다. 참 아름다운 광경이다. '화살의 표적인 저승 같은 과녁 앞을 감히 움직이는 사냥감인 꿩이 겁 없이, 그것도 일가족을 거느리고 지나가다니!' 생각해보면 좋아진 세월 탓도 아니요, 살상 무기인 화살의 문제도 아니다.

정말 무서운 것은 꿩을 아름답고 소중한 생명체로 보지 않고 오직 먹거리로만 생각했던 보이지 않는 그 잔혹한 인간의 마음에 있었던 것이다. 마음을 비우면 칼이든 활이든 한낱 아름다운 장식품에 지나지 않는 것을 결국 마음이 흉기요 살생의 근원인 것이다. 그러고 보면 오늘날 연예인들은 물론 젊은이들의 인기 척도가 되고 있는 육감적인 몸매를 위한 몸짱 만들기 열풍을 보면서, '몸보다 아름다운 마음을 닦는 일이 먼저가 아닐까?' 하는 생각을 하게 된다.

증가하고 있는 청소년들의 탈선 문제와 묻지마 범죄, 청년 자살률의 상승이 심각한 사회문제로 대두되고 있는 요즈음이다. 근본적인 해결 방안은 어려서부터 생명을 소중히 여기고, 상대방을 존중하며 노동을 값지게 생각하는 건전한 청소년의 정신 도야를 위해, 가정과 교육기관은 물론 우리 사회가 적극적으로 나서야 할 때다. 이내가 내리고, 집 찾아가는 청둥오리들의 저녁 군무가 하늘을 수놓는다. 호림정 궁사들의 하루 훈련을 마무리하는 저녁밥 내기 편사 이벤트가 시작되고 있다. 호림정은 언제나 함께하는 동물 갤러리들이 있어 더욱 행복한 황성의 낙원이다.

* 사대 : 서서 활을 쏠 수 있도록 만들어 놓은 돈대
* 편사 : 편을 나누어 활쏘기 경쟁을 하는 것

낭만 열차

인천과 수원을 연결하는 수인선 협궤 증기기관차가 꽥꽥 소리 지르며 서해안을 달리던 시절, 나는 풋내기 교사로 시흥군 고잔에 위치한 작고 아담한 학교에 발령을 받았다. 인천에서 출·퇴근하기 위해서는 마치 미국 서부 개척시대의 광산 열차를 연상케 하는 이 열차가 유일한 교통 수단이었다. 비록 마주 앉은 사람들과의 무릎과 무릎 사이가 두어 뼘 남 짓 좁고 덜컹거리는 기차이긴 하지만 승객들 중 불평을 하는 사람은 아무 도 없었다. 이 열차의 승객은 수인선을 이용하여 인천의 건어물이나 옷가 지를 가지고 농촌을 돌면서 곡물과 교환하는 보따리장사 상인들과 지방 공무원, 선생님 그리고 군자 염전의 임직원 및 인부들이 주류를 이루었다. 단골 승객이 된 나는 열차 차장과 친해져서 출퇴근 시간에 내가 보이지 않으면 동료 선생님들을 통해 나의 안부를 확인하고, 혹 열차 출발시간에 좀 늦게 도착할 경우 멀리서 손을 흔들며 소리치면 시골 버스처럼 기다려 주거나 출발했던 기차를 다시 세워서 태워 주기도 했다. 협궤에 단선 철로인 수인선의 기차역들은 큰 역이 아니면 간이역으로 운영되어 역 울타리도 없이 벌판에서 내리고 타는 경우도 있었다. 열차도 전동차가 아닌 증기기관차의 경우는 원곡역에서 급수를 해야 하고, 기관차의 앞부분 물탱크가 금이 가서 물이 새면 열차를 선로 위에 잠시 세워 놓고 임시변통으로 논흙을 파다가 발라서 새는 물을 막고 떠나기도 했다. 하지만 1년에 한 번 페인트칠로 외부 단장을 하고 내부도 깨끗하게 정비하여 주한 외교관들의 관광용으로 이용하고 나면 그것으로 다시 1년을 버틸 수가 있었다. 한편 수인선을 무대로 활약하는 어깨들(깡패)이 있어 공포감이 감돌 때도 있었지만, 그들이 형님으로 모시는, 젊은 시절 한때 주먹으로 날렸다는 수원역 번개라는 별명을 가진 차장이 있어 큰 무리 없이 수인선의 질서는 잘 유지되고 있었다.

어깨들은 두목이 교도소에서 출소하면 번개 차장의 열차를 이용하여 출소 환영 파티를 열기도 했다. 번개 차장은 승객이 가장 적은 날 마지막 밤 열차 맨 뒤 한 칸을 그들에게 배려해 주는 기지機智를 발휘하여, 험한 사건이 많이 발생하기로 소문났던 수인선의 열악한 안전문제를 잘 관리하여 단골 승객들에게 인기가 높았다. 초여름 어느 날 좀 늦은 퇴근으로 기차 출발 시각에 임박하게 도착하여 겨우 열차의 맨 뒤 칸을 타고, 번개 차장의 무용담을 들으며 인천으로 가고 있었다. 그런데 군자역을 출발한 기차가 얼마 지나지 않아 소리 없이 멈춰 서서 한동안 움직이지를 않는 것이다. 흔히 있었던 일이라 '조금 있으면 가겠지?' 하고 기다렸는데, 10여 분이 지나도 전혀 변화가 없었다. 의아하여 나누던 담소를 멈춘 차장에게

"아무래도 무슨 일이 있는 것 같은데, 앞칸으로 가서 확인을 해 보는 것이 좋겠어요."라고 권유를 했다. 잠시 후 돌아온 차장은 황당한 표정을 지으며 "선생님, 열차 앞 대가리가 없어졌어요!"라고 했다. 승객이 타고 있는 객차 3량만 남겨 놓고 기관차인 열차의 머리 부분이 사라져 버렸다는 것이다. 기관차와 객차의 연결고리가 풀어져서 객차인 꼬리 부분이 떨어져 나간 줄도 모르고 머리 부분인 기관차만 가버린 것이다.

모두 처음 당하는 일이라 허탈한 마음으로 머리 부분이 빨리 돌아오기만을 기다릴 수밖에 없었다. 몇 분이 지나자 차장의 무전을 받고, 멀리서 꽥꽥 기적소리를 내며 달아났던 머리 부분이 거꾸로 돌아오고 있었다. 차 안에서 그리고 바깥 선로와 철둑에 서서 기다리던 승객들은 돌아오는 기관차를 향해 일제히 환호의 박수를 보냈다. 비록 평소보다 퇴근이 좀 늦어지긴 했지만, 인천에 도착해도 긴 여름 해는 아직 중천에 떠 있었다. 그냥 헤어지기가 못내 아쉬워 서로 얼굴만 바라보고 있던 몇 명의 열차 동지들에게 "그럼 모처럼 석양 배나 한잔 합시다." 하고 내가 제안을 했다. 모두들 기다렸다는 듯 좋은 생각이라고 찬동하며 군자 염전의 *염부장, *왕빠또, *빠또 등 염전 동지 몇 명이 나를 따라나섰다.

연안부두 2층 횟집에서 서해의 찝찔한 해풍을 오감으로 느끼며 붉게 떨어지는 아름다운 낙조를 특급 안주 삼아, 해가 바닷속으로 사라지고 깊은 어둠이 바다를 삼킬 때까지 우리들의 건배는 계속 이어졌다. 나의 풍류 음주 역사에 영원히 남을 아름다운 기억이었다. 내 별명이 '웨스트선(West sun)'이기도 하지만, 그날 이후 그곳은 우리들의 석양배 성지가 되었고, 나는 '석양배의 사나이'란 또 하나의 별명을 얻게 되었다. 물질문명의 발달로 편리함의 결과가 오히려 우리의 생명을 위협하는 오늘날, 시골 아낙, 보따리장수, 염전 빠또, 차장 그리고 선생님 모두 친구가 될 수 있었던 그 시절, 깨진 얼굴에 누렇게 흙칠하고 힘차게 증기를 내 뿜으며 느릿느릿 달리던 그 낭만 열차가 가끔은 그립다.

*염부장 : 염전의 총 책임 감독
*왕빠또(호장) :각 호의 책임자(한호 5정보, 5명의 염부)
*빠또(부호장) : 호장 밑의 부책임자, 군자 태안 지방의 염전 용어

하산下山 ✎

칙칙했던 장마가 끝나고 비 온 후의 산뜻함을 느끼기도 전에 찌는 듯한 초복 더위가 온몸의 수분을 말려버릴 것 같은 기세다. 피서 겸 초임 교수로서 마음을 가다듬기 위해 만행漫行을 하기로 마음먹고 길을 나섰다. 진주 시외버스 터미널에서 함양행 버스를 타고, 구성지게 흘러나오는 전통가요를 감상하며 산청의 경호강을 거슬러 올라갔다. 지리산에서 흘러내리는 계곡의 맑은 물, 울창한 대나무 숲, 차창 밖의 아름다운 시골 풍경이 마음을 여유롭게 해 준다. 함양 수동에서 내려 안의행 버스로 갈아탔다. 안의천의 시원스런 개울물 속에 멱 감는 개구쟁이들을 보며, 어린 시절 옷 입은 채로 개울물에 풍덩 뛰어들어 멱 감던 생각이 떠올라 혼자 미소를 지었다. 안의 마을 입구의 고색창연한 광풍루를 잠시 감상하고, 지체할 여유도 없이 경상도에서 전라도로 넘어가는 진주행 직행버스에 몸을 실었다.

팔정팔담八亭八潭의 화림동 계곡, 첫 정자인 농월정이 숲으로 울창한 계

96

곡의 반석 위에 그림처럼 서 있고, 거울같이 맑은 계곡물이 울퉁불퉁한 반석을 굽이쳐 흘러 물소리가 옛 선비들의 시구詩句가 되어 들려오는 것 같다. 아직도 남아 있는 동호정, 군자정, 거연정을 아쉽게 뒤로 한 채 버스는 영호남을 구분 짓는 400고지의 60령 고갯길을 넘어 전북 장수군 장계리에 들어섰다. 의기 논개의 고장임을 알리는 표지가 장수를 지나 진안에 도착할 때까지 나의 뇌리에서 떠나지를 않았다. 멀리 차창 밖으로 갑자기 나타난 삐죽 솟은 두 개의 산봉우리! 말의 귀를 닮은 마이산이다. 일단 오늘 밤은 저곳에서 머물러야겠다는 생각이 들었다. 해는 저물어 동네마다 밥 짓는 연기가 어둠 속으로 사라져 가고, 사람들도 발길을 재촉하는 모습들이다. 서둘러 택시를 타고 마이산 도립공원의 주인 격인 탑사로 향했다. 친절한 택시기사의 안내를 받으며 몇 개의 산장을 거쳐 제일 위에 있는 탑사 마당에 도착했다. 밑에서 올려다보는 암마이봉은 경외와 신비 그 자체다. 여름이건만 초가을 날씨처럼 서늘하고 한가로운 산장엔 손님은 오직 나 한 사람뿐이다. 어둠 속에 묻혀 가는 탑사의 모습은 마치 신화 속의 나라에 와 있는 듯 착각을 일으키게 했다.

산장에 들러 잠시 봇짐 같은 배낭을 베고 비스듬히 누웠다. 조선 시대의 나그네들이 생각났다. 그들이 묵었을 객줏집을 상상하니, 쓸쓸하고 혼자라는 생각이 더욱 뚜렷해졌다. 집 떠난 사람들의 공통된 마음이 아닐까 싶다. 마침 오늘 밤 내가 묵을 방은 재래식 화장실 옆이라, 냄새가 나고 날벌레들의 시위가 대단하다. 구체적인 계획도 없이 무작정 떠나온 여행이라, 다소 외롭긴 하지만 '어차피 인생은 나그네인 것을…….' 스스로 위안을 했다. 잠시 후 "똑 똑 똑" 방문 노크 소리가 들리고, "손님!"하고 부르는 여성의 목소리가 들렸다. 방문을 열었더니 산장 주인이 문 앞에 서 있다. 작고 하얀 꽃무늬의 붉은색 민소매 원피스를 입고 서 있는 모습이 마치 마이산의 선녀처럼 아름답게 보였다. 웬일이냐고 물었더니 오늘 밤 이 산장의 유일한 손님이기에 좋은 방으로 바꾸어 주겠다는 것이다. 고마운 마음으로 주인을 따라나섰다. 내실內室에서 가까운 고급 소파가 비치된 특실이었다. 여장을 풀고 주인의 권유에 따라 탑사 밑을 흐르는 옥수 같은 도랑물로 등물을 하고 나니 몸은 인간이지만 기분은 신선이 된 것 같았다. 도랑물 소리를 들으며 숲속 산장의 마당에 앉아 툭툭한 막걸리 한 되와 도토리묵 한 모로 저녁 끼니를 대신하기로 했다. 혼자 먹는 것이 외롭게 보인다며 산장 여주인이 다가와 마주 앉았다.

하늘엔 수많은 별, 어둠을 흔드는 계곡의 물소리, 마주 앉은 여인의 아름다운 자태, 그리고 전설 같은 탑사의 내력과 주인아주머니의 결혼, 가족 이야기 등 도란도란 초복의 밤은 그렇게 깊어갔다. 주인아주머니의 특별 배려로 새로 옮긴 방은 넓고 깨끗했지만, 뱃속에선 모주 한 되가 묵과 함께 재발효되는 듯 열을 뿜어 잠을 이룰 수가 없었다. 밖의 사소한 소리에도 신경이 곤두서는 것은 무슨 영문인지? 나를 찾을 사람은 아무도 없건만......,새벽 4시, 일찍 떠나기로 맘먹고 여명에 탑사를 둘러보기 시작했다. 말로만 듣던 천지개벽의 현장, 이곳이 바다였다니 아무리 생각해도 신비스럽기만 하다. 수성암으로 이루어진 거대한 석산이 마치 시멘트로 발라 놓은 듯 모래와 조개껍질이 붙어 있고, 움푹 파인 바위 구멍들이 산비둘기들의 좋은 보금자리가 되고 있었다. 인기척에 놀란 비둘기들이 잠 못 들고 새벽에 떠나는 나그네의 심정을 헤아리듯 날개를 퍼덕이며 새벽하늘로 날아올랐다. 거센 폭풍우에도 흔들림이 없다는 탑사 주인공 이갑룡 처사가 쌓은 작고 큰 돌탑들, 그리고 겨울이면 고드름이 거꾸로 언다는 불가사의한 이야기들을 뒤로하고 잠든 탑사를 떠났다.

 탑사 북쪽 수마이봉 가는 길섶엔 조그만 돌탑들이 눈에 많이 뜨인다. 누가 무엇을 기원하며 쌓았는지 알 수는 없지만, 일단 나도 홀로 떠돌아다니는 길손들의 안녕과 행복을 빌며 돌 한 개를 정성스럽게 얹었다. '돌탑을 쌓는 심정으로 세상을 산다면 좀 더 따뜻하고 살맛 나는 세상이 되지 않을까?' 하는 생각이 들었다. 하늘을 찌를 듯 직선으로 높게 솟은 수마이봉 밑에서 흘러나오는 천왕샘의 감로주 같은 약수로 목을 축이고, 맞은 편의 푸근하면서도 위엄있는 암마이봉을 오르기 시작했다. 따가운 아침 햇살, 코가 땅에 닿을 듯 숨 막히는 가파른 능선을 오르며 '내가 무엇을 위해 왜 이러고 있는가?' 하는 생각에 후회도 했다. 하지만 잠시 후 정상에 오른 기쁨은 후회의 몇 곱절이 되어 벅차올랐다. 특히 암마이봉에서 보는 수마이봉의 위용은 역시 제격이었다. '남의 눈에 비친 자신의 모습이 진면목'이라고 했던가? 북쪽 버스 정류장에서 차를 기다리는 동안 기념품점에 들러 목탁을 하나 구입했다. 그리고는 잠시 숲속 바위에 앉아 눈을 감은 채 자신을 되돌아보고 그동안 미움과 편견, 아집, 허욕 등으로 오염된 마음을 훌훌 털어버리기 위해 결의를 다지는 의미로 목탁을 세 번 두들겼다. '장차 마음이 흔들릴 때마다 이 맑은 목탁 소리가 내 마음을 다잡아 줄 스승이 될 것'이라 생각하니, 마치 큰 보물을 얻은 것처럼 마음이 뿌듯해졌다.

마이산은 섬진강과 금강의 발원지가 되는 성스러운 산이다. 다음 목적지 결정을 위해 잠시 갈등은 있었지만, 일단 장시간을 요하는 섬진강 종단 답사는 남겨두고, 일찍이 삼신산의 하나로 방장산의 별칭을 가진 지리산의 품을 선택했다. 장수 행 버스에 몸을 실었다. 진안고원을 벗어나기가 힘겨운 듯 차도 숨이 가쁘다. 분지를 벗어나자 논개의 고장인 장수가 내려다보인다. 버스에서 내리자 곧바로 논개 사당을 찾았다. 논개 초상肖像 앞에 정중히 묵념을 올렸다. 잠시 1593년 계사년 당시 장렬하고도 참혹했던 진주 혈전과 왜장을 끌어안고 남강에 몸을 던진 논개의 순절을 떠올리니 울컥하는 마음에 눈시울이 붉어졌다. 조국을 위해 산화한 민·관·군 7천여 명과 꺼져가는 조국의 운명 앞에 홀연히 몸을 던진 논개의 충절에 내 모습이 더욱 초라해 짐을 느꼈다. 방명록엔 수많은 사람들의 기록으로 가득하다. '무엇을 생각하며, 어떤 마음으로 기록을 남겼을까?' 진주에 머물면서 곧 진주의 매력에 빠져들었고, 더욱이 촉석루, 남강, 의암을 수시로 답사하며 논개 생각으로 가득했던 터라, 논개의 고향을 찾고 보니 더욱 감회가 새롭다. 마음의 글을 곡哭하는 심정으로 남기고 장수를 떠났다.

옛 도인들이 축지법을 쓰듯 버스를 타고 남원을 거쳐 인월에 도착했다. 메밀국수 한 그릇으로 허기를 달래고, 지리산 지도와 비상식량을 준비한 다음, 곧 지리산 등산 북쪽 코스 입구인 백무동을 행해 다시 버스에 올랐다. 맑은 하늘에 갑자기 검은 구름이 몰려오더니 장대같이 쏟아지는 비 go냐 stop이냐의 갈림길에서 인간의 나약함을 실감하지 않을 수 없었다. 함양 마천에 도착해서 버스에서 내리니 거짓말처럼 비가 멎었다. 시작부터 지리산의 신령스러움을 실감하게 한다. 조선 태조 이성계가 개국 후 전국의 명산을 두루 찾아 제를 올렸으나, 지리산만은 받아들이지 않아「반역 산」「불복 산」이란 이름을 가지고 있기도 하다. 하지만 오늘은 보잘것없는 부평초 인생의 방문을 어여삐 여긴 것인지, 아니면 목탁 덕분인지 검은 하늘의 커튼을 활짝 걷고 환영함이 아무래도 '산을 겸손하게 대하라'는 지리산의 경고였던 것 같다. 백무동을 출발한 시각은 오후 3시 40분 지리산을 오르기엔 너무 늦은 시각이라 다소 마음의 부담은 되었지만, 일단 오늘 밤을 장터목산장에서 묵기로 목표를 정하고 발걸음을 재촉했다. 얼마나 올랐을까? 몸의 땀샘이 모두 말라버리기라도 할 듯 땀으로 흠씬 젖었다. 휴식 겸 마른 목을 축이기 위해 계곡 너럭바위에 엎드려 소가 도랑물을 마시듯 한참을 마셨다. 순간 물속에 어른거리는 시뻘겋게 그을리고 땀으로 범벅된 험한 얼굴, '그 모습이 마치 지리산 괴물 같다.'라는 생각이 들어 눈을 껌뻑거려 보았다. 코에서 나오는 거친 숨결에 사라졌다가 다시 나타난 나의 모습, '이렇게 잠시 머물다가 사라지는 게 인생이구나?' 하는 생각이 들었다.

하동 바위를 지나고 참샘에서 한 무리의 젊은이들을 만났다. '초면이지만 오래전 인연을 재회라도 하듯 자연스럽고 반가울 수 있다는 것, 바로 이 무대가 자연이기 때문이리라.' 비록 짧은 시간이나마 인간을 순박하고 친절하고 선하게 만들어 주는 산만이 가진 독특한 매력이 내가 산을 사랑하게 된 이유이기도 하다. 우선 부담 없이 쉽게 마실 수 있는 샘물을 크게 두 바가지 들이켰다. 샘 옆에 쉬고 있던 젊은 친구가 한 마디를 건넨다. "아저씨, 수염을 기르세요." 지리산을 닮고 싶은 내 마음이 밖으로 드러난 것 같아 다소 겸연쩍긴 했지만, 무엇을 의미하는 말인지 충분히 이해하기에 싫지만은 않았다. 젊은 친구들이 감자 넣어 끓인 구수한 된장찌개를 안주로 애꾸(캡틴큐) 한 잔을 신세 지고, 다시 돌밭 길을 수행하는 마음으로 한 발자국 한 발자국 헤아리듯 걸음을 옮겼다. 어떤 훈련이 이토록 힘들며, 누가 시킨다고 이보다 더 열심히 할 것인가? 스스로 선택한 고행, 극기의 좋은 기회라고 생각하며 현재 내가 할 수 있는 최선을 다할 뿐이다. 드디어 장터목에 올라서자 해는 이미 서산에 기울고, 멀리 지리산의 영혼 같은 하얀 고사목들이 붉은 석양에 빛나고 있었다. 육체적 고통도 나 자신도 잊은 채 한동안 말없이 서 있었다.

어둠은 산 아래로부터 저승처럼 다가오고, 서쪽에서 불어오는 서늘한 산마루의 저녁 바람이 볼을 스친다. 그때 나는 꿈에서 깬 듯 시끌벅적한 사람 소리와 오색의 텐트촌을 발견할 수 있었다. 비가 내려서 산장이 만원일까 걱정을 했었지만, 다행히 내 한 몸 뉘일 곳이 허락되어 먼저 온 산 친구들과 쉽게 한 식구가 될 수 있었다. 산장에서 만난 사람들 모두가 반가운 산 친구요 지리산의 동지들이다. 산장 안팎의 분위기는 떠들썩하게 고조되어 있고, 나 또한 2시간 55분 만에 장터목에 도착하고 보니, 나름대로 해냈다는 성취감에 힘이 솟았다.

저녁 식사는 부산에서 온 아가씨들의 버너 불 피우기 화부 노릇으로 식객이 되어, 라면 몇 가닥으로 이름만 지었다. 하지만 5명이 돌아가며 마시는 마지막 짭짤한 라면 국물 맛은 지금까지 맛본 어떤 라면보다도 맛이 있었다.

텐트마다 지리산의 밤 이야기가 불꽃이 되어 꺼질 줄을 모르지만, 이른 아침 찬란하게 펼쳐질 천왕봉 일출을 기대하며 일찍 잠을 청했다. 산장지기의 친절로 깔개와 이불도 얻고, 괴나리봇짐을 베개 삼으니 특급 호텔 스위트룸이 부럽지 않았다. 새벽 4시 30분 모두 꿀잠에 젖어있을 시간 인기척에 눈을 뜨니 어둠 속에서 누군가 짐을 꾸리고 있었다. 나도 조심스럽게 일어나서, 라면 동지들의 머리맡에 간밤의 인연에 감사하는 간단한 메모 쪽지를 남기고 천왕봉을 향해 새벽길을 나섰다.

딴딴하게 알이 배었던 종아리도 밤사이 조금은 풀렸는지 걸을 만하다 마치 거사擧事를 위해 새벽길을 떠나는 대장부처럼 결연한 심정으로 가파른 능선 길을 오르기 시작했다. 발아래 펼쳐지는 방장산의 변화무쌍한 아침 운해가 장관이다. 숨이 턱에 닿을 듯 오르막을 지나 고개를 드니 지리산 10경 중 우선순위를 차지하고 있는 "살아 천년 죽어 천년을 간다."는 주목 고사목 지대가 나타났다. 새벽 어스름 속 지리산을 지키는 하얀 군상들이 마치 오백나한의 모습으로 다가온다. 누구도 흉내 낼 수 없는 자연의 신령스런 걸작임에 틀림없다. 부드럽게 넘실거리는 푸른 융단 같은 구름 속으로 신기루처럼 사라져 버리는 고사목 지대를 거쳐 하늘로 통한다는 통천문에 당도했다. 이젠 하늘나라에 들어선 셈이다. 이 세상에 나를 위해 존재하는 것은 아무것도 없지만, 지금 이 순간만은 세상을 다 얻은 느낌이다. 천왕봉 일출을 보기 위해 이른 새벽 그렇게 서둘렀건만, 해는 이미 동해를 떠났고 구름이 나를 위해 잠시 해를 가리고 있을 뿐이었다.

드디어 천왕봉 1,915m!
나 지금 여기, 떠오르는 붉은 태양과 마주하고 서다!

검붉은 구름을 박차고 솟아오르는 저 찬란하고 당당한 일출을 어디에 비유하랴! 장엄한 일출의 장관에 넋 잃고, 덧없는 인생에 목 놓았을, 그동안 천왕봉을 거쳐 간 산사람들을 생각하며 잠시 동쪽을 향해 합장 묵념을 했다. 천왕봉에서 조망하는 지리산의 품 '산이 넓고 커서 백성을 감싸 준다'는 방장산의 뜻을 이해하기에 충분하다는 생각이 들었다. 잠시 후 천왕봉 일출 동지들과 작별의 인사를 나누고, 하산 길은 칼바위 코스(중산리방향)를 선택했다. 지리산 신선이나 맛봄 직한 천왕샘의 물맛을 아랫것(?)이 먹기에는 송구스러워 두 손으로 물을 퍼서 실컷 마셨다. 다소 긴장이 풀려 몸이 부서질 듯 흐느적거리긴 하지만, '그래도 천왕봉을 거친 몸이니, 나도 아직은?'하고 자신감을 가지고 한 발 내려서는 순간, 어이없이 엉덩방아를 찧고 말았다. 한동안 신음하다가 누가 볼까 부끄러워 혼자 픽 웃고는 얼른 일어섰다.

역시 겸손하지 못하고 잠깐 오만한 생각을 가졌던 것이 화근이 된 것 같아 반성의 기회로 삼고, 오히려 작게 꾸짖어 준 지리산의 아량에 고마움을 느꼈다. 2시간을 걸어서 산청 중산리 버스 종점에 도착했다. 산의 마취에서 깨어나 주린 배를 채우려고 가게에 들어서는데, "교수님!" 하고 부르는 소리가 들렸다. 낯선 곳에서 듣는 의외의 목소리에 놀라 그쪽을 바라봤더니 가게 안쪽에서 여학생 제자가 나를 알아보고 뛰어나와 상냥하게 팔짱을 끼며 반갑게 맞아 주었다. 여름방학 동안 여기서 아르바이트를 하고 있다는 것이다. 막걸리 한 되와 도토리묵 한 모를 사서 단참에 비워 버렸다. 수염만 덥수룩한 나의 험한 모습이 제자 앞에 부끄럽기도 하고, 더욱이 마파람에 게 눈 감추듯 비워버린 술 실력이 민망스러웠지만, 제자는 모든 것을 이해한다는 표정으로 배려해 주었다.

'자연은 이렇게 좋은 것이다'라고 부연 설명을 해주고 싶었지만 산에서 하는 강의가 될 것 같아 꾹 참아 버렸다. 비록 4개월밖에 안 된 짧은 인연이지만 '사제지간의 관계가 이토록 소중하고 따뜻한 것인가?'를 새삼 절감하며 제자들의 얼굴을 하나하나 떠올려 보았다. 개학하면 '어려움이 있는 제자들을 먼저 찾아서 더욱 관심을 가져 보리라' 버스 올 시간은 아직도 한 시간이나 남아 있다. 잠시 따가운 햇볕을 피해 숲속 개울가로 내려갔다.

배낭을 물가에 내려놓고 옥수 같은 개울물 속으로 풍덩 뛰어들었다. 더위에 지친 한 마리 곰처럼 한동안 물속에서 여유를 부리고 나니, 더위와 피로가 일시에 사라져 버리는 느낌이다. 거나하게 취기가 돌아 반쯤은 신선이 된 기분이다. 비록 2박 3일의 짧은 산행 수련이었지만, 장차 어떠한 번뇌도 마이산의 결의를 흔들지 못할 것이며, 아무리 힘든 일일지라도 삼복중에 지리산을 오르며 산에서 흘린 그 땀을 능가하지는 못할지니, 이젠 스스로 하산下山을 명命해도 되지 않을까 싶다.

벌초伐草

삼형제가 순서에 의해 매년 벌초를 한다. 올해는 내 차례가 되어 삼 년 만에 찾아가는 고향 방문이다. 이번 벌초에는 두 명의 초등학교 동창이 함께하기로 했다. 배려심이 깊고 평소 서로 마음이 잘 통하는 일산에 사는 친구 K와 고향에 귀촌하여 살고 있는 J가 동참하기로 약속을 해 두었다. 새벽 5시에 친구 K의 승용차를 타고 1박 2일 일정으로 고향인 거창을 향해 출발했다. 자동차 CD에서 흘러나오는 간드러진 트로트 음악을 들으며 어린 시절 고향 이야기로, 인생 후반을 향해 달려가고 있는 두 젊은 노인은 이미 철없는 아이가 되고 말았다. 대전 통영 간 고속도로 무주 톨게이트를 빠져나가 무주읍에서 고향 친구 J가 좋아하는 소주 한 박스와 과일을 샀다.

차창 너머로 전개되는 8월의 무성한 녹음을 감상하며 굽이굽이 아름다운 구천동 계곡 길과 새로 만들어진 신풍령 빼재 터널을 지나, 고제를 거쳐 익숙한 듯 낯선 고향 가북면 소재지에 도착했다. 마침 오늘이 가조면加祚面 5일 장이 서는 날이라, 장에 다녀오는 친구 J를 중간 지점인 면 소재지 우혜리에서 만나기로 한 것이다. 면사무소와 주재소(파출소), 시장, 술도가(양조장) 등이 있어 제법 도회지 같았던, 어린 시절 우혜리를 추억하며 둘러보고 있는데 소음이 심한 낡은 RV승용차 한 대가 멈춰 섰다. 차에서 내린 큰 키에 어깨가 구부정한 한 중늙은이가 우리 앞으로 성큼성큼 다가왔다. 60년 세월이 무색하게 이내 친구임을 알아볼 수 있었다. 순간, 그 애와 나 그리고 우리 반 친구들의 어린 시절이 떠올라 한참을 멍하니 바라보았다. 우리에겐 이미 만남 자체만으로도 60여 년 세월을 소급할수 있는 모처럼의 일이어서 벌초가 멋진 고향 방문 이벤트가 되었다. J가 앞장서고 뒤따라 옛 신작로를 거슬러 올라갔다.

그 옛날 한나절씩이나 힘들게 걸어서 면사무소까지 가던 그 길을, 이렇게 쉽게 승용차로 달리고 있는 현실이 꽤 낯설게 느껴졌다. 그때만 해도 오늘 같은 우리들의 앞날을 상상하지도 못했지만, 어떻든 '산골 촌놈들이 성공했구나!'하는 생각이 들었다. 주변의 산천을 하나하나 살피며 옛길을 달리다 보니 벌써 몽석리 친구 집 앞에 도착했다. 새로 지은 전원주택이 옛날 고향의 분위기는 아니지만, 주변의 고추밭과 오미자 농장의 탐스러운 붉은 열매가 아름다운 정취를 더해 주었다. 우선 방으로 들어가 친구가 미리 준비해 놓은 푹 삶은 멧돼지 고기 안주에 막걸리 몇 사발로 그동안 쌓인 회포를 풀었다. '어른들만 마시던 그 막걸리를 이제 우리가 어른이 되어 마시고 있구나!' 하고 생각하니, 꿀꺽꿀꺽 소리를 내며 맛있게 막걸리 한잔 드시고 만족해하시던 아버지의 모습이 떠올랐다. 오후에 비가 올 것이라는 일기예보가 있었던 터라 비교적 간단하게 술자리를 끝내고, 비 오기 전에 벌초를 끝내기 위해 서둘러 산소가 있는 약무재 산골짜기를 향해 올라갔다. 평소에는 사람의 왕래가 거의 없고, 일 년에 한 번 벌초할 때만 수풀을 헤치고 길을 만들며 올라가는 아주 험한 계곡이다. 어린 시절 대낮에도 여시(여우)가 자주 나온다는 무섭기로 소문난 계곡이어서 어른이 된 지금도 으스스한 느낌을 지울 수가 없다.

오직 산과 하늘만 보이는 깊은 계곡 길을 지나, 고향 친구가 낫으로 숲을 헤치며 만들어 주는 급경사의 비탈길을 삼복더위도 잊은 채, 가쁜 숨을 몰아쉬며 겨우 산소에 도착했다. 80여 년이 넘은 흔적조차 불분명한 산소를 보며, 허무한 심정으로 열심히 풀을 베고 주변 정리를 했다. 말끔해진 산소 앞에 간단하게 술과 북어포를 차리고 경건한 마음으로 음덕을 되새기며 내가 먼저 두 번의 절을 올렸다. 이어서 친구들도 각자 나름대로 축문까지 낭독하며 차례로 절을 올렸다. 그 내용은 자신을 위한 축문이 아니라 친구인 나의 더 큰 성공을 축원하는 내용이었다. 고마운 나의 고향 친구들, '나도 더 비우고 배려해야겠구나'하는 생각이 들었다. 그리고는 땀이 마를 때까지 아름드리 노송이 우거진 산소 옆에 앉아 그동안 쌓였던 고향 얘기들을 마저 풀어 놓았다.

최선을 다해 도움을 준 두 친구 덕분에 올해 벌초는 깔끔하게 마무리되었다. 다시 친구 집에 들러 작별 인사를 하려는데, 잠시만 기다려 달라고 하더니 급히 마당 끝 작두 옆으로 가서는 수북이 쌓아 둔 칡뿌리 더미에서 알이 밴 큰 암칡 한 개씩을 작두로 썩썩 썰어 선물로 싸 주었다. 어린 시절 산에 소 풀 먹이러 가서 캐 먹었던 칡뿌리 맛이 생각나서, 쭈욱 찢어 한입 베어 물었더니 입안에 퍼지는 쌉싸름하면서도 향긋한 칡 향이 그 시절 그 맛이었다. 서둘러 우리들의 어린 시절 추억이 고스란히 담겨 있는 그리운 용암 국민(초등)학교로 발길을 돌렸다. 이미 폐교가 되어버린 학교는 요란한 매미 소리와 잡초에 묻혀 쓸쓸한 폐허로 남아 있었다. 굳게 잠겨 있는 녹슨 교문이 더욱 가슴을 아프게 했다. 운동회 때 머리에 흰 띠를 두르고 당당하게 백군 대장으로 출전했던 기마전, 비 오는 날 윗동네 아이들과 운동장에서 흙 범벅이 되어 벌이던 우중 축구 경기, 소풍 가던 날 들뜬 마음으로 애타게 출발을 기다리던 모습들이 눈에 선했다. 나의 생가가 있고 학교가 위치한 우리 동네 송정은 2013년 태풍 「매미」 때 산사태로 어르신 두 분이 돌아가시고, 마을의 절반이 유실되어 아직도 당시의 아픈 흔적을 그대로 간직한 채 타향처럼 낯선 모습이 되어 나를 맞이했다. 그 당시 수해를 입은 고향 분들을 위로하기 위해 우리 집 삼 형제가 성금과 돼지고기, 막걸리를 준비하여 아픈 가슴으로 허겁지겁 달려왔던 그때가 떠오르기도 했다.

동네 앞 감나무 공터엔 중년의 동네 아주머니 몇 분이 감나무 그늘 평상에 앉아 한가로이 여름을 나고 있다. 갑작스러운 외지인의 방문이 낯선지 의아한 표정으로 바라보고 있다. 분명 고향 분들이건만 데면데면한 그들에게 무슨 말을 어떻게 건네야 할지 그저 가슴만 먹먹해질 뿐이다. 유년 시절 우리 집은 정미소를 했었고, 이 동네에서 유일하게 아들을 서울로 유학 보낸 모두가 부러워하던 최고의 부잣집이 아니었던가? 하지만 내가 태어나고 살던 우리 집은 이미 흔적도 없이 사라져 버렸고, 집터는 무성한 콩밭이 되어있었다. 다행히 어린 시절 내가 올라가서 장대로 망태에 감을 따 담던 집 뒤란에 있던 큰 감나무 두 그루가 왜소한 노목으로 남아 이곳이 우리 집이었음을 증명해 주고 있었다. 굳이 도道를 깨우치지 못했어도 인생이 무엇인지 알 것 같은, 세월의 무상함을 절감하는 순간이다

소풍 가던 들판 끝 신작로 난간 길, 빨간 스웨터를 입었던 예쁜 홍도네 주막, 소 풀 먹이러 다니며 타잔처럼 누비던 큰골, 중미골, 붕디미 등 앞산 골짜기들, 어릴 적 친구들과의 아름다운 추억이 서려 있는 옛 나의 무대에, 이제 늙은 아이가 되어 다시 돌아와 서 있다.

다음 벌초는 아직 삼 년이 남아 있다.

가축 이야기

덧없는 세월에 세상만사 변하지 않는 것이 없으니 변화 그 자체를 탓할 바야 아니겠지만, 가축과 인간과의 관계 변화를 생각해보면 더욱 세월의 무상함을 느끼게 된다. 불과 몇십 년 전 내가 고향에서 농사일을 하고 있을 때만 해도 가축들은 각자 나름대로 기능과 특징을 살려 인간 생활에 긍정적인 기여를 해 오면서 오랜 세월 가정의 한 구성원으로서 밀접한 동거를 해 왔었다. 하지만 물질문명이 고도로 발달한 오늘날은 그 기능들이 편리한 도구들로 대체되면서 인간과 가축과의 관계는 인간 위주의 잔인하고 살벌한 새로운 관계로 바뀌고 말았다. 농업이 산업의 중심이었던 시절

소는 힘이 세고 인내심과 순종으로 일관하는 순한 천성을 가지고 있어 농사일을 돕는 집안의 든든한 일꾼이었다. 논과 밭을 갈고, 짐을 실어 나르거나 우마차를 끄는 등 소 없이는 일 년 농사일을 생각도 할 수 없었

기에 상머슴보다 더 대우를 받았었다. 쇠마구간도 오늘날 가두리 같은 목장이나 공장 같은 사육시설이 아니라, 한옥 문간채의 두 칸 정도를 차지하고 늘 주인과 얼굴을 마주하며 가족의 일원으로서 함께 생활해 왔었다. 따라서 아침에 일어나면 사람은 굶어도 소는 우선적으로 먹이는 것이 농가 아침의 가장 중요한 일이었다. 짚이나 신선한 풀에 영양이 풍부한 겨까지 넣어서 소죽을 끓여 먹이거나 좋은 풀이 많은 곳으로 소를 몰고 가서 풀을 먹이곤 했다. 소는 맑고 선한 큰 눈망울에 긴 속눈썹, 쌍꺼풀 등 착한 모습을 하고 있어 친근감을 가질 수밖에 없는 동물이다. 하지만 오늘날 소의 역할과 이미지는 어떠한가? 생산 공장의 자동화, 대형 크레인의 등장으로 하루아침에 실업자로 전락하여 일에서 소외되고 생업을 잃어버린 우리의 노동자들처럼, 농업의 기계화로 오직 인간을 위해 성실히 일해 온 소는 그 역할마저 빼앗겨 버리고 인간의 동반자에서, 먹고 먹혀야 하는 잔인한 갑과 을의 관계로 바뀌어 버렸다. 즉 태어나면서부터 인간의 한없는 식욕을 충족시키기 위한 수단으로써 인간에게 고기를 제공하기 위한 식재료로 연구되고 사육되어질 뿐이다. 아침 산책길 주변에도 대형 한우 목장이 있다. 철골 기둥에 슬레이트 지붕의 공장 같은 좁은 사육장에 갇힌 송아지와 어미 소들의 애절한 울음소리, 그리고 가끔 지나가는 사람들을 향해 애원하듯 눈물 자국으로 얼룩진 큰 눈망울을 굴리며, 멀리 사람이 보이지 않을 때까지 목을 길게 빼고 바라보고 있었다.

마치 형 집행을 기다리는 사형수 같은 그 애처로운 모습을 보면서, 오늘 아침도 미안하고 죄스러운 마음에 차마 눈을 마주칠 수가 없어 그저 손만 흔들어 주고 지나갈 뿐이었다. '안타깝지만 너와 나의 인연이 잠시 스

처 가는 이것밖에 되지 못하는구나! 다음 생엔 제발 소로 태어나지 말거라. 나무아미타불 관세음보살'

개는 귀엽고 영리한 특성이 있어 오랜 세월 인간과 가장 가까운 동물로 사랑을 받아 왔다. 방범이나 경비가 소홀했던 옛 시절 대부분의 시골에서는 변변한 개집도 없이 주로 대문 옆이나 뜰 앞, 마루 밑에서 기거하면서 집을 지키거나 사람을 보호하는 보디가드로서 수문장 역할을 톡톡히 했던 가족의 일원이었다.

차제에 충직한 개와 주인에 관한 감동적인 설화는 차치하고, 평범한 우리네 토종견의 경우도 항상 집을 지키고 주인을 보호할 뿐만 아니라, 외출했다 돌아오면 멀리서도 주인의 발걸음을 알아차리고 먼저 달려와 반겼다. 혹 주인이 야단을 치거나 먹이를 주지 못하는 일이 있어도 삐치거나 서운해하지 않고, 언제나 변함없이 복종하며 자신의 임무를 다하는 것이 개였다. 하지만 오늘날 인간관계는 어떠한가? 타인은 말할 것도 없고, 혈육지친 사이에도 섭섭한 말 한마디에 서로를 원망하거나 관계가 단절되는 경우가 얼마나 많은가! 요즈음 일간지나 TV, 인터넷을 장식하는 위선, 비양심, 배신을 일삼는 몰지각한 인간 행태들을 보면서 어린 시절 나의 보디가드였던 우리 집 개 마루의 모습을 떠올리기도 했다. 개 팔자도 족보가 있는 개들이야 천연기념물로 보호를 받거나 반려동물로서 개 같은 생활이 아니라, 사람보다 더 나은 대우를 받기도 하지만, 애완견의 경우 장난감처럼 활용하다가 하루아침에 유기견 신세가 되기도 한다. 특히 족보가 없는 대부분 토종견들은 무가치한 똥개라는 천한 이름을 붙여 보양식의 재료로 잔인하게 도살되어 멸종 위기를 맞고 있다. 다행히 작년부터 보신탕업이 불법으로 금지되기는 했지만, 우리의 토종견인 누렁이나 검둥이가 언제부터 똥개였는가? 원래 주식主食이 똥도 아니었고, 똥을 그렇게 좋아하는 것도 아니었다. 사람도 먹을 것이 없어 궁핍했던 시절 개가 먹을 것이 무엇이 있었겠는가? 주인이 불러서 똥이라도 권하니 먹은 것뿐인데, 애칭도 아니고 똥을 먹었다고 이름이 똥개라면 온갖 잡스러운 것 다 먹는 인간은 모두 잡놈, 잡년이란 말인가? 물론 우리의 토종견 중에서도 진돗개나 풍산개, 동경이 등 족보가 있는 개들이야 소중하게 보호되고 있지만, 애완견이나 족보가 있는 개만 생명체로서 가치가 있는 것은 아니잖은가? 모든 생명체가 귀한 존재이거늘 동물에 대한 인간들의 이러한 차별적인 생각이 언젠가 보이지 않는 계급으로 인간 사회에도 적용될까 두려운 생각이 든다.

말은 잘 달리는 특징을 가지고 있어, 교통이 발달하지 못했던 시절 사람과 물자를 실어 나르고 소식을 전하는 교통과 통신의 수단으로서, 또한 전쟁을 수행하는 필수적인 도구로 인간의 역사와 함께해 왔다. 과거와 달리 말의 역할이 축소되고 숫자도 줄어들어 현대인의 생활과 멀어진 지 오래되었지만, 말은 훤칠한 키에 큰 눈, 볼륨 있는 매력적인 근육, 멋진 갈기와 꼬리, 질주하는 자태와 힘, 주인과 나누는 무언의 교감, 그리고 가축 중에서 가장 잘생긴 멋이 있는 동물로서 인간의 사랑을 받아 왔다. 오늘날 승마나 경마 등 레크레이션의 대상으로서 그 기능이 축소되긴 했으나 장차 인간과 더욱 가까이 함께해야 할 가축임에 틀림이 없다. 안동소주

한 병 허리에 차고 나의 애마 「바우」와 함께 경주 남산 임도 비탈길을 질주하고, 경주 구미산 용담정 솔숲을 찾던 시절이 주마등처럼 스쳐 간다.

돼지는 생활 밀착형 가축으로 순하고 번식력이 강한 특징을 가지고 있어 다산, 복, 재물의 상징으로 여겨 왔다. 농촌이나 산촌에서는 어느 집이나 한 두마리 씩 사육하는 것이 일반적이었다. 돼지는 여타의 가축들과는 다른 인간과의 관계를 맺어 왔다. 소, 개, 말, 닭 등은 나름대로 자신만의 독특한 기능을 통해서 인간 생활에 기여해 왔고, 그에 따라 자신의 확실한 포지션을 가지게 되었다. 하지만 돼지의 경우는 인간 생활에 기여할 수 있는 특별한 기능 없이, 그 삶의 과정이 일방적으로 인간에 의존해서 살기 때문에 결국 인간에게 자신의 몸으로 신세를 갚아야 하는 운명을 가진 가축인 것이다. 이 세상에 귀하지 않은 생명이 어디 있으랴만, 돼지는 처음부터 인간이 먹기 위해 사육하는 거래 관계가 분명한 가축이었다. 흔히 돼지의 먹성을 가지고 말이 많지만, 돼지가 잘 먹는 것은 당연한 일이다. 잘 먹어서 새끼 잘 낳고 살찌는 것이 오직 주인에게 보답할 수 있는 유일한 길이기 때문이다. 물론 돼지가 식탐이 많긴 하지만 그렇다고 돼지도 한없이 먹는 것은 아니다. 인간과 달리 돼지도 배부르면 먹지 않는다. 인간과의 관계야 그렇다손 치더라도 세상에 죽기 위해 태어나는 생명체가 어디 있겠는가? 애완동물로 키우는 돼지도 있긴 하지만, 천명대로 살지 못하고 생명의 존엄성도 외면당한 채 무참히 죽어야 하는 돼지의 생生이 가슴 아프다. 살아 있는 동안만이라도 동물복지를 고려해 봐야 하지 않을까?

닭은 물질문명이 발달하지 못했던 시절 인간들에게 목청껏 소리 질러 시각을 알려주고 알을 제공하는 기능으로 인간 생활에 기여해 왔다. 서양에서 닭은 부의 상징이며, 동양에서 닭은 혼례에 사용하기도 하고 신령스러운 기운이 서려 있는 것으로 여겼으며, 수탉의 장쾌한 기상과 멋진 벼슬은 고관대작의 머리에 쓰는 관을 상징하여 출세의 의미를 담고 있기도 했다. 암탉의 병아리 사랑과 다산 능력은 모성애의 상징으로, 인간 생활에 응용되어 정서적으로 인간과의 친근한 관계를 맺어 왔다. 하지만 오늘날 닭은 오직 알과 고기를 제공하기 위해 공장에서 물건을 생산하듯, 열악한 닭장에서 대량 사육되어 우리 사회의 일반적인 먹거리가 되었고, 그 이미지까지도 생명체를 넘어 요리로 굳어지고 있는 현실이다. 그러고 보면 오늘날 인간과 가축과의 관계는 일방적 인간 중심의 약육강식의 관계로 변화되어 가축들의 독특한 기능이나 생명존중, 정서 문제보다는 인간이 『먹을 수 있다면 무엇이든 다 먹어치우는』 지구촌 먹이 사슬의 종결자로 변해 버린 것이다. 을이 무시되는 갑만의 세상을 보는 것 같아 두렵다

　잠시 머물다 갈 덧없는 인생, 함께하는 가축들의 동물복지를 생각하고 생명체들을 귀하게 여길 줄 아는 아량과 자비심이 충만한 따뜻한 세상을 그려 본다.

오이

봄이 오는가 싶더니 여름이 성큼 먼저 다가오는 느낌이다. 매년 봄이면 일찌감치 일 년 먹을 햇쑥을 준비하는 것이 초봄의 행사처럼 되어 있는데, 올해는 아직까지도 준비를 하지 못했다. 이른 봄에 나온 햇쑥이라야 향기도 좋고 건강에도 도움이 된다는데, 다소 늦은 감이 있어 조급한 마음으로 해거름에 용강동 길거리 오일장을 찾았다. 해가 서쪽 구미산에 걸리고 파장이 가까워 지면서 벌써 상인들이 전을 거두고 있다. 골목 길모퉁이엔 남은 물건을 조금이라도 더 팔아 보려는 연로하신 할머니들이 쑥이나 텃밭에서 기른 남새들을 보자기 위에 펼쳐놓고 까칠한 저녁 바람을 맞고 계신다. 이 길거리 시장은 시골에서 가져온 다양하고 진귀한 물건들이 많아서 좋다. 우선 내가 좋아하는 참두릅 4두릅을 사고, 다음은 조금 남은 쑥의 떨이를 기다리고 계신 할머니들을 찾아가 기분 좋게 빨리 집으로 돌아가시라고 남은 쑥들을 몽땅 사 드렸다. 그냥 돈을 드린 것도 아닌데 고마워하는 할머니들을 보면서 무슨 큰 의미 있는 일이라도 한 양 나도 덩달아 기분이 좋아졌다.

　충동 구매를 좋아해서 이미 양손이 부족할 정도지만 마지막으로 모종을 파는 곳에 들러 오이 두 포기도 샀다. 이미 호박은 키워 본 경험이 있는 터라 올해는 잘 자라고 빨리 따먹을 수 있는 오이를 선택한 것이다. 집에 돌아오자 곧바로 대형 화분(고무다라)에 오이를 옮겨 심고 물을 주었다. 지금은 비록 두 잎밖에 없는 귀엽고 작은 모종이지만 장차 무성한 잎 길게 달릴 오이를 생각하니 휑하던 베란다가 희망과 삶의 온기로 가득 채워지는 느낌이다. 다음날 호박 키우던 시절 가루받이해 줄 도구가 없어 부드러운 휴지로 어설프게 꽃가루를 묻혀주던 생각이 떠올라 오이의 미래를 생각하며 가루받이 도구를 준비하기 위해 문방구에 들렀다. 애도 낳기 전에 기저귀부터 준비하듯 작은 오이꽃에 걸맞은 세필(가는 붓) 하나를 준비했다. 마와 더불어 오이도 하루가 다르게 잎이 넓어지고 넝쿨도 쭉쭉 뻗어 나가기 시작했다. 우선 급한 대로 간단하게 삼각 지주를 양쪽에 세워 외 줄타기 유격코스처럼 거치대를 마련해 주었으나, 장차 무성하게 자랄 오이를 생각한다면 새로운 대책이 필요할 것 같다. 과거 호박을 키울 때 거금(?)을 들여 각목을 사다가 어설픈 손재주로 집을 짓듯 사각 거푸집을 만들어 준 적이 있었지만, 노력에 비해 별 쓸모가 없었다.

　며칠 궁리 끝에 좋은 아이디어가 하나 떠올랐다. 가장 손쉬운 방법으로 내가 20여 년간 사용하고 있는 실내 빨래 건조대를 내어주기로 한 것이다. 곧바로 빨래 건조대를 화분 위에 펼쳐 세우고 키가 제법 자란 마 줄기를 건조대 기둥에 감아 주었다. 며칠이 지나자 사방에서 마들이 경쟁적으로 빨래 대 위로 감아 오르기 시작했고, 오이도 부쩍 자라 원숭이 팔 같은 줄기들을 길게 내밀어 무엇이든 잡아 보려고 안간힘을 쓰는 것 같아 빨래 건조대를 잡을 수 있도록 도와주었다. 하지만 자신의 뜻이 아닌 듯 감아 주었던 줄을 이내 슬쩍 놓아 버린다. 내 성의를 몰라주는 것 같아 안타깝긴 하지만, '식물이라고 내 맘대로 할 수 있는 게 아니라, 순리가 아니면 소용이 없다'는 사실도 알게 되었다. 아침에 일어나자 먼저 베란다로 나갔다. 오이가 스스로 가까이 있는 지주를 나선형 스프링 모양의 줄을 만들어 단단히 붙들고 있었다. 그것도 앞쪽의 스프링은 크고 끝으로 갈수록 작고 촘촘하게 나름대로 융통성 있는 안전대책을 세우고 있었다 무거운 오이가 매달리거나 거센 바람에도 끄떡없을 과학적이고도 완벽한 자신만의 방법이 어리석은 사람보다 훨씬 낫다는 생각이 들었다.

요즘은 아침 저녁 뿐만 아니라 수시로 오이와 마를 관찰하는 즐거움이 꽤 크다. 오이가 벌써 3개의 암꽃을 피우고 때를 기다리고 있는데, 가루받이해 줄 적절한 수꽃이 피지 않아 걱정이다. 오이의 경우 자가 수정이 되는 것인지, 아니면 호박의 경우처럼 가루받이가 필요한 것인지 갑자기 의문이 생겨 사방으로 전화를 걸어 문의를 해 보았다. 역시 암꽃과 수꽃이 따로 있고, 벌과 나비에 의해 가루받이가 이루어져야 한다는 것이다. 사람의 경우야 요즘 많은 노처녀, 노총각처럼 늦게 결혼하거나 싱글로 살아가는 경우도 많지만, 오이는 시기를 놓치면 그냥 떨어져 버리고 말 것이다 오랜만에 수꽃 하나가 봉오리를 맺기 시작했다. 미리 가루받이해 줄 대상

암꽃들을 견주어 봤다. 혼기를 놓친 암꽃들이 다소 윤기를 잃기는 했지만, 두 개 정도는 수정이 가능할 것 같은데 제일 먼저 핀 암꽃 하나가 걱정이다. 요즈음 연상의 아내 연하의 남편이 새로운 결혼 트랜드를 만들어 가고 있지만, 오이의 암꽃은 적기를 놓치면 시들어 버리니 수꽃이 만개할 때까지 잘 버티어 주기를 바랄 뿐이다. 다음 날 아침 일찍 베란다로 나갔다 아직 암꽃의 환한 모습들은 그대로다. 수꽃도 제법 피어서 수술이 보일 정도로 모양새를 갖추었다. 꽃가루가 얼마나 생겼을지 모를 일이지만, 기다리는 암꽃을 생각해서 급한 마음에 미리 준비해 놓았던 붓으로 수술을 문질러 제일 먼저 핀 암꽃의 암술에 묻혀주었다. 붓끝을 자세히 관찰해 보았지만 꽃가루의 유무를 정확히 알 수가 없었다. 하지만 나이든 딸 데릴사위 보는 부모의 심정처럼 우선 한숨 돌렸다는 생각에 마음이 놓인다

'이젠 다시 자라고 있는 암꽃 두 개가 빨리 활짝 피어 줘야 하는데……,'

모처럼 핀 수꽃의 임무가 막중하다. 지난밤 12시까지 들락거리면서 암꽃과 수꽃을 관찰했었는데, 아침에 나와 보니 암꽃 두 개가 활짝 피어 있었다. 그 밝고 화사한 아름다움이 '꽃다운 시절'이란 말의 의미를 실감케 했다. 오늘은 제자들과의 점심 약속으로 일찌감치 서울로 올라가야 하는데 암꽃들의 수정 시기를 놓칠까 봐 붓을 들고 베란다로 나갔다. 수꽃이 더욱 당당해 보인다. 어제 1차 가루받이의 경우는 수꽃이 다소 덜 핀 느낌이었으나, 이젠 틀림없이 수정되리라는 기대를 가지고 새로 핀 두 암꽃과 어설펐던 1차 암꽃에 추가로 가루받이를 해 주었다. 그리고 돌아서려는 순간, 넓은 오이 잎 뒤에 작은 암꽃 한 송이가 다소곳이 숨어 있는 게 아닌가? '이 일을 어떡하나!' 몇 차례 제 역할을 다한 수꽃이지만, 그래도

수줍게 숨어 조용히 기다리고 있던 작은 암꽃을 외면할 수가 없어 수꽃에겐 무리인 줄 알지만, 마지막 수정을 또 해 주었다. 마도 오이 가문의 혼사(?)를 축하라도 하듯 신나게 오이와 뒤엉켜 든든한 벗이 되어 주고 있다. 흔쾌히 제공한 빨래 건조대가 아깝지 않다.

아름다운 꽃과 동자 같이 달릴 오이, 무성한 잎과 땅 속에서 보물처럼 자라고 있을 마를 생각하는 풍성한 아침이다. 유리 창문 하나를 사이에 두고 늘 관심을 가지고 서로를 따뜻한 시선으로 지켜볼 수 있는 경주의 생활이 행복하다. 가루받이의 결과가 어떻게 될지 궁금하다. 서울 다녀와서 확인해 볼 일이지만, 아름다운 가정의 달 오월이니 모두 좋은 결과가 있기를 기대해 본다. 나만을 의지하고 있는 베란다 식구들을 위해 물이나 듬뿍 주고 올라가야겠다. 한 줄기에 열린 오이가 너무 많아 서로에게 부담이 될듯하여, 오이를 솎아주기로 마음먹었다. 어느 것을 선택해야 할지 한참을 망설인 끝에 가슴은 아프지만 꼬부라진 오이 한 개를 따 주었다. 그러고 보니 '못생긴 나무가 산을 지키고, 속 썩이던 자식이 효도한다.'는 옛 속담이 떠올라 굽은 오이를 선택한 것이 못내 마음에 걸린다. 남은 오이들을 위한 결단이기는 하지만, 따낸 흔적이 작은 상처로 남는다.

잠자리에서 일어나자 곧 아침 인사차 베란다로 나갔다. 어딘가 모르게 오이들의 생기가 부족한 느낌이다. 노지가 아닌 아파트에서 자라다 보니 자연스럽게 비를 맞을 수 없는 것이 원인이 아닌가? 싶어 미안하고 안타까운 생각이 들었다. 생각 끝에 비를 맞듯이 가끔 잎과 줄기에 물을 뿌려 주기로 했다. 샤워기로 비 대신 물을 흠씬 뿌려 주었다. 때에 따라 벌, 나비가 되기도 하고, 이젠 비가 되기도 해야 하는 나의 입장이 싫지만은 않다. 비록 한철 짧은 인연이지만, 내가 원해서 만들어진 내 인생의 아름다운 동반자들이다. 물에 젖은 넓은 잎들이 춤을 추듯 너울거리는 모습에 내 마음도 한결 뿌듯하고 편해졌다.

오직 나만 바라보고 있는 가족 같은 생명들이다.

하루가 다르게 속성으로 자라는 오이 덩굴이 벌써 빨래 건조대 위까지 올라왔다. 하지만 일찍 달렸던 무녀리 같은 작은 오이 한 개의 초라한 모습이 못내 나를 불안하게 한다. 수꽃이 없어 애를 태우다 덜 피어난 수꽃으로 무리하게 가루받이를 해 주었던 것이 수정되지 않았던 모양이다 마치 상상임신이라도 한 듯 모양새만 갖추어 놓고 더이상 오이 노릇을 할 수 없을 것 같아 따 주었다. 나중에 가루받이를 해 준 두 개와 잎 뒤에 숨어 있던 얌전이는 하루가 다르게 자라고 있다. 마도 함께 뒤엉켜 나의 뜰이 무성해 졌다. 첫 번째 오이를 수확 했다. 30cm가 넘는 큰 오이가 듬직하게 매달려 있는 모습이 신기하고 대견스러워 오래 달아두고 보고 싶었지만, 어느 정도 자라서 그 크기가 시중 판매 오이를 능가할 뿐 아니라, 두 번째 오이에게 부담이 될듯하여 수확을 하기로 맘먹었다. 그래도 적기에 수정을 해 준 결과 첫 수확의 기쁨을 누리게 된 것이다. 따기 전 넝쿨에 달려 있는 모습의 사진을 몇 장 찍고, 다시 수확한 오이를 접시에 올려놓고 기념사진까지 촬영했다. 그리고는 퇴근 후 시식을 위해 정성스럽게 씻

122

어서 위생 비닐로 싸 냉장고에 넣어 두었다.

강의가 끝나고 서둘러 집으로 돌아와 오이를 시식했다. 쌉싸름하면서도 아삭하고 시원한 맛이 세상에서 가장 맛있는 오이 맛이다. 두 번째, 세 번째 오이도 빠른 속도로 성장하고 있다. 다음에 수확하는 오이들은 인천 본가에 있는 가족들과 함께 결실의 기쁨을 나눌 생각이다. 무성한 넝쿨 밑에 달려 있는 큼지막한 오이들의 탐스러운 모습을 감상하면서 주말엔 바로 채취한 신선한 오이 맛을 손자, 손녀들에게 보여 줄 생각으로 무리인 줄 알면서도 따지 않고 하루 이틀 지켜보던 차에 문제가 발생하고 말았다. 너무 큰 오이들이 넝쿨 전체에 부담을 주어 오이 잎들이 힘없이 축 늘어지고 새로 맺은 오이가 자라기도 전에 말라버리는 현상이 생긴 것이다. 결국, 주말까지 버티지 못하고 오이 두 개를 미리 수확하기로 결심을 했다. 몸에 까칠한 가시가 돋은 묵직하고 굵은 오이의 모습이 장하게 느껴진다. 냉장실에 고이 넣어 둔 오이가 주말까지 싱싱함을 그대로 유지해 주었으면 하는 바람이다. 오이 두 개를 고이 싸서 인천 본가로 올라와 가족들의 외식 자리에 내어놓았다. 시원한 맛도 일품이지만 할아버지가 직접 기른 오이를 보고 신기해하는 손자, 손녀들과 가족들의 모습에서 작은 행복을 느꼈다.

지난 주말 인천으로 올라가면서 장기간 경주 집을 비울 것 같은 예감이 들어 다 자란 오이는 따주었다. 그리고 화분에 특별히 물을 흠씬 주고 갔었다. 2주 만에 내려와 보니 오이 잎은 누렇게 시들어 버렸고, 생명력이 강한 마까지도 잎이 반 정도는 말라버렸다. 누런빛으로 황량한 베란다는 온통 죽음의 모습 그대로다. 물은 아침이나 저녁에 주는 것이 원칙이라지만, 반드시 오이를 살려내야 한다는 급박한 마음에 한낮이지만 허겁지겁 응급환자에게 링거를 꽂듯 물부터 공급해 주었다. 정신을 가다듬고 자세히 보니 기적 같은 일이 일어났다. 가사 상태에 빠진 오이 두 포기가 물 부족으로 반쯤 말라버린 큰 잎 서너 개씩과 넝쿨 끝 부분에 작은 잎 몇 개만을 달고, 마치 굶주린 어머니가 꺼져가는 자식의 생명을 지키기 위해 마지막 자신의 생명을 불태우듯 기대하지도 않은 제법 큰 오이 한 개씩을 잎 뒤에 숨겨 놓고 있는 것이 아닌가? 한동안 내 눈을 의심할 수밖에 없었다. 아마도 오이가 나를 위한 마지막 선물을 준비했던 것이 아닌가 싶다.

비록 큰 처남이 세상을 떠나, 상을 치르는 관계로 이제야 내려왔지만 이렇게라도 살아남아 준 오이가 장하고, 고맙고, 미안한 생각이 든다. 두 오이의 상태는 마치 굶어서 나오지도 않는 엄마의 빈 젖꼭지만 잡고 매달려 울고 있는 깡마른 어린아이처럼 처참한 모습이었다. 가늘고 꼬부라져 깊게 골진 험상궂은 모습이 오이라기보다는 마치 기형의 여주 같은 모습을 하고 있었다. 다시 건강한 오이의 제 모습을 되찾을 수 있길 바랄 뿐이다. 이웃의 귤나무도 제법 탱자만 한 열매를 2개나 준비했고, 마들도 구슬 같은 씨앗들을 수없이 매달고 있었다. 생명의 위협을 느낀 식물 가족들이 나름대로 최후를 위한 비상대책을 세운 듯 싶었다. 직장으로 향하는 발걸음이 무겁다. 오이와의 인연이 이렇게 '한여름 밤의 꿈'처럼 끝나고 말 것인지, 아니면 좀 더 함께할 수 있을지?

오이 가족의 회생을 간절히 기원해 본다.

정情으로 산다

요즈음 세상 살맛이 안 난다고들 한다. '일과 사회로부터 느끼는 소외감의 표현이 아닐까' 서양문화가 합리성을 바탕으로 한 사고하는 문화라면, 한국문화는 정을 바탕으로 정서적으로 느끼는 문화이다. 따라서 한국인의 대인관계에 있어서 정은 가까움과 밀착의 정도를 나타내는 대표적인 준거 척도가 되고 있다. 그런데 요즈음 우리 사회는 정을 느낄 수가 없다. 오직 자신만이 옳고 상대방을 인정하지 않는 이기심과 시기 질투, 혹은 상대방의 불행이 곧 자신의 행복이라고까지 생각하는 몰인정한 세상으로 변해가고 있다는 느낌이다. 내로남불의 전례 없는 편 가르기 정치행태가 우리 사회의 갈등과 분열, 불신의 분위기를 더욱 고조시켰다. '정이 없는 삭막한 사회, 그것은 세상을 다 잃는 것이나 다름없다.'는 생각이 든다. 인생의 의미는 서로 배려하고 정을 나누며 인간관계에서 오는 즐거움, 즉 서로 인간미를 향유하는데 있는 것이 아니겠는가?

정이 메마른 사회는 경계심과 긴장감을 유발시켜 사회구성원들을 보다 예민하고 피곤하게 만들어 공격적인 성향으로 바꾸어 놓기도 한다. 정의 특징인 배려에 의한 이해와 따뜻함이 없기 때문이다. 세상살이가 너무 각박해지고 온 사회가 분열과 증오, 두려움으로 팽배해져 가고 있다. 최근 들어 삶의 의미와 희망을 잃은 젊은이들의 자살률이 높아지고, 천륜을 거스르는 가족 간의 살인 및 집단 자살, 조현병이란 이름으로 때와 장소를 가리지 않는 무차별 살인사건 등이 수시로 일어나고 있다. 따라서 근본적인 치유 방법은 우리 문화의 근간인 정을 회복하는 일에서 찾아야 하지 않을까?

정은 인간적 접촉을 통해 이해와 포용, 배려와 연민 같은 서로를 아끼는 인간관계 속에서 자연발생적으로 생겨나는 것으로, 마치 모래에 물이 스며나오듯 마음 속에서 자신도 모르게 저절로 솟아나는 것이다. 또한, 정은 한 번 생기면 오래 지속되어 쉽게 없어지지 않는 특징을 가지고 있다. '사람은 떠나도 정은 남는다.'란 말처럼 정은 의심과 경계를 없앤 열린 마음, 아껴주는 마음, 즉 상대방의 마음을 미리 읽어 알아서 해 주는, 어머니의 자식에 대한 정처럼 배려하는 마음이 바탕을 이루고 있다. 따라서 어머니를 생각하면 늘 고맙고, 죄송스럽고, 희생에 보답하려는 마음을 가지게 되듯이, 정은 베풀면 상대방에게 무언가 보답하려는 마음이 들도록 만들어 주기 때문이다.

그동안 정情을 삶의 가장 큰 의미로 생각하며 살아온 나의 인생행로를 되짚어 본다. 어린 나이에 시작된 객지 생활로 늘 정을 그리워하며 살아

왔었다. 고달픈 삶 속에서도 우정과 의리를 소중히 여기며 열심히 살아왔지만, 정작 지금 내 주위에 진심을 나눌 수 있는 진정한 친구는 그리 많지 않은 것 같다. 결국 나만의 착각이었을 뿐 '인생을 잘 못 살았구나!' 하는 생각이 든다. '허울뿐인 인생'이었던 것이다. 깊은 정을 베풀지 못했던 나의 업보가 아닌가 싶다. 그런데 정년퇴직 후 여가활동이 삶의 중심이 되면서 인간관계의 소중함을 더욱 절실히 느끼게 되었다. 받는 것보다는 주는 정에 만족하며 살기로 마음먹고, 인연의 소중함을 되새기며 서로 정을 나누고 있는 든든한 인생 지기가 몇 명이 생겼다. 먼저 각자 자신의 삶에 끄달려 60여 년 세월 서로 잊고 지내던 고향 친구 K가 있다. 어릴 적 인연을 늦은 나이에 객지에서 다시 만나 여생의 소중함을 공감하며 산행, 식도락 여행 등 인생 후반의 여가생활을 함께하고 있다. 무엇이든 이해될 수 있는 유일한 친구, 고향의 추억을 나누고 흰머리 주름진 얼굴을 서로 안타깝게 바라보며 배려하고 의지할 수 있는 든든한 인생의 벗이다.

다음은 내가 정을 느끼며 즐겨 찾는 단골 음식점들이다. 태안 소원면 파도리에 있는 농막에 오갈 때면 반드시 도중에 들리는 집이 있다. 당진 원당해장이 그 집이다. 우선 요리가 적절한 가격에 맛도 좋지만, 밑반찬이 하나 같이 감칠맛이 있다. 더구나 고향이 함양인 여사장님은 단정한 모습에 언제나 밝고 친절하며 정감이 있는 분이다. 내 고향 거창과는 가까운 거리여서 마치 고향 사람을 대하듯 반겨 준다. 미리 연락하고 가면 오곡을 넣은 특별한 밥을 새로 지어 놓는가 하면, 텃밭에서 금방 뽑아 온 마늘쫑을 맛있게 요리해서 먹어보라고 내놓기도 한다. 식사가 끝나면 삶의 얘기도 두루 나누고 떠날 때는 비법 쌈장을 챙겨주며 친척을 배웅하듯 문 밖까지 나와서 손을 흔들어 주기도 한다. 나 또한 이 집의 지속적인 발전을 응원하며 객관적인 입장에서 자문과 격려를 아끼지 않고 있다. 언제든 편안한 마음으로 찾아갈 수 있는 곳, 반갑게 맞이해 주는 사람이 있어 생각만 해도 삶이 즐겁다.

또한, 늘 생각나는 음식, 만나고 싶은 사람이 있다. 경주 고향밀면 집이다. 우선 음식이 맛이 있고 위생적인 조리과정, 건강에 도움이 되는 좋은 식재료를 사용하여 신뢰를 주는 집이다. 최상의 음식을 제공하기 위해 정성을 다하는 모습에 저절로 고마움을 느끼게 된다. 특히 사장님의 후덕한 정을 담은 친절은 경주에 특별한 볼 일이 없어도 친척 집을 방문하듯 인천에서 경주까지 자주 내려가게 만든다. 생각만 해도 든든하고 말하지 않아도 서로를 배려하는 그 마음 하나로 만족하며 정을 나누고 있다. 정이란 이렇듯 끈끈하고 따스하다.

이처럼 한 끼의 밥을 먹어도 정이 더해진다면, 가격과 질의 문제를 넘어 언제나 만족할 수 있는 최고의 밥상이 될 수 있다고 믿는다. 살맛 나는 세상은 어떤 세상일까? 서로가 도와주려는 마음, 성의 있는 태도, 부드럽고 협조적인 표정, 오랜만에 찾아온 반가운 친척처럼 서로를 맞이한다면, 정이 넘치는 따뜻한 사회가 되지 않을까? 정에 의한 인간관계는 직업의 귀천, 인종과 민족, 남녀, 시간과 거리 모든 것을 초월할 수 있다. 정을 담은 친절은 비굴함이 없으며 서로가 편하고 만족스러운 것이다. 인간의 가장 아름다운 삶의 모습은 서로 정을 나누며 즐겁게 살아가는 모습이 아닐까 싶다. 정은 서로 주고받을 때 참맛을 느낀다고 하지만, 늘그막에 이제 받는 정보다는 주는 정을 더욱 귀하게 여기면서, 스치는 인연에도 최선을 다하며 남은 인생 정情으로 살고 있다.

역풍의 언덕

며칠간 미세먼지가 심해져서 외출을 삼가다가 한낮의 겨울 햇빛을 즐기기 위해 연수 둘레길 산책에 나섰다. 무성하던 가로수와 공원의 나무들이 낱낱이 속살을 드러내고, 새로운 봄 패션 준비를 위해 혹독한 겨울 추위를 견디고 있는 모습이다. 쓸쓸한 겨울 숲길도 나름대로 운치가 있어 좋다.

따뜻한 햇볕을 즐기며 바람에 서걱거리는 승기천 변의 억새밭과 갈대숲 길을 한가롭게 거니는 것도 의미가 있을 것 같아 천변 산책길을 선택했다. 남쪽과 북쪽 두 길 중에서 햇볕을 정면으로 받으며 걸을 수 있고 버릇처럼 자주 다니던 익숙한 남쪽 코스를 선택하여 걷기 시작했다. 하지만 이내 돌아서서 낯선 북쪽 길을 향하고 말았다. 따사로운 햇볕도 좋지만, 얼굴을 매섭게 때리며 가슴으로 파고드는 송곳 같은 역풍을 감당할 수 없었기 때문이다. 굳이 역풍에 맞서서 생고생하는 것보다는 내가

돌아서는 편이 훨씬 쉬운 일이 아니겠는가? 역풍도 돌아서면 곧 순풍이 되는 것을

'이래서 피하고 싶은 것이 역풍인가 보다.'

역풍이란 배가 가는 반대 방향으로 부는 바람, 즉 바람이 부는 쪽을 향하여 바람을 안고 갈 경우, 불어오는 바람을 역풍이라고 한다. 역풍도 바람의 방향을 읽지 못하는 사람에게는 역풍이지만, 바다의 상황을 잘 읽을 수 있고, 바람을 잘 활용하는 지혜로운 선장에게는 곧 부드러운 순풍이 될 수도 있는 것이다. 하지만 허공에 부는 바람이 어디 애초부터 순풍 역풍이 따로 있었겠는가?

인생사에 있어 바람이란 자신에게 긍정적이면 순풍이고, 부정적이면 역풍이 아닐까? 세상이란 바다는 언제나 출렁이고 바람은 수시로 일어난다. 그 바람이 순풍이 될 수도 역풍이 될 수도 있지만, 그것은 오직 자신이 만들어 가는 바람이다. 언제 어디에나 역풍은 있을 수 있다. 따라서 역풍이 두렵지 않은 떳떳한 삶을 살아가는 것이 중요하다. 자연의 역풍이야 피할 수도 있지만, 인간사의 역풍은 자신이 지은 업보(業報)로서 반드시 자신이 받아야 할 피할 수 없는 매서운 셀프 바람임을 알아야 한다. 정정당당한 인생길에 역풍은 없다.

작금의 한국 정치 상황에서 국민 편 가르기를 일삼고, 견강부회하는

내로남불 정권의 모습을 목도하면서 강한 역풍이 휘몰아칠 것 같은 예감이 드는 것은 나만의 기우일까? 오늘도 수많은 애국 시민들이 전국 곳곳에서 공정과 정의를 외치고 있다. 하지만 그들은 아전인수 격으로 외면과 위협을 반복하고 있다.

인간사의 역풍이란 죄지은 자들이 당연히 받아야 할 업보로서 자신들에게는 처참한 일이겠지만, 비정상적인 사회를 정상으로 되돌려 건강한 사회로 회복시키는 순기능을 가지고 있기도 하다. 역풍 속에는 칼날 같은 정의와 교훈의 철학이 들어 있기 때문이다. 역풍이 두려우면 경청하라! 눈을 감고 귀를 막는다고 쉽게 사라질 바람이 아니라는 것을, 그들은 왜 모르는가? 과거 정권들이 역풍으로 몰락하여 줄줄이 영어의 몸이 되는 비참한 사례를 보고도 깨우치지 못하는 그네들이 답답하고 한심할 뿐이다.

다음 선거의 바람은 거꾸로 가는 세상을, 반드시 되돌릴 수 있는 역풍의 회오리가 휘몰아칠 것 같은 폭풍 전야의 느낌이 든다. 흰 갈대밭이 석양으로 붉게 물들고 있다. 역풍이 불어오는 메타세쿼이아 언덕을 걸으며 삭막한 겨울 풍경 속에서 색다른 아름다움과 알 수 없는 희망의 싹이 움트고 있음을 느낀다.

술 이야기

술은 어느 민족이나 그 지역에서 생산되는 과일이나 곡식 등 다양한 재료들을 이용하여 나름대로 전통적인 방법으로 만들어 즐겨 마시는 세계 공통음식이다. 성리학이 중심이 되었던 조선 시대 우리 조상들은 충효를 삶의 가장 소중한 덕목으로 여겼으며, 조상을 모시는 제사를 효의 근본으로 삼았었다. 조상과 자손이 만나는 엄숙한 자리인 제사의 경우 정성껏 음식을 준비하여 제상祭床에 진설하고, 가양주인 제주祭酒를 향불 연기와 함께 올려 조상신이 음미하도록 하는 것이 제례의 화룡점정이다.

즉 술은 제례를 통해 조상과 자손이 함께 나누는 신성한 신의 음식인 것이다. 술은 일반 음식과 달리 눈과 코와 혀끝으로 음미하는 음식이다. 향과 빛깔을 즐기고 특유의 감칠맛이 입안을 적시며 목을 타고 넘어가면 몸은 생기가 돌기 시작하는데, 술은 그에 걸맞은 적절한 안주를 동반함으로써 시너지 효과를 낼 수 있다. 술은 갈증과 허기를 채워주고 기분까지 좋게 해 주는 매력적인 음식이다. 우리 집안의 음주 내력은 생원이셨던 할아버지께서도 나귀를 타고 다니시며 술을 즐기셨고, 아버님도 술을 즐기시는 편이라, 농사철이 아니어도 늘 우리 집엔 술독이 아랫목을 차지하고 있었다. 어린 시절 술을 거르고 난 술지게미에 사까리를 넣어 비벼 먹으며, 늘 만족한 모습으로 술을 즐기시던 아버지의 술맛이 무척이나 궁금했었다. 그리고 농번기가 되면 온 동네를 긴장시키는 술 조사원의 출현을 망보기 위해 친구들과 뒷동산에 올라가 낯선 사람이 나타나면 "술 조사 왔다!"하고 소리를 질러 온 동네에 알리기도 했었다.

요즈음이야 술의 종류도 많고 저렴한 술에서부터 고급의 전통주와 비싼 양주까지 슈퍼마켓이나 마트에 가면 쉽게 살 수 있지만, 내가 결혼했던 70년대 초 만해도 호주머니가 가벼운 젊은이들에게 좋은 술을 만난다는 것은 쉬운 일이 아니었다. 그런데 내 생애 가장 맛있는 술을 실컷 먹어본 기억이 단 한 번 있다. 결혼하고 안성 처가에 근행覲行을 갔을 때 일이다. 그때만 해도 신부 마을의 청년들이 모여 갓 결혼한 새신랑을 달던 풍습이 있었다. 즉, 신랑 신부의 결혼을 축하하고 새신랑의 수준(?)도 가늠해 볼 겸 동네 청년들의 존재감을 과시하는 일종의 결혼잔치 이벤트인 것이다. 그런데 먼저 신랑이 신부 집안 어른들께 인사를 올리는 기회가 마련되어 있었다. 이 자리는 동네 청년들에게 선보일 새신랑의 됨됨이와 위기대처 능력까지도 측정해 볼 수 있는, 집안에서 치루는 까다로운 첫 번째 관문이기도 했다. 집안의 대표 격인 청장년들이 촌수와 서열에 따라 새신랑 주변에 자리하고, 대청마루와 건넌방엔 친인척들로 가득 찼었다. 그리고 창밖은 새신랑을 구경하기 위해 찾아온 동네 아주머니들까지 사투리를 쓰는 경상도 사위를 신기한 눈빛으로 감상하고 있었다. 한 분씩 소개와 인사가 끝나고 첫 과제인 말솜씨를 겨뤄보기 위한 집안 대표들의 날카로운 질문 공세가 이어졌다. 가문, 종교, 시사 문제까지 폭넓게 주고받았지만 임기응변으로 무난히 위기를 넘겼다.

다음은 한 상 가득 차려진 음식과 술이 들어오고, 술 실력을 달아 보는 과정이 시작되었다. 돌아가며 한 잔씩 집중 공격이 예상되어 다소 마음의 부담은 있었지만, 그래도 술에 대해서는 다소 자신감을 가지고 기다려 왔던 터라, 이 과정에서 확실한 승기(?)를 잡아야겠다고 마음속으로 다짐을 하고 있었다. 결혼 전 막걸리나 소주 마시기에도 버거웠던 나의 처지로서는, 사위를 맞이하기 위해 장모님께서 정성껏 빚은 맑고 노란 빛깔의 향기로운 동동주를 접하고 보니, 눈이 번쩍 뜨이면서 자신감이 솟구치기 시작했다. 돌아가며 권하는 술잔을 권커니 잣거니 마시다가 거나해지자, 성에 차지 않아 술잔을 좀 더 큰 잔으로 바꾸자고 제안을 했다. 그 한마디에 모두 놀라운 표정으로 잠시 분위기가 술렁거렸다. 다시 새로 시작하듯 큰 술잔으로 가까운 옆자리부터 한 명씩 공격을 시작했다. 달콤한 감로주는 오뉴월 마른 논에 물들어가듯 목줄을 타고 한없이 몸으로 흡수되었고, 자연스럽게 세 번째 과제인 노래로 이어져 밤을 지새우며 떠들썩한 동네잔치가 되었다. 그날 밤 나는 십여 번이나 화장실을 들락거리며 굳건히 버텨 처가 청장년들을 모두 쓰러뜨리고 주어진 과정을 무난히 통과했었다. 그 후 오랜 세월 처가 동네에서는 술장사 경상도 사위 이야기가 화젯거리가 되어 전설처럼 남아 있었다. 술에 장사 없다는 옛 어른들의 말씀대로 지금은 건강을 생각하며 그때의 추억을 안주 삼아 가끔 반주를 즐기고 있다. 바른 음주 자세로 적절히 마시는 술은 분위기를 좋게 만들고, 인간관계를 부드럽게 해 주며 삶에 용기와 즐거움을 주어 인생의 좋은 벗이 되기도 한다. 코로나 19로 일상이 박탈되어 삶이 황폐해지고 있는 이 참담한 현실에, 신의 음식인 술이 순기능을 발휘하여 지친 국민의 마음을 위로해 주고, 건강에도 도움이 되는 좋은 인생 친구가 되었으면 하는 바람이다.

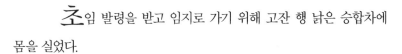

살아 있는 선물

초임 발령을 받고 임지로 가기 위해 고잔 행 낡은 승합차에 몸을 실었다.

구불구불한 비포장 길 박달 고개를 넘어 한참을 달렸다. 들판을 지나고 좁은 산기슭을 돌아가다가 차가 산으로 돌진하고 말았다. 운전사 대신 조수가 운전 연습을 하다가 사고를 낸 것이다. 다행히 큰 부상자는 없었지만, 된장 통이 나뒹굴고 선반 위의 짐들이 떨어져 차 안은 온통 아수라장이 되었다. 부임하는 첫날부터 불길한 예감이 들었다. 출근해서 선배 선생님들로부터 환영을 받고, 이 지역의 특성과 문제점 그리고 유의사항까지 자세한 안내를 받았다. 특히 붉은 섬 지역은 간척지 개발 사업에 의해 형성된 개발단원들의 정착촌으로 각별한 관심이 필요하다고 일러주었다. 아직도 개발이 진행되고 있는 지역으로 주민들을 위한 생활 인프라가 미흡하고 척박한 환경에 따른 학부모들의 어려운 민원이 수시로 제기되고 있으며, 가끔 학교로 찾아와 거칠게 행패를 부리기도 한다는 것이었다. 작년 여름에는 대낮에 울타리도 없는 고잔역 선로 위에서 살인사건이 벌어졌었다는 끔찍하고 살벌한 얘기도 있었다.

　장차 이곳에서 어떻게 적응하며 교직 생활을 이어가야 할지 두렵고 막막하기만 했다. 하지만 양지바른 언덕 위에 있는 작은 학교는 서해의 아름다운 낙조를 조망할 수 있었고, 푸른 들판과 가끔 지나다니는 낭만적인 수인선 협궤열차가 있어 정을 붙일 수가 있었다. 특히 주말마다 찾아주는 찔레꽃 같은 나의 연인은 외로운 험지 교직 생활을 견딜 수 있게 해준 버팀목이 되었다. 변변한 숙박 시설이 없는 농어촌이라 지역 유지댁의 문간채에 세 들어 자취 생활을 하게 되었다. 선생님이라는 자부심도 있었지만, 한편 늘 안집 주인과 학부모인 동네 주민들을 의식하며 모범을 보여야 하는 선생님의 생활이 다소 부담스럽기도 했다. 하지만 총각 선생님의 어려운 객지 생활에 대한 학부모님들의 이해와 배려 그리고 가끔 보내주는 정성스러운 선물이 큰 위로가 되었다. 자신들이 직접 생산한 쌀, 포도, 모과, 딸기 등 정이 듬뿍 담긴 지역 산물들은 풋내기 교사의 마음에 감동을 주기도 하고, 사명감과 열정을 일깨우기도 했다.

　유월 어느 날 오후 퇴근 후 툇마루에 앉아 한가로이 쉬고 있는데, 큰 함지박을 머리에 인 중년 아주머니 한 분이 논둑길을 걸어서 동네 입구로 들어서더니 나에게로 오는 것이 아닌가? 얼른 일어섰더니, 쌀 반 자루와 살아 있는 닭 두 마리가 든 함지박을 내 앞에 내려놓으며

"우리 정영이 선상님 맞쥬?"

"선상님께 드릴 게 이것 밖에 없슈."

"우리 귀한 늦둥이 잘 부탁혀유."

힘겨운 삶을 말해주듯 시커멓게 그을리고 손마디가 마치 우슬처럼 도드라진 딱딱한 손으로 내 손을 덥석 잡고는 한동안 놓지를 않았다. 늦은 나이에 손자 같은 귀한 외아들을 둔 어머니였다.

살아 움직이는 선물은 처음 받아 본 터라 조금은 당황스럽기도 했지만, 그 정성과 진정성이 이내 나를 감동시키고 말았다. 귀한 쌀과 살아 있는 저 선물이 무엇을 의미하는지, 그리고 장차 내가 어떤 선생님으로 남아야 할지 풋내기 교사에게 스스로 위상을 정립하게 해 준 담금질의 순간이 되었다. 두 다리가 묶인 채 내 눈치만 살피듯 눈알을 굴리며 마룻바닥에 누워있는 닭들을 당장 어떻게 처리해야 할지 난감한 입장이라, 일단 도망가지 못하도록 한쪽 다리에 긴 새끼줄을 묶어 바깥 뜰 아래 내려놓았다.

그리고 밤에는 보호할 수 있는 공간이 필요할 것 같아 헛간으로 거처를 옮겨 주었다. 새벽이 되자 닭 울음소리가 들려 그 소리에 잠을 깼다. 그제 밤까지만 해도 없었던 일이라 신기하기도 하고, 나에게 기상 시간을 귀띔해 주는 고마운 가족 같은 생각이 들었다. 주말 오후 툇마루에 비스듬히 누워 무심히 밖을 보고 있는데, 닭이 다리를 절뚝거리며 먹이를 찾고 있는 게 아닌가? 꼭 묶은 다리의 새끼줄 때문인가 싶어 좀 느슨하게 풀어 주었다. 그다음부터는 나를 알아보고 믿음이 생겼던지 마당에 내려가면 나를 졸졸 따라다녔다. 그날 이후 퇴근하면 곧바로 집으로 돌아와 닭에게 모이도 주고, 풀이 있는 곳으로 데려가 풀도 먹게 해주었다. 이렇듯 닭을 돌보는 재미가 시골 총각 선생의 외로움을 달래 주기도 했다.

그렇게 한 달이 지났다. 일요일 오후 주인집 아주머니가 내 방문을 두드렸다.

"선생님, 닭을 왜 그냥 두세요?"

"날씨도 더워지는데 보양식이나 해 드시지요" 하고 권유를 했다.

"그런데 저는 닭들이 불쌍해서 도저히 잡을 수가 없네요." 했더니 한심하다는 듯 고개를 저으며

"아이고 선생님도 참, 닭목도 하나 못 비트는 남자가 무슨 남자예요?" 하며 조소하듯 나를 바라보았다.

그 순간 젊은 총각 선생의 자존심이 좀 상하기도 하고, '주말마다 찾아주는 연인에게 닭백숙이나 만들어 대접해 볼까?' 하는 생각이 일어나기도 했다. 하지만 아픈 다리를 절며 나를 따라다니고, 새벽이면 울어 주던 그 닭의 목을 내 손으로 비튼다는 것은 자존심이나 몸보신 보다 오히려 평생 짊어질 마음의 부담이 더 클 것 같은 생각이 들었다.

결국 『닭 목도 비틀지 못하는 나약한 남자』가 되고 말았지만, 나의 결

정에 후회는 없었다. 나의 실체를 스스로 깨닫는 소중한 계기가 되었다 두 마리 닭들의 모습과 그 선물의 의미는 아직도 내 가슴속 깊이 새겨져 살아 움직이고 있다.

시절 이벤트 중복中伏

여름 더위의 절정은 삼복더위가 아닌가 싶다. 옛 조상님들은 물론 오늘날에도 복중 더위를 극복하기 위한 다양한 문화적 전통은 남아 있고, 그 대표적 사례가 복날 먹는 음식들이다. 이렇듯 계절이나 절기에 따라 다양한 시절 음식이 존재한다는 것은 삶을 풍요롭게 하는 즐거운 일이 아닐 수 없다. 복달임이 반드시 치러야 할 의식은 아니지만, 아직도 대다수 현대인들에게 건강한 여름나기의 작은 이벤트가 되고 있다.

보통 복날에는 더위에 지친 몸과 마음을 회복하기 위해 보양식을 먹는 것이 일반적이다. 하지만 나는 미뤄뒀던 가장 힘든 일을 주로 복날에 실행하는 특이한 습관을 가지고 있다. 열심히 일하면서 더위를 잊고, 땀을 흠뻑 흘린 후 기분 좋게 복달임을 하는 것이 보람도 있고 음식 맛도 더 좋기 때문이다. 오늘은 중복 날이어서 엄두를 내지 못하고 있던 베란다 화분 정리 작업을 시작했다. 지난봄부터 각별한 관심을 가지고 열심히 돌보던 호박이 날이 갈수록 잎이 바래고 시들 뿐만 아니라, 맺혔던 호박도 이내 곯아서 떨어지는 안타까운 모습을 지켜보면서 기른 정 때문에 마음의 결정을 내리지 못하고 미루어 오고 있었다.

차제에 마음은 아프지만 차라리 정리하기로 맘먹었다. 베란다 천정에 매달린 높은 빨래 걸이까지 타고 올라가 베란다 전체를 뒤덮었던 호박의 잎과 줄기를 모두 잘라냈다. 잘려진 호박 줄기에서 떨어지는 맑은 물방울이 손등을 적신다. 착잡한 마음으로 한동안 상념에 젖어 더위도 잊고 있었다. 거두어낸 호박잎과 줄기는 잘게 잘라 쓰레기봉투에 넣고 끝부분의 여린 잎을 어떻게 처리할지 한참을 망설였다. 애지중지 키운 호박잎을 먹기에는 잔인한 일 같기도 하고, 그렇다고 모두 쓰레기로 버리기에는 너무 허망하고 참담한 생각이 들어, 궁색한 변명 같지만 내 몸의 일부가 되어 두고두고 기억하기 위해 호박잎 쌈으로 먹기로 했다.

지난봄, 흙을 밀치고 올라온 어린 호박 떡잎에 감동했었고 뻗어가는 왕성한 넝쿨과 미소 같이 환한 호박꽃을 보면서 기쁨과 보람을 느끼기도 했었다. 장거리 여행을 앞두고는 호박 걱정으로 며칠을 궁리하여 호박이 마르지 않도록 호스에 손수 바늘구멍을 뚫어 간이 스프링클러도 만들어 주었었다. 하지만 그렇게 아끼던 그 호박을, 시들고 부실해진 모습을 보며 마음이 변한 나 자신이 모질고 매정하다는 생각도 들었다. 나도 어린 시절이 있었고 풋풋한 청년의 모습도 있었지만, 지금은 무상한 세월 앞에 얼굴에는 주름이 생기고 피부는 탄력을 잃어 늙어가고 있지 않은가? 그동안 호박 그늘에서 햇빛을 보지 못했던 식물들은 밝은 곳으로 옮겨 주고, 창 쪽으로만 치우치게 자란 식물들은 반대 방향으로 돌려주었다.

바닥 물청소까지 끝내고 나니 비록 몸은 땀으로 흠뻑 젖었지만, 휑해진 베란다를 보면서 아쉬움과 함께 알지 못할 희열을 느꼈다. 중복 날 복달임 음식으로 평소 먹고 싶었던 음식을 종류별로 골라 우선순위를 정하고 식당에 예약을 시도했지만, 일요일이라 전화를 받는 곳이 없다. 결국 차선책으로 아내와 함께 평소 자주 다니던 중국집을 찾아가 편안한 마음으로 자장면과 야채해물볶음밥으로 복달임을 했다. 장마철이라 덥지 않은 중복을 맞아 잊지 않고 전통의 의미만을 되새겼다. 이열치열 땀 흘리며 보양식 먹을 무더운 중복이 아니라, 비 온 후의 푸른 하늘, 흰 구름, 시원한 바람이 불어 다행이란 생각이 들었다.

삼복이 고통이나 극복의 대상이 아니라, 좋아하는 음식과 더불어 세월의 흐름을 즐기는 기다려지는 멋진 시절 이벤트가 되었으면 한다.

호박씨

지난해 가을 경주에 갔다가 오랜 지인을 만나 잘 익은 호박을 하나를 얻었다. 크지는 않지만 빛깔이 곱고 종 모양으로 생긴 겉이 단단한 호박이었다. 거실에 장식품으로 오래도록 두었다가 보름 전에 해체해서 호박은 죽으로 끓여 반은 딸들에게 나눠주고 나머지는 두고두고 건강식으로 먹었다. 그리고 호박씨는 발라서 깨끗이 씻어 말려 두었다. 위낙 육질이 좋은 호박이라 태안 파도리 밭에 심어서 좋은 호박의 대를 이어가고 싶은 생각이 들었다.

오늘은 파도리에 있는 농장을 방문하는 날이다. 밭에 심을 호박씨와 삽목할 명월초를 챙기고, 지난주에 만들어 놓은 작은 꽃밭에 보식할 꽃모종을 사기 위해 태안 읍내 있는 서부시장에 들렀다. 시장 한 모퉁이를 차지하고 있는 다양한 모종 가게들은 봄의 모습으로 가득하다. 이것저것 사고 싶은 모종들은 많지만, 농장 건사하는 일이 쉽지 않아 욕심을 부렸다간 식물들에게 못 할 짓만 할 것 같아 욕심을 억누르고 비올라 팬지, 금잔화만 구입했다. 농장 입구에 들어서자 지난번에 만들어 놓은 작은 꽃밭부터 확인했다. 수선화는 이미 져버렸고, 분홍 꽃잔디가 잔잔하게 내리는 봄비를 맞으며 나를 반겨 주었다. 마늘도 부쩍 자라서 밭이 풍성해졌다. 모처럼 농장에 들리면 눈에 보이는 것이 모두 일거리여서 숨 돌릴 겨를도 없이 서둘러 작업복으로 갈아입었다. 급한 일이 끝나는 대로 호박을 심을 요량으로 편지 봉투에 넣어 두었던 호박씨도 작업복 호주머니에 챙겨 넣었다. 먼저 채취 시기가 좀 늦어 안달했던 두릅부터 따기 위해 산으로 올라갔다. 그런데 이게 어찌 된 일인가?

도저히 납득할 수 없는 일이 벌어지고 만 것이다. 지난번 방문 때 가시덤불로 쌓여 있던 두릅 밭을 갖은 고생을 하며 힘겹게 정지 작업을 해 두었었는데, 누군가가 무단으로 들어와 두릅을 하나도 남김없이 모두 꺾어가 버렸다. 오매불망 두릅 수확을 생각하며 때를 기다려 왔고, 큰 기대를 품고 달려왔기에 허탈한 마음 가눌 길이 없었다. 나중에 알고 보니 몰래 두릅을 꺾어간 장본인은 우리 농장을 지켜 주리라 믿고 있었던 이웃 아주머니들이었다. 더욱이 그들은 열심히 새벽 기도도 다니는 교인들이었고, 믿었던 이웃이었기에 배신감과 슬픔은 온 동네를 모두 잃은 느낌이었다. 혹시 지금쯤은 회개하고 있을지 모를 일이지만, '인간의 탐욕 앞엔 나이도 종교도 양심까지도 무색해지는구나!' 하는 생각이 들었다. 이젠 어차피 지나간 일, 마음의 상처는 크지만 섭섭한 마음은 접고 다시 일 년을 기다릴 수밖에 없는 일이다.

마침 비도 촉촉이 내리고 아픈 마음도 달랠 겸 작은 꽃밭에 꽃모종 심기부터 시작을 했다. 수선화와 꽃잔디 사이에 새로 사 온 모종들을 보식하고 나니, 작은 꽃밭은 더욱 화려해졌고 마음도 조금은 평온을 되찾게 되었다. 다음은 명이나물밭과 마늘밭의 잡초 제거 작업을 시작했다. 끝없는 잡초와의 전쟁이 시작된 것이다. 몸은 지치고 하루해가 저물고 있다. 일과를 끝내고 농막으로 돌아와 땀으로 젖은 옷을 모두 벗어 세탁기에 넣었다. 잠시 농막 다락방에 누워 퇴창 밖에서 불어오는 바람을 맞으며 쉬고 있는데, 세탁기가 삐이~ 소리를 내며 세탁 완료를 알리는 순간 불현듯 호주머니에 넣어 두었던 호박씨 생각났다.

이미 때는 늦었다. 세탁기 문을 열어 보니 상황은 심각했다. 물에 젖어 산산조각으로 찢어진 봉투 잔해와 호박씨가 범벅이 되어 세탁기 안과 문짝 고무패킹 사이는 물론 옷가지들에도 고루 묻어 있었다. 빨래에 붙은 호박씨를 털어내고 세탁기 안에 끼어 있는 호박씨까지 송곳으로 하나하나 파내며 덤벙대는 나의 성격을 곱씹어 보는 것으로 바쁜 하루가 끝났다. 창 너머로 들려오는 개구리 소리가 요란하다.

일을 시작하기 위해 지난밤에 빨아 두었던 작업복을 다시 입었다. 걸음을 옮기자 작업복 바짓가랑이 속에서 호박씨가 한 두 알 씩 계속 방바닥으로 떨어지는 것이 아닌가. 마치 알을 까듯 일곱 알의 호박씨가 바짓가랑이 속에서 나왔다.

오늘은 첫 일과를 호박씨 심는 것으로 시작을 했다. 특별히 계분이 섞여 있어 거름기가 많은 명이나물밭 주변에 돌아가며 심어주었다. 그리고 나와의 묘한 인연을 가진 바짓가랑이 출신 일곱 알의 호박씨는 농막에서 가까운 매실나무 곁에 따로 심어 두었다. 과연 세탁기가 세제로 깨끗이 세척한 알깐 호박씨들이 제대로 싹을 틔울 수 있을지 궁금하고 기다려진다.

이벤트 인생

사람으로 태어나 험한 세상 하루하루 무탈하게 살아간다는 것이 기적 같기도 하고 다행한 일이라는 생각이 든다. 하지만 일상에서 아무런 흥미를 느낄 수 없고 삶에 대한 기대가 없다면 그것은 의미 없는 생존일 뿐, 행복도 기적의 의미도 사라져 버리고 말 것이다. 삶에 대한 재미와 기대는 존재 이유이며, 그것이 결여된 삶은 생의 낭비이며 껍데기 인생이다. 인생살이에 탄생과 죽음의 의미도 소중하지만 실상 중요한 것은 매일 매일의 삶 그 자체인 것이다. 따라서 직업의 유무와 관계없이 누구나 기대와 즐거움이 충만한 생활을 영위해야 회한이 없는 인생을 살 수 있다. 남이 대신 살아 줄 수 없는 인생이기에, 기대가 있고 재미가 있는 삶은 국가나 사회의 문제 이전에, 근본적으로 자신을 가장 잘 이해하고 있는 본인이 자신의 인생철학과 취향, 시간적 경제적 여건, 인간관계 등을 고려하여 스스로가 만들어 가야 할 주요 인생 과제이다. 늘 현재의 중요성을 깊이 인식하고 세상을 긍정적 시각으로 바라보며, 매사에 호기심을 가지는 것이 신바람 나는 삶을 만들어 가는 바람직한 자세가 아닐까 싶다.

 따라서 일상생활의 이벤트화를 통해서 흥미롭고 기대가 있는 삶을 만들어 가야 한다. 이벤트의 사전적 의미는 "공익이나 기업의 이익 등 뚜렷한 목적을 가지고 치밀하게 사전 계획되어 대상을 참여시켜 실행하는 행사, 또는 매우 중요하거나 흥미를 끄는 경기나 행사"를 지칭한다. 하지만 나에게 있어서 이벤트는 '호기심이나 흥밋거리를 소재로 한 모든 행사'를 의미한다. 그러고 보면 삶 자체가 이벤트가 아니겠는가? 우리 가족은 일 년 내내 이벤트가 생활화되어 있다. 특히 연 중 3대 이벤트는 설, 추석 명절과 결혼기념일인데, 설 명절엔 평소에 맛볼 수 없는 귀한 술과 음식을 준비하고 넉넉한 세뱃돈과 덕담, 각 가정마다 나름대로 부담 없는 선물을 준비하여 즐거운 잔치가 펼쳐진다. 추석 명절은 분위기 있는 레스토랑을 예약하여 온 가족이 그곳에 모여 식사를 하고 선물을 나누며, 기념사진 촬영 및 산책으로 스마트한 명절을 즐긴다.

 따라서 우리 가족 구성원들은 명절 증후군을 염려하는 것이 아니라, 축제에 참여하는 기다림으로 명절을 맞이하며 가족 간의 친화력도 좋아지고 만족도도 매우 높은 편이다. 그리고 결혼기념일이 있는 12월은 한 해를 보내는 아쉬움과 새해의 기대로 누구에게나 의미 있는 달이지만, 우리 가족에게는 특별한 의미를 담고 있는 달이기도 하다. 50년 전 결혼 당시 나는 결혼기념일을 이벤트화하기 위해 통행 금지가 없는 12월 24일에 결혼을 감행했었고, 지난 50년간 매년 분위기 있는 크리스마스이브에 연

중 최고의 가족 축제로 누려왔다. 결혼 50주년을 맞이한 지난해는 금혼식 이벤트로 지인 부부와 함께 중국의 하이난섬 여행을 계획하고 있었으나, 지인의 건강 문제로 가까운 섬 영종도와 소무의도를 선택했었다. 소무의도 연륙교를 건너 뗌리 국숫집에서 무의도 특식 주꾸미 잔치국수를 먹고 오밀조밀한 섬 골목길을 산책하며 새로운 흥취를 느꼈다. 뷰 좋은 카페에서는 탁 트인 바다를 조망하며 '삶이 곧 아름다움이구나!' 하는 것을 실감할 수 있었다. 저녁엔 한 달 전 예약해 둔 영종도 특급 호텔에서 저녁 뷔페 만찬을 즐기고, 금혼식 세리머니를 위해 객실로 이동하였다. 객실에 테이블 세팅을 하고 케익 커팅, 기념사진 촬영, 선물 증정, 자축 시 낭송, 고급 와인으로 축배의 잔을 들며 50년 세월의 사랑과 열정, 그리움이 함축된 벅찬 감동을 밤늦도록 회고했었다.

정년퇴직 후 몇 년은 매월 전국의 자연휴양림을 탐방하며 주변 지역의 문화유산답사와 맛집에 들러 향토의 정을 느끼기도 했었다. 하지만 가장 큰 비중을 차지하고 있는 여가활동은 가족과 함께하는 작은 이벤트들인데, 그 중심에 가족을 하나로 묶어주는 가족 카톡방이 있다. 수시로 15명 가족 구성원들의 생일과 경사 등 새로운 소식이나 축하할 일 등 각종 이벤트 소식을 올리고, 함께 축하하며 즐기는 일이 삶의 활력소가 되고 있다.

그밖에 계절의 특징이나 시절 음식, 특산물들을 소재로 한 여행 등 계절에 따른 새롭고 설렘을 안겨주는, 놀기 위한 일들이 징검다리처럼 예약

되어 있어 인생 노년을 바쁘고 즐겁게 만들어 준다. 정기적인 이벤트로는 태안 파도리 해안 농장에서 유실수를 돌보며 남새밭을 가꾸고 그것을 글로 쓰는 농막 생활이 큰 즐거움이 되고 있다. 자투리 시간은 주로 지인들과의 만남, 문학회 활동, 아내와 함께 하는 외식 등으로 채워진다. 이렇듯 크고 작은 이벤트들이 삶의 등대가 되어 아름다운 인생 항로를 만들어 주고 있다. 소신껏 기획해서 놀 수 있는 삶, 어찌 즐겁지 않을 수 있으랴 삶이 지속되는 그 날까지 나의 이벤트 인생은 이어지리라.

3

궁신의 눈

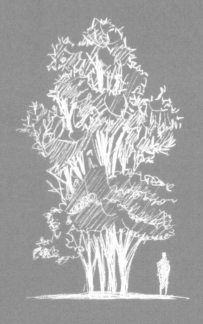

궁신弓神의 눈

집궁執弓을 하고 활을 쏘게 되면 몰기沒技라는 것이 있다. 오시 오중, 즉 다섯 개의 화살을 쏘아서 모두 과녁에 맞추는 것이다. 몰기를 해야 접장接長이 될 수 있을 뿐만 아니라 궁사弓師로서의 기본 자격이 주어진다고나 할까?

보통 운동 신경이 뛰어난 젊은 친구들이라면 한두 달 안에도 달성할 수 있는 몰기를, 활을 쏘기 시작한 지 삼 년이나 된 집궁 고참인 나는 세월만 보내다가 이제야 국궁에 불이 붙어 주변 동료들의 애를 태우며, 몰기를 위해 안간힘을 쓰고 있다. 나이 든 사람이 애쓰는 모습이 안타까웠던지 국궁 고참들은 나름대로 조언을 해 주거나, 함께 습사 하면서 나의 멘탈 관리를 위해 일부러 실수를 해 주기도 하였다.

그 관심이 고맙고 행복한 일이기는 하지만 늘 미안한 마음이 앞섰다. 그런가 하면 가까이 지내는 사우 중에는 내가 몰기 하는 장면을 지켜보기 위해 늦은 시간까지 함께 활을 내기도 하고, 아낌없이 자신의 깍지를 내어 주기도 했다. 그런데 주변에서 이렇게 신경을 쓰는 이유가 또 하나 있었다 올 6월 18일이 일 년에 한 번 치르지는, 몰기 잔칫날로 정해졌는데 이날이 마침 나의 62회 생일, 즉 진갑 날이다. 만약 그 전에 몰기를 한다면 몰기잔 치와 함께 내 생애 가장 멋진 진갑 생일잔치를 호림정에서 맞이하게 되는 것이다. 따라서 그 전에 몰기를 하기 위해 하루 종일, 때로는 어두운 밤 야 사夜事까지 하면서 초조하게 맹연습을 해 왔고, 모두 그 사실을 알고 있었 기 때문이다. 몰기 잔치는 몰기를 한 궁사가 사모관대 차림으로 정간에서 제를 올리고, 동료들의 축하를 받으며 사두로부터 무호와 첩지를 받고 접 장으로 공인을 받는 가장 기대가 크고 의미 있는 무인들의 전통행사이다

호림정에는 화살을 쳐 주며 오랜 세월 국궁정을 지키고 계신 아주머 니 한 분이 있다. 말씨가 다소 어눌하고 콧소리가 섞여 있어 처음 만나는 사람들은 자세히 듣지 않으면 무슨 말인지 잘 알아들을 수가 없다. 하지 만 오래 함께 지내다 보면 대충 알아듣고 나머지는 눈치로 이해하는 편이 다. 호림정 지기라고 할 수 있는 이분은 우선 마음이 곱고 부지런하며 살 치는 기능도 뛰어나 호림정에 없어서는 안 될 고마운 분이라고 늘 생각하 고 있었다. 그래서 아무런 거리낌 없이 순수하게 좋아할 수 있는 분이다 이심전심이라고나 할까? 자연스럽게 내 팬이 되어 준 아주머니도 내 마 음을 아는지 늘 친절하게 웃음으로 대해 줄뿐만 아니라, 나의 몰기를 진 심으로 바라면서 안타깝게 지켜보고 있는 또 한 사람이기도 하다. 언젠가 김 사범이 답답한 마음에 우스갯소리로 제안을 한 적이 있었다.

"형님은 벌써 몰았어야 할 충분히 되고도 남을 실력인데, 이렇게 될듯하면서도 되지 않는 것은 아직 궁신이 마음의 눈을 열지 않은 듯하니, 밤에 과녁 앞에 소주라도 한 병 준비해서 궁신께 제祭를 한번 올려보는 것이 어때요?"

그런데 오늘 살을 쳐 오는 아주머니의 모습이 여느 때와는 달리 더욱 친근한 모습으로 명랑하게 웃음을 흘리면서 중요한 일이라도 있는 듯 나에게 떠들썩하게 무언가 알 수 없는 말을 남기고 지나갔다. '좋은 일이 있나 보다. 늘 하는 인사말이려니' 하고 말았다.

그런데 잠시 후 아주머니께서 나의 몰기를 기원하는 궁신제弓神祭를 올리기 위해 제사상을 준비했다는 연락이 왔다. 아뿔싸! 전혀 예측하지 못했던 일이라 고맙기도 하고, 당황스럽고 민망하여 한동안 어찌할 바를 몰랐다. '오죽 답답했으면 궁신제까지 생각을 했을까?' 같이 습사를 하고 있던 김 사범과 함께 일단은 그 현장을 가보기로 했다. 정간 마루 작은 교자상엔 두 자루의 초와 소주 한 병, 잔 한 개, 흙을 담아서 급조한 향꽂이와 향, 그리고 옛날 곽 성냥 한 통까지......,

조촐하면서도 정성스럽게 준비가 되어있었다. 얼떨결에 김 사범과 둘이서 백주에 촛불을 켜고 향을 사르고, 교대로 술잔을 올리며 정간正間을 향해 절을 올렸다. 절을 하는 순간 '지금 내가 무슨 일을 하고 있는 건가?' 하는 형용할 수 없는 야릇한 생각이 들었다. 김 사범은, "호림정 생기고 처

음 있는 일입니다. 내친김에 과녁 앞에 가서도 한 번 더 제를 올립시다."라
고 한다. 제상을 다시 사대 앞 잔디밭으로 옮겨 다른 사우들까지 합세하
였다. 촛불을 켜고 세 개의 과녁 중 가운데 있는 제2관 과녁을 향해 둘이
서 다시 절을 하며, 김 사범이

"궁신이시여! 제발 눈을 뜨시어 초당의 화살을 거두어 주소서"

축원하였고, 나도 '부디 궁신께서 눈을 열어 나의 화살을 받아주시기
를' 마음속으로 기원했다. 그리고 맥주 두 상을 준비하여 간략하지만, 함
께 해 준 사우들에게 고마움의 후속 잔치까지 열어 주었다.

모두들 거나한 기분으로, "이제 궁신제도 올렸으니 오늘 끝냅시다."하고
응원을 한다. 기대는 더욱 커지고 동료 갤러리들은 어둠이 내리도록 자리
를 뜨지 못하고, 궁신제의 효험을 기다리고 있었다. 해는 이미 구미산을
넘고 호림정에도 어둠이 내리기 시작했다. 다소 취기가 돌기는 했지만, 조
심스러우면서도 엄숙하게 동료들과 함께 사대에 서서 활을 쏘기 시작했
다. 드디어 내 차례가 되었다. 초시初矢를 관중 시키지 못하면 나머지 화
살을 모두 명중시켜도 의미가 없는 일이기에 말하지 않아도 모두 숨을 죽
이고 초시의 성공을 기원하듯 지켜보고 있었다.

크게 한숨을 들이쉬고 조심스럽게 활을 들어 시위를 당겼다. 관중을
알리는 과녁의 전자음과 함께 힘차게 튀어 오르는 화살을 보면서 기쁨보

다는 안도의 한숨을 내쉬었다. 동료들도 남은 화살의 명중을 위해 극한 흥분을 자제해 주었다. 연이어 2시(矢) 3시(矢)가 명중을 하고, 가장 실수가 많다는 4矢까지도 2관 과녁으로 빨려들 듯 관중 되는 것이 아닌가? 드디어 궁신께서 눈을 뜨신 것일까? 마지막 5시를 남겨 두고 서로의 얼굴이 희미해지는 어둠 속에서 분위기는 다소 흥분으로 술렁이기 시작했다. 다시 내 차례가 되었고, 그때 고참 한 분이

"자, 마지막 한 시(矢)가 남았습니다. 숨을 좀 돌립시다."

짧은 순간이지만 몰기 직전의 기대와 설렘, 흥분, 새로운 접장 탄생을 기다리는 행복감으로 몇 분이 지났다. 잠시 흥분된 마음을 가라앉히고, 모두가 지켜보는 가운데 마지막 5矢를 위해 활을 들었다. 어둠 속의 과녁을 불을 뿜듯 쏘아보며 태산을 밀고 호랑이 꼬리를 당기는 심정으로 힘차게 시위를 당겼다.

조용하다! 명중을 알리는 요란한 전자음도, 화살이 과녁을 때리는 둔탁한 소리도 전혀 들리지를 않았다. 어둠 속에서 모두가 말이 없다. 사위四圍가 적막하다.

'아, 궁신의 장난인가?'

확인 결과 김 한 장 차이, 아니 깻잎 한 장 차이로 화살은 과녁을 빗나

가고 만 것이었다. 황성의 하늘이 무너지고 땅은 꺼지는 듯했다.

드디어 김 사범이 떨리는 목소리로

"형님, 궁신께서 아직 한 쪽 눈만 뜨신 모양입니다."

비록 호림정 역사상 전무후무한 몰기 기원 궁신제 이벤트는 해프닝으
로 막을 내렸지만, 깻잎 한 장의 그 순간을 나는 잊을 수가 없다. 다음엔
궁신의 두 눈이 번쩍 뜨일 수 있도록 습사習射에 용맹정진할 일이다.

* 호림정: 황성공원에 있는 경주 국궁정
* 접장: 몰기를 한 궁사
* 정간: 궁사로서 바른 몸과 마음 자세를 다짐하는 공간
* 깍지: 활시위를 당기기 위해 엄지손가락의 아랫마디에 끼는 뿔이나 나무로 만든 물건.
　　　한자로는 각지(角指)
* 집궁: 활쏘기를 처음 시작하는 것
* 살치다: 쏜 화살을 거두어 오는 일
* 구미산: 경주시 서쪽에 있는 용담정 뒷산
*초시: 첫 번째 쏘는 화살
*습사: 활 쏘는 연습

팬

좋아하고 열광할 수 있는 대상이 있다는 것은 행복한 일이다. 더욱이 누군가를 좋아하고 그 사람의 팬이 된다는 것은 열정적인 삶을 살고 있다는 증거가 아닐까? 나도 좋아하는 가수, 탤런트, 배우가 있다. 하지만 그들에 대한 사소한 개인정보까지 다른 사람보다 더 잘 안다든지, 콘서트를 일부러 찾아가서 볼 정도가 아니니 팬이라고는 할 수 없는 수준이다. 그런데 지난주 인천 본가의 아내로부터 문자메시지가 왔다. 가수 전인권 콘서트 티켓을 예매해 뒀으니 주말에 같이 가자는 것이다. 의외의 제안에 황당한 생각이 들었다. 왜 하필이면 전인권일까?

아내가 가수 조용필을 좋아해서 우중에도 불구하고 서울 잠실 콘서트장까지 찾아간 적은 있지만, 시커먼 선글라스와 꽁지머리에 지저분해 보이는 수염, 그리고 몇 차례의 대마초사건으로 사회 물의를 일으킨 적이 있어 자세히 알기도 전에 부정적인 이미지부터 갖고 있던 터라, 마음은 내키지 않았지만 모처럼의 청을 거절할 수 없어 함께 가기로 했다. 드디어 주말이 되어 일찌감치 집을 나섰다. 이른 시간에 도착했는데 이미 합정동 콘서트장 주변 카페는 젊은이들로 가득했다. 나이든 나 자신이 다소 어색하게 느껴지긴 했지만, 그들 틈에서 빵과 커피, 그리고 스파게티로 저녁 식사를 마쳤다.

'이것이 요즈음 젊은 도시인들의 주말 여가 패턴인가?'

콘서트장 입구엔 열성 팬들의 응원 대자보가 붙어 있고, 검은 선글라스에 더부룩한 수염의 대형 흑백 사진이 분위기를 압도하고 있었다. 아내의 권유로 얼결에 그 앞에서 기념사진도 찍었다. 시작 시각이 가까워지고 어두운 극장 안을 안내원의 안내로 앞에서 세 번째 줄에 자리했다. 영화관에서는 피하는 자리지만, 콘서트장에서는 스타를 조금이라도 가까이에서 볼 수 있어 꽤 좋은 자리에 속하는 모양이다. 주변을 둘러보니 아직 빈자리가 제법 있어 안타까운 생각을 가지고 있었는데, 막상 공연이 시작되자 일시에 빈 의자가 채워지고 마지막 남은 한 자리까지 만석이 되었다. 극장 안을 울리는 장엄한 악기연주와 대형 스크린에 전인권의 영상이 나타나자 객석에서 박수와 함께 함성이 터지기 시작했다. 곧이어 팝송 Desperado, 행진, 사랑한 후에, 걱정 말아요 그대, 돌고 돌고 등 대표적인 곡들이 열창되고, 열정적인 팬들의 따라 부르기, 종이비행기 날리기, 소리 지르며 기립박수 치기 등 분위기가 후끈 달아오르기 시작했다.

나도 그 분위기에 매몰되어 열심히 박수 치며 몸은 이미 리듬을 타고 있었다. 같은 멤버의 독창곡을 들으며, 전인권만의 비교할 수 없는 독특한 음색에 나도 모르게 빠져들고 있었다. 시간이 지날수록 그동안의 부정적 이미지는 이해와 동정을 넘어 긍정적인 이미지로 바뀌고 있었다. 몇 곡의 앙코르곡에 이어 콘서트는 끝이 났지만, 함께 했던 이웃들을 보며 모두가 같은 마음을 가진 한 가족이라는 생각이 들었다. 비록 늦은 귀갓길이긴 하지만 두 시간 동안의 색다른 여행이 마치 꿈처럼 느껴졌다. 나도 이미 누군가의 팬이 되어가고 있는 것은 아닌지? 아내와 손잡고 집으로 돌아오는 인천행 전철 안에서 잔잔한 설렘 같은 흥분이 몸을 적셨다.

잡초 거실에 자리하다

식물을 워낙 좋아해서 현직 시절 30여 년간의 객지 생활을 베란다에 식물을 가꾸면서 그들에게 정을 붙이고 살았었다. 하지만 정년 퇴직을 하고 인천 본가에 돌아와 생활을 하면서, 늘 함께하던 베란다 식물들의 안위를 걱정하며 한 달에 두 번 경주에 살던 아파트를 방문하게 되었다. 식물들과 나의 힘거운 생활을 곁에서 지켜보던 아내가, 식물들을 정리할 것을 간곡히 권유하여 결국 정든 식물들을 모두 가슴 아프게 정리하고 말았다. 그 후 아픈 상처가 트라우마로 남아 다시는 식물에 정을 쏟지 않으려 했지만, 5년이 지난 지금 다시 하나 둘 모인 식물들이 베란다를 채우고 있다.

난, 스투키, 시클라멘, 호야, 뱅갈고무나무, 녹보수, 칼란코에, 누리장, 브룬펠시아, 아이비, 아보카도 등이 그들이다. 아보카도는 과일을 먹고 난 후 씨를 심어 어렵게 두 그루를 얻었고, 3주 전에 심은 호박 세 포기가 하루가 다르게 자라고 있다. 송곳 하나 꽂을 땅뙈기도 없는 주제에 젊은 시절부터 늘 전원생활을 꿈꾸어 왔고, 이룰 수 없었던 그 꿈을 베란다의 식물들을 키우면서 다소 해소해 왔던 것이 아닌가 싶다. 아마도 어린 시절 시골 고향에서 농사일하며 살았던 경험들이 힘겨운 추억으로 남아 있기도 하지만, 내가 전원을 그리워하고 식물을 좋아하는 계기가 되었으리라

은퇴 후 여가생활을 하면서 사람을 사귀는 일도 좋지만, 그래도 아무런 부담 없이 낙으로 삼고 좋아할 수 있는 벗은, 한결같은 식물임에 틀림이 없는 것 같다. 복잡하게 따질 것도 없고, 일방적으로 좋아할 수 있으며 사랑한 만큼 반응을 보여 주니 때로는 사람보다 낫다는 생각도 든다 과거 경주에서 생활할 때에 화분에 지속적으로 올라오는 잡초를 뽑지 않고 스스로 생을 다할 때까지 그 과정을 지켜보며 함께 한 경험이 있었다.

그 후 일부러 잡초를 제거하지는 않고 내버려 두는 편인데, 꽉 찬 아이비 사이에 함께 자란 잡초를 뽑아내기가 성가셔서 그냥 두었더니 아이비도 혼자 자랄 때보다 훨씬 싱싱해졌고, 잡초도 무성하게 꽃을 피워 조화롭게 서로 원원하는 아름다운 모습을 보여 주고 있다. 하지만 잡초와의 공존이 불가능한 특별한 화초의 경우는 가끔 미안한 마음으로 잡초를 제거해 주기도 한다.

지난해 늦가을 우리 아파트 뒤 사잇길에서 아주머니 한 분이 길에 쌓아 놓고 팔고 있는, 늙은 호박 두 통을 사서 호박전과 떡, 죽으로 끓여 먹고 말려 두었던 씨 세 개를 심었더니 모두 싹을 틔웠고, 지금은 넓은 잎 세

개씩을 달고 너풀거리며 하루가 다르게 빠른 성장을 보이고 있다.

오늘은 호박의 성장 속도를 감안해서 호박이 줄을 타고 올라갈 수 있도록 노끈을 화분에 묶어 천정의 빨래 걸이로 연결을 해 주었다. 그리고 오래전부터 선반식 철망 화분 받침대 밑 화초가 없는 화분에 싹을 틔워 자생적으로 자라고 있는 잡초는 굳이 제거할 필요까지는 없을 것 같아 잡초니까 살면 좋고 죽으면 그뿐이란 심정으로 못 본 체 방치해 두었었다. 다른 화분에 물을 주면서 튄 물방울로 연명해 오고 있었던 것이다.

열악한 환경에서도 꾸준히 생명을 유지해 온 잡초를 보면서, 죽지 않고 잘 버티어 주었으면 하는 안쓰러운 마음이 들기도 하고, 그것도 생명인데 차별하는 것이 마음에 걸려 가끔 다른 화분에 물을 주면서 선심이라도 쓰듯 한 번씩 물을 뿌려 주기도 했다. 그런데 스스로 자라난 무성한 잡초가 꽃까지 예쁘게 피웠다. 그 화분을 오늘에야 꺼내어 깨끗이 닦고, 어울리는 받침에 올려 난 대신 응접실 탁자 위에 올려놓았다. 가격도 없고 귀하지도 않은 이름조차도 모르는 잡초가 드디어 당당하게 화분의 주인공이 되어 우리 집 거실까지 입성하게 된 것이다. 거실에 잡초화분? 정상적인 생각으로는 쉽게 이해될 수 없는 일이긴 하지만, 쥐구멍에도 볕들 날 있고 불가촉천민不可觸賤民이 사람 대접받을 수도 있지 않은가? 뭔가 알지 못할 뿌듯함과 후련함이 느껴진다.

아마도 나의 성장 과정이 대접받는 고급식물의 입장보다는, 잡초 쪽에 가까웠던 것이 아니었는지 되돌아보게 된다. 아내도 특별한 반대 의견이 없는 것으로 보아 잡초화분의 거실 입성을 인정하는 것 같다. 어떤 식물이든 함께하며 정을 나누면 되는 것이지, 굳이 가격이 비싸고 인기 있는 식물만이 소중한 것은 아니란 생각이 든다. 품위 있는 난이나 고급 분재와 달리 친근감과 색다른 변화의 맛을 느낄 수 있어서 좋다. 초부樵婦로 살던 강화도령 이원범이 갑자기 조선 25대 철종 임금이 되어 재위 14년 만에 33세의 짧은 생애를 마감했듯, 잡초에게는 과분한 여건을 만들어 주긴 했지만, 그것은 어디까지나 내 생각일 뿐, 음지에서 막 자란 잡초가 갑작스러운 환경 변화에 지속적으로 그 모습을 유지하면서 잘 자라 줄지 걱정이 되기도 한다. 하지만 잡초니까 끈질기고 왕성한 그 특성을 충분히 발휘해 주리라 믿고 싶다.

홈 카페 『솔안뜰』

지금 살고 있는 아파트로 이사 온 지도 어언 26년이 되었다. 입주할 때만해도 이 지역은 새롭게 개발되는 신도시로 인천 시민들의 관심이 집중된 곳이었다. 아파트를 분양받고 꿈에 부풀어 삼 년이란 긴 세월을 연수 신도시에 신축될 나의 새로운 보금자리를 상상하며, 수시로 연경산과 문학산 정상에 올라 건축 중인 우리 아파트의 위치를 가늠해 보기도 했었다.

작은 아파트에 살면서 신도시 큰 아파트를 분양받아 놓고, 오매불망 기다리던 꿈의 시절이었다. 결혼 후 20여 년 만에 큰 아파트를 마련하여 커가는 세 아이들에게 각자 자신의 방을 하나씩 배정해 주고 싶었다. 기뻐할 아이들을 생각하면서 모처럼 가장家長 노릇을 하는 것 같아 마음이 뿌듯해지기도 했다. 이사한 새 아파트는 넓고 깨끗하며 엘리베이터가 있어서 좋기도 했지만, 특히 14층 서쪽 창가에서 바라보는 녹음 가득한 솔안공원의 전경과 내 이름에 걸맞은 석양의 붉은 낙조를 조망할 수 있어 맞춤형 내 집이라고 생각했다.

벌써 이 집에서 자란 세 아이들은 불혹을 넘긴 중년이 되어, 민들레 홀씨처럼 각자 인천, 서울, 상해에 흩어져 살아가고 있다. 이제 그들이 살던 이 아파트도 세월의 더께가 내려앉아 주변의 어린나무들은 자라서 숲이 되었고, 아파트 오솔길은 깊은 산속이 부럽지 않은 쾌적하고 아름다운 산책로로, 언제나 찾을 수 있는 벗 같은 동반자가 되었다. 아침이면 창밖에서 잠을 깨우는 요란한 까치, 참새, 찌르레기 등의 새소리, 한낮에는 운동을 하거나 산책을 하며 여가를 즐기는 사람들, 그리고 방과 후엔 떠들썩한 아이들 소리로 가득한 공원은 언제나 활기가 넘친다. 더욱이 사계절 변화하는 자연경관을 편안하게 조망할 수 있어서 좋다. 봄이면 앞다투어 무리 지어 피어나는 갖가지 꽃들과 벚꽃의 명소로, 여름엔 무성한 신록으로 풍요로운 안식처가 된다. 가을은 도심에서 멋진 단풍을 만끽하며 사색을 즐길 수 있고, 겨울 솔안공원은 깨끗한 눈을 오래도록 감상하며 삶의 의미를 반추할 수 있는 공간으로 제격이다.

이렇듯 내가 사는 아파트를 늘 자랑스럽게 생각하고 만족하며 살아왔었다. 그런데 몇 년 전부터 이웃에 '송도 신도시'가 개발되면서 분양 열풍이 불기 시작하자 초기에 함께 입주했던 이웃들은 모두 송도 바람을 타고 발 빠르게 불나방처럼 날아가 버렸다. 우리와 함께 남아 있던 예술회관장 네 마저 지난해 말 떠나버리고 이젠 우리 가족만 남았다. 마치 떠나지 못한 것이 능력 부족이나 시류에 뒤떨어진 것 같기도 하고, 무언가 잘못 살고 있는 것 같은 느낌에 자격지심이 들기도 했다. 그 바람에 나 또한 한때 마음이 동하여 무조건 떠나야 한다는 압박감으로 아무런 계획도 없이 우선 집부터 덜렁 내놓았었다.

부동산에서 집을 보러 오는 사람들이 수시로 찾아오기도 하고, 곧 떠날 것처럼 흥분도 했었다. 하지만 무모한 헛바람은 곧 잦아들고 말았다. 차분하고도 냉정한 시각視角으로 내가 사는 아파트만의 다양한 장점들을 살펴, 그것들을 누리기 시작한 것이다. 코로나19 소동으로 사회생활이 전면 차단되어 매일이 감옥 같은 생활의 연속이었다. 사람이 두려워 밖을 나서거나 엘리베이터 타기조차 꺼려지는 형편이었다. 마스크를 하지 않으면 밖을 나설 수도 없고, 나 자신보다도 상대방의 눈치를 먼저 살펴야 하는 사회 분위기가 되었다.

다행히 우리 아파트는 사잇길의 안락한 숲속 쉼터, 호젓하고 단아한 산책길, 큰길 건너 승기천 변의 숲이 울창한 연수 둘레길이 있어, 답답한 자가격리 생활의 탈출구가 되어 주었다. 그런데 아이러니하게도 지난해부터 송도 신도시에 사는, 지인 부부가 다시 이곳으로 돌아오고 싶다며 번화한 그곳을 두고 주로 이곳에 와서 장도 보고 커피도 마시며 대부분의 만남을 이어가고 있다. 이곳이 교통도 좋고 나이 든 사람들이 살기에는 편하다는 것이다.

솔안공원의 무르익은 신록을 즐기며 현재의 생활에 만족하며 살고 있는 요즈음, 신도시로 이사하지 않은 것을 천만다행으로 여기고 있다. 그런데 지난밤 잠자리에 들기 전, 불현듯 떠오른 한 가지 생각이 있었다. 늘 불편하게 서서 창밖의 경관을 감상할 것이 아니라, 창가를 차지하고 있는 쓰레기통을 치우고 그 자리에 안방구석에 방치되어있는 원목 간이 탁자와 의자 두 개만 옮겨 놓으면 편안하게 앉아서 솔안공원의 풍경을 감상할 수 있겠다는 생각이 들었다. 이른 아침 여명 속에서 유리창도 깨끗이 닦고 창가를 차지하고 있던 분리수거용 쓰레기통들과 오래된 소금 독까지 모두 뒷 베란다로 옮기고 탁자 놓을 공간을 마련해 두었다. 아침 식사가 끝나자 곧바로 탁자와 의자 두 개를 창가로 옮겨 놓았다. 마음의 여유를 가지고 편히 앉아서 내려다보는 공원의 경치가 서서 볼 때와는 달리 더욱 아름답고 풍요로운 모습으로 다가왔다. 마치 새로운 명소를 발견한 느낌이었다.

나의 몸부림(?)이 안쓰럽게 보였던지, 아니면 본인도 반쯤은 마음에 드는 것인지 아내도 크게 싫어하지는 않는 모양새다. 아침에 흘린 땀을 씻기 위해 샤워를 하고 나와 보니, 아내가 탁자 위에 드라이플라워를 꽃병에 꽂아 놓고 벽에는 추억어린 사진까지 붙여놓았다. 부부가 함께할 수 있어 다행이란 생각이 들었다. 궁리 끝에 두 사람만의 작은 카페 이름을 『솔안뜰』이라고 붙였다.

그리고 『솔안뜰』을 목각하여 벽에 걸고, 우리 부부는 카페 오픈 기념으로 감자전 안주에 화랑주 술잔을 기울이며 차축을 했다. 한때 꿈꾸었던 송도 신도시의 꿈이 술잔 속에 아른거리며 멀어져 가고 있다. 답답하고 단조롭던 일상에 새롭게 등장한 보석 같은 나의 홈 카페『솔안뜰』에서 낙조를 감상하며 석양배와 커피도 마시면서, 아름다운 솔안 사계와 함께 묵은 정 삭이며 여생을 보낼 생각이다.

떠난 매미

주말이지만 코로나19 공포 때문에 집 밖을 나서지도 못하고 스스로 감옥 같은 격리 생활을 하고 있다. 그래도 세월은 흘러 처서가 지나고 창밖에서 불어오는 바람의 느낌도 가을이 가까이 오고 있음을 실감케 한다. 요란한 매미 소리에 잠에서 깨어 소리가 들리는 창가로 걸어갔다. 홈 카페 『솔안뜰』 창밖에서 매미 소리가 들리고 있었다. 너무 가깝게 들려 자세히 봤더니 수컷 매미 한 마리가 창에 붙어서 카페 안을 들여다보며 처절하게 울고 있는 것이다. 신기하기도 하고 우리 집을 찾아 준 것이 고맙기도 하여 차를 마시며, 시끄럽다기보다는 더욱 오래 머물러 주기를 기대하고 있었다. 시골도 아닌 대도시 한복판, 그것도 우리 집 아파트 창문 가까이에서 매미를 볼 수 있다는 것이 어디 쉬운 일인가? 모처럼 찾아준 반가운 매미 손님 덕분에 한동안 고향 생각에 젖어 어린 시절을 회상해 보기도 했다.

여름이면 친구들과 매미를 잡기 위해 긴 마른 삼대를 골라 끝을 삼각형으로 꺾어서 삼 껍질로 묶고 왕거미 줄을 입혀 매미채를 만들어, 매미가 울고 있는 나무 밑으로 살금살금 조심스럽게 다가가 매미를 잡곤 했었다. 잡은 매미는 여름방학 숙제인 곤충 채집용으로 하고, 특별한 장난감이 없던 산골에서 놀잇감으로 가지고 놀다가 날려 보냈었다. 그런데 지금 창에 붙어 있는 매미가 시간이 지나도 날아가지를 않고 계속 그 자리에서 울다가 그치기를 반복하고 있다. '그 자리가 편하거나 혹시 우리 집과 특별한 인연이라도 있어서일까?'하고, 잠시 내 애완곤충이라도 된 양은근히 내 편이기를 바라는 마음으로 긍정적인 생각만 하고 있었다. 하지만 그것은 나만의 아름다운 착각이었다.

매미는 바깥 방충망과 유리창 사이의 좁은 공간에 갇혀서 날아갈 수가 없었던 것이다. 낭만적으로 보였던 매미가 금세 불쌍한 생각이 들어 빨리날려 보내주기로 마음을 먹고, 아내와 함께 매미 구출 작전을 펼치기로했다. 유리창과 방충망을 엇갈리게 여닫으며, 매미가 빠져나갈 수 있도록공간을 넓혀 주기 위해 한참을 반복 시도해 봤지만 허사였다. 불안한 매미는 창틀 구석에 딱 붙어서 가끔 끽- 끽- 소리를 내기도 하고, 창의 움직임을 따라 같은 방향으로 움직이는 바람에 도저히 꺼낼 방법이 없었다. 지친 매미도 한동안 움직임이 없었다. 초조한 마음에 땀은 비 오듯 흐르고 매미 구출 작전은 더디어만 간다.

어떻든 구출될 때까지 매미가 기운을 잃지 말고 건강하게 잘 버티어 주기를 바라는 마음뿐이다. 골똘히 궁리한 끝에 창틈을 최대한 넓게 벌리고 30cm 얇은 플라스틱 자를 이용해서 매미가 놀라지 않도록 조심스럽게 매미를 넓은 공간으로 밀어 올렸다. 그 순간, 끽~소리와 함께 시원하게 오줌을 뿌리며 매미는 재빠르게 솔안공원 숲을 향해 날아갔다. 우리는 안도의 한숨을 내쉬며 매미가 날아간 숲을 한동안 바라보고 있었다.

　매미를 품은 숲이 환영이라도 하듯 부는 바람에 부드럽게 너울거리고 있었다. 떠난 매미가 더 넓은 숲에서 실컷 소리 내어 울어도 보고, 마음에 드는 짝도 찾아서 이승에서의 짧은 여생이 순조롭기를 기원해 보는 주말 아침이다.

아버지와 아들

한 달 전 처가 형제들의 가족 모임에서, 2년 전에 교장이 된 손아래 동서인 이 교장이 뜬금없이, "형님, 저 교장 그만둘까 봐요." "왜 ?" "학교가 너무 힘들어서 견딜 수가 없어요. 명퇴를 하든지 아니면 외딴 섬으로 들어가 교직을 마치고 싶어요." 훌륭한 교장이 되어 멋진 학교를 만들어 보겠다고, 그동안 얼마나 오랜 세월을 인내하며 노력해 왔던가? 그런데 그렇게 원했던 그 자리마저 내던지고 싶다니 안타깝고 가슴이 아팠다. "아 이 사람아, 어느 자리나 어려움이야 있게 마련이지 힘내 !" 하고 격려를 한 적이 있었다. 그런데 지난주 바로 그 이 교장이 쓰러졌다고 전화가 걸려 왔다. 이 무슨 청천벽력 같은 소리인가?

급히 달려간 길병원 중환자실엔 그 선한 눈빛과 밝게 웃던 부드러운 표정은 찾을 길 없고, 짧게 깎은 머리에 인공호흡기를 달고 머리맡엔 혈압, 맥박, 호흡을 알리는 모니터와 위급을 알리는 전자음 소리만 들릴 뿐 전혀 의식이 없었다. "이 교장, 내가 왔네. 내 말 들리는가? 빨리 털고 일어나게!" 전혀 반응이 없다. 이 교장은 충남 공주가 고향인데, 농촌에서 8남매의 장남으로 태어나 공주 교대를 졸업하고 경기도 연천 최전방 군사지역에서 교편을 잡으며, 처제와 결혼을 하고 인천으로 전보 발령을 받았었다. 천성이 순하고 착해서 가족이나 남과 다투거나 부딪치는 일이 없었고, 어려움이 있어도 늘 조용히 혼자 속으로 삭이는 스타일이었다. 작년에 싱가포르 국립대학 교수로 임용된 아들의 결혼식에서 주례 없이 아버지가 아들의 성장 배경과 자식에 대한 그동안의 소회와 따뜻한 격려로 하객들을 감동시켰던 기억이 아직도 생생하다.

환갑을 일주일 남겨 놓고 동갑내기 친구들과 해외여행을 계획해 놓았었고, 정년퇴직 후엔 연로하신 아버지와 고향에서 행복을 누리며 함께 살기로 굳은 약속까지 했었는데 인생의 힘든 고비를 모두 넘기고, 유종의 미를 거두어야 할 시기에 그는 결국 치명적인 스트레스를 극복하지 못하고 무참하게 꺾어지고 말았다. 응급실에 들어간 지 십여 일이 지나고, 어젯밤 늦은 시간에 갑자기 전화가 왔다. 지금 중환자실로 빨리 와 달라는 것이다. 불길한 예감이 머리를 스쳤다. 새벽 2시에 가족들이 모두 중환자실에 모였다. 혈압 수치가 급격히 떨어져 더 이상 생사를 예측할 수 없으니, 생전의 마지막 모습이라도 한 번 더 보라는 담당 의사 선생님의 당부였다. 그리고 직계 가족은 가까운 곳에서 기다려 달라는 부탁도 있었다. 절망과 슬픔으로 오열하는 가족의 절규도 부질없이, 생명의 수치는 점차 하향곡선을 그리고 있었다. 새벽 3시 40분 다시 벨이 울렸다. 받지 않아도 알 수 있는 내용이기에 황급히 다시 병원으로 달려갔다. 이미 3시 37분에 운명했다는 것이다. 중환자실에서의 마지막 절차를 마치고 몇 년 전 작은 처남, 석 달 전 큰 처남이 이승을 하직했던 적십자 병원 영안실에서 장례를 치르기로 했다. 익숙하면서도 부담스러운 그곳, 석 달 전 이 교장과 나는 큰 처남 장례 때 병원 마당 끝 느티나무 아래서 한동안 삶과 죽음, 그리고 그 후의 이야기 등을 나누었다. "형님, 사는 게 아무것도 아녜요. 나는 죽으면 화장해서 수목장을 하고 싶어요." 그때 까지만 해도 아직 죽음은 남의 일처럼 멀리 있는 것으로만 여겼었다. 그렇게 둘이서 얘기했던 그 자리에 이 교장을 그리며, 나 홀로 서 있었다. 이젠 기억 속 추억으로만 남아 있을 뿐 다시는 그를 볼 수 없으니, 인생무상이라고 했던가?

출근을 위해 미리 사 두었던 경주행 기차표를 반환하고 다시 빈소를 찾았다. 자신이 떠날 것을 미리 알고 준비라도 한 듯, 한 달 전 처음으로 찍은 큰 독사진 한 장을 들고 와서 마음에 든다고 만족해하며 잘 보관하라고 했다더니, 그것이 영정사진이 되어 어색하게 나를 바라보고 있다. 가족들만 지키고 있던 영안실에 조화가 도착하고, 자신이 근무하던 학교 교직원들이 방문을 했다. 모두 교장 잘못 모신 죄인이라도 된 듯 침울한 표정으로 말없이 영안실 한쪽을 지키고 있다. 그래서 그런지 나도 그들에게 원망은 하지 않았지만, 이 교장의 마음고생이 무엇 때문인지 들어서 알고 있었기에, 한편 서운한 느낌을 지울 수가 없었다. 저녁때가 되자 노인 한 분이 양쪽에 부축을 받으며 빈소로 들어왔다. 말없이 걸어와서는 영정 앞에 멀찌감치 멈춰 서더니, 더 이상 다가서지 못하고 장승처럼 굳게 서서 한동안 영정사진만 바라보고 있었다. 잠시 후 쓰러지듯 풀썩 주저앉은 노인은 "어떻게 이런 일이! 내 아들아!" 노인은 말없이 흐느끼는 며느리의 손을 부여잡고 한동안 일어서지를 못하고 있었다. 곧이어 빈소를 지키던 둘째 아들이 "아버지!"를 외치며 달려와 노인을 끌어안고 부자는 통곡하였다. 영안실의 조문객들도 모두 늙은 아버지의 가슴으로 함께 울었다. 아버지를 위해 울어야 할 그 아들 앞에서, 팔순의 늙은 아버지가 통곡하고 있었다. 정년퇴직 후 고향에서 함께 살자고 철석같이 약속했던 그 아들은, 이제 국화꽃으로 에워싸인 영정사진의 모습으로, 높은 단상 위에서 울부짖는 아버지를 바라보고 있을 뿐이었다.

최선의 결과는 아름답다

찌뿌둥한 몸을 푸는 데는 아침 산책만 한 것이 없는 것 같다 촉촉이 내리는 비가 제법 서늘함을 느끼게 한다. 길섶에 코스모스가 피었고 입추도 지났으니 내리는 비의 느낌이 달라질 만도 하다. 안개 내려앉은 금장대는 예기청소의 수궁이 되어 일렁이고, 신석기 시대의 암각화 벼랑에는 비에 젖은 선홍빛 꽃들이 물결 따라 흘러가고 있다. 백로들의 아침 활공이 여유롭다.

북천과 형산강이 합류하는 삼각지점의 형산대교를 건너, 흠뻑 젖은 형산강변의 전경을 감상하면서 황성공원에 이르는 이 길은 내가 좋아하는 아침 산책 코스이다. 북천 둔치의 달맞이꽃들이 비에 젖은 여인처럼 애처롭게 달뜨는 밤을 기다리고 있다. 새삼스레 달맞이꽃의 숨은 사연이 궁금해진다.

황성공원에 들어서니 어둑어둑한 소나무 숲에서 뚝 뚝 떨어지는 물방울 소리만 크게 들릴 뿐 적막감이 감돈다. 여느 아침과 달리 비마저 내려 사색하기에는 제격이다. 돌아오는 길은 새로운 길을 걷고 싶어 북천을 가로지르는 징검다리 길을 선택했다. 북천 둔치에 동전 닢 같은 작은 밭들을 일구어 밭마다 고추, 참깨, 콩, 옥수수, 고구마 등을 정성스럽게 가꾸고 있다.

지난 가뭄에는 어린 모종들을 살리기 위해 아낙들이 마른 개울 바닥에 우물을 파서 물주기에 정성을 쏟았고, 이젠 느긋한 마음으로 호박, 고추, 가지 등 작은 수확의 기쁨을 누리는 가을 아침이다. 그런데 여러 밭 가운데 유난히 남새들이 무성하게 잘 가꾸어진 밭이 두 곳이 있었다. 비결이 무엇일까?

한동안 발걸음을 옮기지 못하고 궁금증이 더해가던 중, 이웃의 밭들과 다른 점을 발견할 수 있었다. 즉, 주변의 밭들에 비해 돌담 울타리가 훨씬 높다는 것을 알 수 있었다. 그만큼 땀 흘린 노력이 있었고, 그 결과 돌 없는 옥토를 일구어 풍성한 결실을 볼 수 있었던 것이다. 북천 작은 밭 돌담의 높이에 비례한 농작물의 작황을 보면서 '나는 그동안 얼마나 땀 흘려 노력하였던가?' 자성自省과 더불어 뿌린 만큼 거둔다는 평범한 진리를 확인하는 순간이기도 했다.

흔히 우리는 매사를 성공이냐 실패냐의 이분법적인 생각에 익숙해져 있다. 따라서 과정보다는 오직 만족한 결과만을 중시하여, 부정적인 결과는 쉽게 승복하려 하지 않는다. 하지만 결과의 성패를 떠나 최선을 다한 삶은 결과가 두렵지 않다. 그것은 곧 아름다움이며 성공적인 인생을 살아가는 사람들의 자세이기도 하다. 따라서 이러한 성실한 삶의 모습에 우리는 아낌없는 감동의 갈채를 보내기도 한다.

자연의 모습이 아름다운 것도, 각자 제 위치에서 자신의 몫을 다하고 있기 때문이다. 바위틈에 피어난 한 송이 산야초에 이르기까지……,

그러나 지금 우리 사회는 안타깝게도 자신보다는 남만 탓하는 지극히 이기적이고, 반성 없는 기형적이고 일그러진 사회 행태가 지속되고 있다. 자신만의 이익을 위해 아귀다툼하는 세태에, 북천 돌담의 의미를 다시 한 번 되새겨 볼 일이다. 결과에만 집착한 소극적인 삶의 자세를 벗어 버리고, 진정 아름다운 삶을 위해 최선을 다하는 대승적인 삶에 무게를 두는 사회가 되었으면 한다.

옥수수 껍질을 벗기며

정년퇴임을 하고 고향 지역으로 귀농한 Y교장 부부의 초청으로 제천을 방문하기로 한 날이다. 송도 신도시에 들러 친하게 지내고 있는 지인 부부를 픽업해서 아침 일찍 제천으로 출발했다. 지난해 북유럽 여행 때 12일간의 여행 일정 중 단 한 번도 무리하지 않고, 편안하면서도 안전한 운전을 했던 스웨덴의 젊은 관광버스 기사의 모습이 마음에 남아, 요즈음 나의 운전 자세도 많이 달라졌다. 스웨덴의 그 기사처럼 오늘 나의 운전도 무리하지 않고 여유 있게, 운전을 즐기면서 다녀오기로 다짐을 했다. 나이 이순이면 '소리가 귀로 들어와 마음과 통하니 거슬리는 바가 없고, 아는 것이 지극한 경지에 이르러, 생각하지 않아도 저절로 얻어진다'는 옛 성현의 말씀과는 달리, 나는 고희를 넘긴 나이에도 가는 곳마다 배울 것뿐이다.

『안성맞춤 휴게소』에 들러 커피 한 잔의 여유를 갖고, 만물상 판매점에서 트로트 USB도 하나 구입했다. 카 오디오에 장착하자, 곧 구성진 노랫가락이 여행길의 흥을 한껏 돋우어 준다. 모두 따라서 흥얼거리는 것을 보니, 역시 우리 나이엔 트로트가 제격이라는 생각이 든다. 제천 다녀올 동안 구성진 노래는 심심찮게 실컷 들을 수 있을 것 같다. 제천에 도착하자 네비게이션이 안내하는 대로 아담한 시골 마을 골목길을 돌고 돌아 텃밭이 딸려 있는 집 앞에 도착했다.

마침 기다리고 있던 Y교장 부부가 나와서 반갑게 맞이해 주었다. 파란 그물 모기장이 설치된 거실문을 열고 들어서자, 식탁 위엔 이미 수박과 삶은 옥수수가 먹음직스럽게 차려져 있었고, Y교장은 자신이 부치던 감자전을 마무리하기 위해 풀어 두었던 앞치마를 다시 허리에 둘렀다. 더운 여름철에 제맛을 느낄 수 있는 신선한 수박과 옥수수, 금방 갈아서 부친 감자전이 무더운 삼복더위마저 즐거움으로 승화시켜 주었다. 곧이어 Y교장은 미리 준비해 두었던 감자, 옥수수 각각 두 박스와 가지, 고추, 그리고 이웃 아주머니께 특별히 부탁하여 마련해 두었던 깻잎 두 포대까지 자동차 트렁크에 한가득 실어 주었다. 마치 시집간 딸에게 하나라도 더 챙겨주고 싶어 하는 친정엄마의 모습처럼……,

아, 이것이 정의 모습이구나!

잠시 텃밭에서 고추 따기 체험을 했다. 청명한 하늘에서 강렬한 햇볕이 피부를 찌르듯 따갑게 내리쬐고, 땅바닥에선 열기가 치솟아 금세 얼굴엔 비지땀이 흘러내렸다. 세상사 쉬운 일이 어디 있겠는가? '일을 꾀하되 쉽게 되기를 바라지 말라.'는 보왕삼매론의 부처님 말씀이 뇌리를 스친다.

이어 제천관광에 나섰다. 처음 찾은 곳은 인접한 강원도 원주 용소막 성당이다. 강원도의 유형문화재 제106호인 고풍스러운 성당은 고딕식 건축물로 규모는 아담하지만, 내부 공간에 목조의 작은 열주가 제단 앞까지 두 줄로 도열해 있는 것이 특징이다. 엄숙하고 인상적인 모습이다. 뜰에는 성당의 역사를 느낄 수 있는 고목의 느티나무 몇 그루가 운치를 더해 주고 있다. 비록 내가 믿는 종교는 아니지만, 한적한 농촌에 자리한 조용하고 단아한 성당의 모습을 보면서 잠시나마 마음이 정화되는 느낌을 가질 수 있었다.

다소 늦은 점심 식사를 위해 들른 식당은 감칠맛 나는 향토 음식과 주인의 친절한 서비스가 관광객을 뜨내기 취급하는 여느 관광지 식당의 서비스나 음식과는 사뭇 다른, 기대 이상의 맛과 신뢰를 더해 주었다. 더욱이 고객들의 건강을 생각해서 설탕을 전혀 사용하지 않고, 자신이 직접 농사지은 사과 엑기스만을 사용하여 양념으로 만들었다는 주인장의 말에 정감을 느낄 수가 있었다. 아쉽지만 당일 여행 일정이어서 식당 가까이에 위치한 비봉산 모노레일 체험을 이번 제천관광의 마지막 코스로 결정했다.

"숲속을 달리는 제천의 대표적인 힐링 관광코스로 반드시 체험해야 한다."는 Y 교장 부부의 강한 권유로, 기록을 경신하는 불볕더위도 기꺼이 참아 내며 승차를 했다. 어렵게 예약한 이 모노레일은 최고 80도가 넘는 급경사를 오르내리는 스릴 뿐만 아니라, 특히 정상에서 조망하는 청풍호

의 아름다운 경관은 역시 제천을 대표할만한 최고의 체험 관광코스임을
증명해 주었다.

집에 도착하자 곧바로 오늘 일정의 마무리를 위해 Y교장이 제천 방문
기념으로 건네준 옥수수의 껍질을 까기 시작했다. 삶아서 냉동시켜 놓고
여름 내내 두고두고 먹기 위해서다. 옥수수를 맛있게 찌기 위해서는 껍질
을 다 벗기지 말고, 마지막 한 겹 속껍질은 반드시 남긴 채 삶는 것이 좋다
는 Y교장의 팁대로, 실수하지 않고 마지막 속껍질을 남기기 위해 조심스
럽게 한 겹씩 벗겨 나가기 시작했다. 또한, 옥수수 수염은 버리지 말고 말
려 두었다가 차로 끓여 마시면 다이어트, 장 건강, 혈당조절, 감기 예방, 노
화 방지 등 건강에 좋다는 말에 껍질 속에 있는 수염까지 잘 거두어서 따
로 모아 두기로 했다. 번거롭고 만만찮은 작업이다. 마지막 속껍질을 향해
여러 겹의 껍질을 한 겹 한 겹 벗겨 나가면서, 평소 생각 없이 먹기만 했던
옥수수를 자세하게 관찰할 수 있는 계기가 되었다. 처음 겉껍질은 두껍고
옥수수 잎처럼 짙푸른 녹색이지만, 속으로 벗겨 들어갈 수록 색이 점점
옅어져서 옥수수의 하얀 살을 감싸고 있는 마지막 껍질은, 얇고 부드러우
며 밝은 살색에 가깝다는 것도 새롭게 알게 되었다.

조금만 방심해도 얇은 마지막 속껍질까지 마저 벗기는 사고(?)로 이어
질 수가 있어, 속살에 딱 달라붙어 있는 속껍질 하나만 남기고 벗기기가
보통 어려운 일이 아니었다. 옥수수의 하얀 속살이 투명하게 비치는 마지
막 껍질만 남을 때까지 한 꺼풀씩 벗겨 나가야 한다. 그리고 속옷 같이 얇

은 한 겹이 남으면 조심스레 속껍질이 찢어지지 않게 살짝 들치고, 긴 옥수수에 붙어 있는 거뭇거뭇한 털을 한 올 한 올 깨끗이 걷어 낸 다음, 다시 부드러운 껍질을 덮어 놓는 것이 최종 마무리 작업이다. 힘들고 손이 많이 가는 일이기는 하지만, 또한 싱싱한 옥수수의 껍질을 시원스럽게 훌렁훌렁 벗겨가는 재미도 있다.

옥수수 수염도 옥수숫대에 달려있을 때는 할아버지 수염이나 더벅머리 시골 총각의 머리카락 같던 것이, 껍질을 벗기면 하얀 옥수수 속살 사이사이에 거뭇거뭇하게 고루 붙어 있어, 수염보다는 오히려 털에 가깝다는 생각이 들었다. 이렇듯 옥수수는 하모니카나 사람의 이빨에 비유되기도 하고, 옥수숫대에 달려있을 때와 껍질을 까는 과정, 그리고 까놓은 모습 등에서 다양한 인간의 모습들을 그려 볼 수 있어서, 맛과 재미와 예술성을 동시에 느낄 수 있는 섹시하고도 건강한 여름철 대표 먹거리 중의 하나임에 틀림이 없는 것 같다.

역시 여름은 감자와 더불어 옥수수의 계절이다. 새참으로 쪄 먹는 감자 맛도 일품이지만, 나는 찐 옥수수를 한 알씩 따 먹는 재미와 맛은 물론 어린 시절을 떠올릴 수 있어 옥수수를 더욱 좋아한다. 하지만 옥수수도 철이 있으니, 여름철 밭에서 바로 꺾은 싱싱한 제철 옥수수 몇 자루는 먹어 두는 게 건강에도 좋을 듯싶다. 옥수수 먹고 나면 건강에 좋다는 매력적인 옥수수 수염이 남아 있어 이번 여름은 옥수수 먹고 수염 차 마시며 남은 여름 건강하게 즐겨 볼 생각이다.

나만의 복달임

절식節食은 절기를 맞아 특별히 만들어 먹는 음식이고, 시식時食은 사계절 철 따라 생산되는 식재료로 만드는 제철 음식을 말한다. 우리나라는 옛 풍습에 일 년을 통해 명절마다 먹는 음식이 따로 있었고, 계절마다 그 계절에 맞춰 먹을 수 있는 제철에 음식이 있었다. 조상들은 4대 명절(설, 추석, 단오, 한식)과 삼복(초복, 중복, 말복) 그리고 계절에 따른 시절 음식들을 즐기면서 생활해 왔다. 즉 다양한 식재료들을 그 특성에 맞게 영양, 미각, 청각, 시각 등을 고려한 적절한 조리법을 개발하여 지혜로운 식생활을 영위해 온 것이다.

계절 음식으로 봄에는 쑥, 미나리, 연근, 두릅, 톳 등 신선한 나물이나 해산물을 이용한 요리로 까칠한 입맛을 돋우었고, 여름에는 주로 더위를 극복하기 위해 삼계탕, 보신탕 등 보신용 요리나 냉면, 국수 등 시원한 음식을 즐겼다. 가을에는 추어탕이나 버섯요리, 배추, 무를 이용한 갖가지 김치, 그리고 추수한 햅쌀로 신도주新稻酒를 빚고 떡을 만들어 먹었다.

겨울에는 추위를 이기기 위한 음식들로 육개장, 설렁탕, 곰탕, 수육 전골 등 탕 요리가 대표적이었다. 명절 음식으로 단오에는 쑥떡, 수리취떡, 제호탕이 있고, 칠석에는 증편, 호박 부침, 밀애 호박 부꾸미, 추석은 송편, 전, 한과 설에는 떡국, 만둣국 그리고 한식寒食에는 불을 때지 않고 찬 음식을 전통적으로 먹어 왔다. 특히 여름철 삼복중에는 복달임으로 더위를 물리칠 수 있는 보양식들을 많이 즐겼는데, 남자들은 주로 개장국(보신탕)을 많이 먹었고, 여자들은 육개장이나 삼계탕을 많이 먹었다. 동의보감에도 개장국은 위와 장을 튼튼하게 하고 기력을 증진 시킨다고 기록되어있으며, 아직도 그 식습관이 일부 남아 있다.

복달임 전통은 오늘날에도 계속 이어지고 있는데, 삼계탕, 닭백숙, 오리백숙, 장어탕 등이 대표적인 복날 음식들이다. 대체로 힘을 내기 위한 단백질을 보충할 수 있는 육류가 대종인데, 특히 삼복더위에는 다른 음식점들이 파리를 날려도 삼계탕집은 문전성시를 이룬다. 짧은 장마가 지나가고 불볕더위가 지속 되어, 오늘은 폭염 경보까지 발령되었다. 초복 중복이 다 지나고 다음 주면 벌써 말복이다. 모두 복달임을 위해 누구와 어느 집에서 무엇을 먹어야 할지 즐거운 계획들을 구상 중이다. 하지만 나의 복달임은 조금 다르다.

전통적인 보양 음식, 즉 삼계탕 한 그릇으로 건강에 도움이 될 것이라고 위안으로 삼는 것보다는 평소 내가 마음에 두고 있던 제철 음식, 아무리 먹어도 질리지 않고 생각만 해도 기분이 좋아지는 향토음식을 복달임으로 생각하고 있다.

예를 들면 집에서 시원하게 에어컨 틀어놓고, 내가 좋아하는 호박잎 쌈이나 박속낙지탕과 오이소박이에 청주 한 잔을 반주로 곁들이는 것이다 특히 양파, 당근, 소고기, 고추장, 된장, 풋고추 등을 넣고 볶은 쌈장을 호박잎에 싸서 먹는, 여름에만 먹을 수 있는 호박잎 쌈밥을 제일 좋아한다 우선 입에 맞으니 맛있어서 좋고, 평소 먹을 수 없었던 귀한 제철 음식에 모처럼 한 잔 술로 고향 생각에 젖을 수 있어서 더욱 좋다. 추억을 얘기하며 즐거운 마음으로 음미하다 보면 힘이 절로 솟는다. 즉 단백질로 힘을 보충하는 것이 아니라, 기분을 좋게 상승시켜 힘이 나도록 하는 방법이다

삼계탕 한 그릇 먹기 위해 장시간 줄 서서 기다리며 치열하게 경쟁하지 않아도 될 뿐만 아니라, 시간에 쫓기며 주변을 의식해서 눈치 볼 필요도 없다. 그리고 거나하게 한 잔 걸쳐도 음주운전 때문에 고민할 염려도 없으니, 이보다 더 좋은 방법이 어디 있으랴. 아무리 찌는 듯한 삼복더위도 이 정도면 웃으면서 가볍게 넘길 수 있지 않을까? 옛날 궁핍했던 시절에는 못 먹어서 병을 얻었지만, 오늘날은 시도 때도 없이 영양가 높은 음식들을 너무 많이 먹어서, 비만이 국민 건강을 위협하는 대표적인 질병이 되고 있다.

많은 시간과 돈, 고통스러운 노력까지 동원하여 살아남기 위한 다이어트 열풍이 불고 있는 세상이 아닌가? 굳이 더위에 지친 몸과 마음을 다시 지방과 고단백으로 채우기 위해 고생할 일이 아니란 생각이다. 좋아하지만 평소 자주 접할 수 없었던 귀한 음식, 맛을 음미하면서 즐길 수 있는 마음 편한 자신만의 향토음식을 복달임 음식으로 권하고 싶다. 나만의 복달임을 위해 호박잎은 미리 사 두었다.

설악 골프여행

골프 구력 30여 년에 핸디 90대 중 후반, 그것도 마음 후한 캐디 만나야 그 정도다. 이것이 내 골프 실력의 현주소다. 필드에서 하는 골프가 아니면 재미를 느끼지 못하는 나의 잘못된 버릇 때문에 골프 연습장을 가지 않는 것이 주요 원인이다. 골프가 부킹 되면 '필드에서 막심 한번 쓰고 말자'는 식이다.

그리고 보니 정년퇴직 후에 골프를 시작한 아내도, 남편 잘 못 만나서 스윙 폼이나 실력이 말이 아니다. 특히 여성 골퍼가 폼이라도 예뻐야 하는데, 어떻게 치든 관여하지 않고 자세를 고쳐 주는 법도 없다.

OB가 나거나 뒤땅을 치거나 자신의 스타일대로 치도록 그냥 두고 보는 입장이다. 하지만 남편 입장에서 너무 무관심하다고 섭섭해할 것 같아, "잘했어, 한 번 더치면 되지 뭐."하고 가끔 격려의 말은 한다. 괜히 선불리

가르치려다 부부지간에 의만 상할 것 같아 선택한 것이 이 방법이다. 이제 나이 들어 서로 즐겁고 편하면 되는 것이지 좀 못 치면 어떠랴.

'청수회'라는 동반자 가족 골프 모임이 있어 한 달에 한 번 정도 필드에 나가고, 가끔 조인 골프 기회가 만들어지면, 지역이나 거리에 상관없이 전국을 두루 다니고 있는 편이다. 그런데 이번엔 3년 전 유럽여행에서 만났던, 속초에 사는 김 과장 부부가 자신이 골프회원권을 가지고 있는 프라자 설악CC에 부킹해 놓을테니, 함께 치자는 제안을 해 왔다. 그렇지 않아도 코로나 역병으로 답답한 생활을 하고 있던 차에 반가운 소식이라 흔쾌히 약속을 하고, 하루 전에 미리 가서 강원도의 아름다운 자연 풍광과 소문난 맛집에 들러 요리도 즐길 요량으로 한화 리조트에 방도 예약해 두었다.

그리고 모처럼 방문하는 강원도 장거리 관광여행인데 1박으론 너무 아쉬울 것 같아, 간 김에 청정지역에서 하루 더 머물 생각으로 내설악 용대리의 '만해마을'에 1박을 추가하기로 했다. 지인을 만나고 골프도 치고 관광을 겸하는 다목적 여행이라 하루 전부터 짐을 꾸리는 준비과정이 행복하기만 하다. 코로나19로 불안하고 답답한 현실이지만, 기대되는 기다림이 있어 역병도 여름의 무더위도 잠시 잊을 수 있을 것 같다.

강원도까지 드라이브를 즐길 생각으로 시간적 여유를 갖기 위해 일찌감치 출발했다. 평소 자주 다니던 영동고속도로보다는 새로 개통된 고속도로를 달려 보고 싶어 서울 양양 간 고속도로를 선택했다. 평일인데도 제2경인, 외곽순환 고속도로는 차량으로 붐벼, 서울을 벗어나는 데 2시간이나 걸렸다.

장시간 정체에 휴게소도 드물어 화장실 문제로 심한 고통을 겪고 나니 '나이 든 사람들이 여행할 때는 휴게소가 많은 도로를 선택해야겠구나.' 하는 교훈을 얻기도 했다. 점심은 속초에서 먹기로 하고 부지런히 달려서 인천에서 출발한 지 3시간 30분 만에 속초 산골 깊숙한 곳에 자리한, 향토적인 분위기를 물씬 풍기는 막국수 맛집에 도착했다. 이른 점심이지만 벌써 손님들로 북적이고 있다. 아마도 식도락을 목적으로 외지에서 찾아온 맛객들이 아닌가 싶다.

모두 코로나19 전염병이 두려워 멀리 뚝-뚝 떨어져 앉아서 서로를 경계하며 식사를 하는 모습들이다. 우리 부부도 창가 구석진 곳에 자리를 잡고 막국수 두 그릇에 수육 한 접시를 주문했다. 막국수와 함께 동치미 국물 한 뚝배기가 나왔다. 고기를 삶은 육수가 아니라, 이 집만의 비법인 동치미 국물을 메밀국수에 취향대로 부어서 먹는 동치미 막국수였다. 시원하고 새콤하면서 담백한 맛이 여름 음식으로는 제격이란 생각이 들었다. 특히 부드럽고 향긋한 돼지 수육은 맛은 좋으나 얄밉도록 양이 적어 가성비는 낮은 편이었다. 남은 오후 시간은 내일의 골프 일정을 위해 푹 쉬기로 하고, 쏘라노콘도에 일찍 체크인(check-in)을 했다. 리조트는 멀리 외설악의 울산바위, 달마봉, 장군봉 등 아름다운 산악경관이 병풍처럼 둘려 있고, 객실 창으론 녹색의 페어웨이와 동해를 조망할 수 있어, 편안하고 쾌적한 분위기를 연출하고 있었다.

'살아 있음이 곧 행복이구나!'

저녁엔 속초의 진면목을 보여 주겠다는 김 과장 부부의 안내로 속초 중앙시장을 방문했다. 속초 앞바다에서만 잡힌다는 부드러우면서도 쫄깃한 전복치와 광도다리 회를 안주로 권커니 잣거니 떠들썩한 시장 분위기에 걸맞게 훈훈한 전야제의 밤을 보냈다. 벌써 추억이 되어버린 함께했던 서유럽 여행 이야기, 그리고 나의 시집과 아내가 준비한 선물을 기념으로 전달하고, 골프공 선물을 받았다. 맑은 공기, 푸른 설악의 하늘 그리고 오랜만에 들어보는 뻐꾸기 소리, 리조트의 아침이 상쾌하다. 대도시에서는 코로나19 전염병 때문에 두렵기도 하고 예민하게 서로를 경계하지만, 이곳은 전혀 다른 세상에 온 느낌이다.

골프장 클럽하우스 입구에서 간단하게 체온 체크만 끝나면, 코로나 면죄부를 받은 자유인들처럼 거침없는 즐거운 모습들이다. 잘 관리된 넓고 시원한 페어웨이를 걸으며, 외설악의 산악미를 마음껏 감상할 수 있는 아름다운 골프장이다.

하지만 아쉽게도 지난봄 속초 산불화재로 타버린 골프장 주변의 검은 소나무들이 아직 코스 주변에 참혹한 모습 그대로 남아 있어 못내 안타까운 생각이 들었다. 이 지역은 양간지풍(양양과 간성 사이에 부는 바람: 화풍)으로 매년 봄이면 큰 화재가 자주 발생한다니, 아름다운 자연을 지키기 위한 지역민들의 각별한 관심과 지혜가 필요할 것 같다.

오랜 구력과 자주 골프를 치는 김 과장 부부의 조언으로 짧은 시간이지만, 아내는 스윙 폼이 다소 개선되고 샷도 급성장하는 모습을 보여 다행이란 생각이 들었다. 하지만 나의 경우는 전반 나인 홀은 나름대로 만족스러운 라운딩이었지만, 후반은 더운 날씨에 체력이 떨어져 점차 스윙 폼이 무너지기 시작했다.

마음만 있을 뿐, 역시 나이는 어쩔 수 없다는 생각이 들었다. 오후 2시가 넘어서 라운딩이 끝나고 늦은 점심을 할 수 있었다. 김 과장 부부의 초청에 감사하는 마음으로, 그들이 소개한 맛집에 들러 시원한 콩국수와 100% 강원도 감자전을 대접하고, 우리는 다음 여정을 위해 내설악의 만해마을로 떠났다. 언젠가 화마의 흔적이 치유되어 솔향기가 페어웨이를 가득 채울 때, 꼭 다시 한번 찾고 싶은 골프장이다. 그때까지 OB낼 힘이라도 남아 있을지 모를 일이다.

화개 언덕의 봄

촉촉이 내리는 봄비 속에 움트는 새싹들의 모습으로 봄의 문이 열리고 있다. 방향 없이 불어대는 심술궂은 봄바람의 객기처럼, 전국을 떠돌아다니는 나의 역마직성이 또 도졌나 보다. 지인 몇 사람과 경주를 출발하여 봄이 먼저 온다는 남도 쪽으로 이른 봄맞이 여행을 떠나기로 했다. 고향 거창을 지나고 함양을 향해 달리고 있었다. 오랜만에 고향 가는 길 88 고속도로를 달리며, 먼발치에서나마 어린 시절의 고향을 생각하며 감회에 젖기도 했다.

신작로와 들판 위를 가로지르는 쭈욱 뻗은 고속도로가 편리함보다는 고향을 그리는 절절한 마음을 두 동강 내고 말았다. 냉이나 달래 캐는 봄 처녀도 없는 쓸쓸한 논두렁 밭 자락이, 봄 가슴앓이처럼 가슴을 아프게 한다. 먼저 안의면에 있는 맛집, 안의 갈비 원조집으로 갔다. 고풍스러운 툇마루 난간에 앉아 입맛 당기는 갈비찜과 담백한 청국장 요리의 성찬으로 향토의 맛을 듬뿍 느꼈다.

　다음은 좌 안동 우 함양의 상징인 지곡면 개평리 한옥마을을 찾았다. 아늑하고 친근한 돌담길과 60여 채의 한옥들, 500여 년 마을을 지켜 온 우람한 노송들이 마을의 역사와 운치를 더해 주었다. 특히 조선 오현五賢의 한 분인 일두 정여창 선생의 생가인 '일두 고택'은 질서와 배려가 공존하는 가옥구조로 조상들의 삶의 지혜를 엿볼 수 있었다. 대문을 들어서면 안채로 들어가는 일각문이 있고, 동쪽으로 높은 댓돌 위에 사랑채가 위치한다. 마당에서 올려다볼 수 있는 가옥구조로 대감마님과 하인의 상하 관계를 짐작할 수 있게 한다. 사랑채를 지나 중문을 들어서면 큼직한 안채가 있고 왼쪽에 안방마님의 사랑채 격인 친정 손님이 머무를 수 있는 아래채가 있어, 유교 중심사회에 여성에 대한 배려를 느낄 수 있는 보기 드문 사례라는 생각이 들었다. 뒤쪽에는 곳간 열쇠를 며느리에게 넘기고, 조용히 말년을 지낼 수 있는 안방마님의 별당이 있다. 조선 시대 사대부가의 가옥구조와 배치, 삶의 패턴을 보여 주는 소중한 역사교육의 현장이었다.

　고택을 나와 일두 선생을 모신 남계서원과 사관으로서 직필直筆에 목숨을 걸었던 사림파의 기수 문민공 김일손을 기리기 위한 청계서원까지 들러 참배를 했다.

　개평마을 답사 마무리 코스로 하동 정씨 가문의 전통 가양주인 솔송

주 공장에 들러, 솔향기 그윽한 솔송주와 지리산 곡우물도 시식을 했다

봄맞이 마지막 일정으로 노고단을 넘어 하동 화개면으로 발걸음을 옮겼다. 이내가 내리는 지리산 기슭, 화개 언덕에 위치한 삼태다원을 찾아 봄 향기 가득한 우전차를 음미하였다. 초저녁 지리산 끝 삼태성 별빛이 찻잔에 가득하다. 한평생 화장품 장사로 하동의 곳곳을 누비며, 하동 아리랑을 채록해 온 주인아주머니께 대표곡 두 곡을 청했다.

한을 담은 아리랑이 아니라, 자연과의 조화를 이루며 살아온 지리산 민초들의 삶의 향기가 배어있는 구성진 하동 아리랑 가락이 다원 가득 울려 퍼진다. 재첩과 매화 향기로 오는 섬진강의 봄을, 삼태가 내리는 화개 언덕에서 우전의 향으로 맞이하고 있다.

신선놀음

한국의 미美는 선조들의 자연관에서부터 시작된 것이 아닌가 싶다. 우리 조상들은 하늘에 신이 존재하는 것으로 믿었다. 이 세상은 하늘, 즉 신과 자연 그리고 인간으로 구성되며 인간도 자연의 일부라고 생각했었다. 자연은 신이 내린 것으로 그 속에 신이 존재하는 것으로 믿었고, 인간이 함부로 범할 수 없는 경외의 대상으로 생각했었다. 산에는 산신, 땅에는 지신, 나무에는 목신, 집에는 조상신, 물에는 용왕이 있으며 노거수나 큰 바위 등 삼라만상에 신이 내재하고 있는 것으로 여겨 신앙의 대상으로 삼기도 했다. 이렇듯 선조들의 자연관은 자연을 거스르지 않고 숭상하며, 자연과의 조화에 비중을 두었다.

따라서 한국의 전통미나 한국적 아름다움은 인위적이지 않고 자연스러움에 있으며, 인간과 자연의 조화 속에서 멋을 찾으려 했다. 오늘날 한국 관광객들이 가는 곳마다 아름다운 자연을 배경으로 사진 찍기에 집착하는 이유도 자연과의 합일을 통해 영원한 추억을 만들기 위한 방편에 있는 것이 아닌가 싶다. 한국적 미와 멋의 대표적인 예는 한국의 누정이나 한국화, 한복 등에서 찾을 수 있다. 특히 한국의 누정들은 자연을 배경으로 적재적소에 위치하여, 자연을 훼손하지 않고 자연과 조화를 이룸으로써 누정과 자연의 가치를 더욱 상승시켰다. 특히 누정에서 조망하는 자연경관은 미의 시너지 효과를 창출하여 절정의 아름다움을 느끼게 한다.

이렇듯 한국적인 아름다움은 자연과의 조화에서 시작되었고, 그것을 즐거움으로 승화시키는 것이 전통사회 풍류객들이 지향한 고급스러운 놀이 문화였다. 전통사회를 이끌었던 선비들의 여가활동은 순간적인 쾌락에 있는 것이 아니라, 누정을 무대로 계절에 따라 변화하는 자연의 아름다움을 노래하며, 술과 풍류로 자연과의 합일을 통해 순간이나마 신의 경지에 이르는, 신선놀음에 궁극적 의미를 두었다. 이것이야말로 인간이 누릴 수 있는 최상의 즐거움이며, 최고급 여가문화인 것이다. 즐거움을 신의 경지로 승화시키고 싶었던 신선놀음, 그것은 가장 멋진 한국적 여가활동이었다.

내 인생의 술

술에 각별한 관심을 가지고 있는 나는 술을 좋아하고 즐기는 편이다 술 자체도 좋아하지만 특히 술을 함께 나누는 사람과 술자리 분위기를 좋아한다. 그렇다고 알코올 중독자는 아니다. 주량도 제법 센 편이어서 젊어 시절엔 좋은 술을 만나면 한량限量없이 마시기도 했고, 때론 장비張飛 술이라며 잔 없이 됫박 채 들이키는 객기客氣를 부리기도 했었다. 그리고 직장의 임지任地가 정해지면, 그 지역의 분위기 있는 술집부터 수소문해서 주종별 단골집을 만드는 것이 우선순위였다.

처음 교수로 임용이 되어 진주에 내려갔을 때, 거의 일 년 동안은 퇴근 후 「풍천」이라는 단골집에 들러 석양을 바라보며 따끈한 히레사케 한 잔에 몇 점의 회 안주로 저녁 식사를 대신하고, 다시 연구실로 올라가 밤늦도록 연구에 몰두하기도 했었다. 진주에서 처음 객지 생활을 시작했기에 마음의 부담도 있었지만, 진주의 매력에 대한 호기심으로 마음이 부풀기도 했었다. 아름다운 남강과 진주성, 논개, 그리고 맛있는 음식과 후덕한 술 인심, 산재한 문화유적들 모두가 관심의 대상이었다.

진주에서 가장 기억에 남는 술자리로는 총각 기생집이다. 처음 총각 기생집이 있다는 소문을 듣고, 호기심이 발동하여 몇 번을 찾아 나섰으나 실패를 했다. 수소문 끝에 그 집을 잘 알고 있다는 작은 술집 주모酒母를 만나 찾는 데 성공을 했다. 총각기생집은 50대 후반의 총각 기생이 운영하는 술집이었다. 문을 열고 들어서자 호리호리하고 다소 여성스러운 중년 남성이 반갑게 맞이해 주었다. 총각 기생을 오라버니로 모신다는 함께 간 주모가 간단하게 양쪽 소개를 끝내고, 술이 몇 순배 돌자 우리는 이내 오랜 지기처럼 가까워졌다. 총각 기생은 그동안 자신의 인생역정을 술술 풀어 놓기 시작했다.

"어린 나이에 마산에서 진주로 올라와, 진주 기생들의 애환을 달래 주는 벗이 되어 결혼도 하지 않고 평생을 혼자 살면서, 아직도 노기老妓들과 교류를 하며 지내고 있다."고 소회를 털어놓았다. 방안은 고즈넉한 조선 양반집 접빈실 같은 분위기에 아름다운 수석壽石과 한국화로 장식되어 있었고, 사면 벽에는 역대 대통령을 지낸 두어 분을 비롯해서 한국의 대표적인 셀럽들과 찍은 방문 기념사진들이 벽을 가득 채우고 있었다. 밀주로 벌금을 내면서 직접 빚고 있다는 큰 항아리의 동동주는 모처럼 맛보는 향기롭고 혀에 감기는 감칠맛 나는 술이었다. 그날 우리는 점심 대신 3되의 진짜배기 동동주를 마시고 취기가 돌자, 총각 기생은 마치 나비가 날 듯 춤을 추며 나의 객고를 풀어주었다.

오직 진주에만 있는 유일한 총각 기생집, 내가 진주를 영원히 잊을 수 없는 요인이기도 하다. 다음으로 가끔 찾는 서민옥은 이름처럼 친근감이 있고 수수한 집이지만, 요즈음 쉽게 찾아볼 수 없는 독특한 분위기를 연출하는 술집이다. 방문을 열고 들어서면 쪽 찐 머리에 단아한 한복차림의 여인이 북을 앞에 놓고 신들린 듯 현란한 북 연주로 주객酒客을 맞이해준다. 친절하면서도 품위 있는 서비스, 아늑한 분위기, 혼을 울리는 북소리에 젖어 취할 수밖에 없는 집이다. 늘 들어간 기억만 선명할 뿐 나온 기억은 꿈결처럼 어슴푸레 분명하지가 않았다. 요즈음 보기 드문 정과 매너가 함께했던 주막으로, 잊혀지지 않는 옛 기억으로만 남아 있을 뿐이다.

경주에 있는 대학으로 직장을 옮기고 나서는, 경주 시내와 주변 지역의 명주와 분위기 있는 술집을 수소문하여 차례차례 답사하기로 마음먹었다. 교동법주, 동곡 양조장, 서울집, 오과부집 등이 내가 찾아갈 대표적인 술집들이다. 청도 금천면에 있는 동곡 양조장은 비록 경주에서 조금 떨어져 있긴 하지만, 물 좋은 곳에 술맛이 좋기로 소문 난 오랜 역사를 가진 전통 술도가다. 이 술도가는 한 달에 한 번 정도 방문을 하는데, 문을 열고 들어서면 주인어른께서 친절하게 맞으시며 먼저 막걸리와 동동주를 맛보라고 긴 자루가 달린 스텐 바가지를 내어주신다. 두어 바가지 퍼마시고, 세월의 더께가 묻어나는 반들반들 윤기가 나는 사각기둥 대못에 걸려 있는 한 홉 됫박에 담긴 왕소금을 안주로 입가심하고 나면, 갈증 해소는 물론 기분까지 좋아진다.

거나한 기분으로 막걸리 한 말을 사서 경주로 돌아오는 길에 덤으로 챙겨 주신 반 되짜리 청주 한 병을 운문호가 내려다보이는 정자에서 가까운 벗들과 둘러앉아 마저 즐기고 나면 세상 부러울 것이 없다. 경주로 돌아와서는 단골 음식점에 들러 막걸리 한 말을 맡겨두고, 두 되는 주인 몫으로 돌리고 나머지 8되를 친한 벗들과 수시로 들러 함께 즐기는 것이 불문율로 되어있었다. 하지만 술 두 되가 축縮이 난 적은 한 번도 없었다

다음으로 동동주 맛이 일품인 서울식당은 경주의 숨은 맛집으로 제자들과 가끔 들러 한 되짜리 뚝배기를 잔 삼아 호기를 부리던 집이기도 하다. 입술에 느껴지는 질그릇의 꺼끌꺼끌한 감촉, 달착지근하면서도 목 넘김이 좋은 맑은술을 잔 속에 흔들리는 자신의 얼굴을 마주 보며 들이키던 그 시절이 눈에 선하다. 경주 불국사 아래 마동에 위치한 오과부집은 친절하고 시원시원한 주인의 성격과 더불어, 과수원 한가운데 자리한 독립가옥으로 다른 세상에 온 듯 편안한 마음으로 술을 마시기에 좋은 술집이다.

더욱이 방문을 열면 달착지근하면서도 향긋한 술이 익어가는 냄새, 포대기로 둘러싸인 독 뚜껑을 열면 뽀글뽀글 술 익는 소리, 술독에 박아놓은 용수에 고인 노오란 빛깔의 먹음직스러운 동동주는 술꾼을 끌어당기는 이 집만의 매력이다. 술과 안주, 주모의 환대 삼위일체가 갖추어진 잊

을 수 없는 주객들의 성지이다. 하지만 가장 좋아하는 술은 지금도 즐겨 마시고 있는, 경주 최부자댁 교동법주다. 그 특별했던 첫 인연의 기억은 아직까지 생생하다.

어버이날이자 개교기념일인 5월 8일, 오랫동안 마음속에 아껴두었던 경주 교동법주 집을 방문하기로 작정하고, 하루 전에 사전답사까지 해 두었다. 경주 교동법주는 경주 최부자 댁 가양주로 좀처럼 맛보기 어려운 술이라는 것을 익히 들어서 알고 있는 터라, 동네 어르신으로부터 술맛을 보기 위한 주요한 팁도 알아 두었다. 다음날 경주최씨인 술 좋아하는 동료 교수 한 분을 동행하였다. 먼저 반월성과 계림, 요석궁과 300년 착한 부자의 전설로 유명한 교리 최부자 댁을 돌아보고 바로 옆집인 교동법주 집을 찾았다. 대문을 두드리자 중년의 아주머님이 나오셔서 의아한 표정으로 "무슨 일로 오셨습니까?"하고 차분하고 낮은 목소리로 물었다. 난항을 예감하며 사전답사 때 동네 어른께서 주신 팁대로 "아, 네"하고 미소를 지으며 오른손을 들어 보였다. 하지만 전혀 통하지를 않았다.

신분과 찾아온 목적을 소상히 밝히고 겨우 집에 들어갈 수 있었다. 툇마루에 걸터앉아 술맛을 보기 위해 간곡히 부탁도 하고, 통사정을 해 봤지만 "국가무형문화재 지정을 앞두고 일 년에 두 번 시험 제조하여 문화재 위원들의 심사를 거치는데, 전반부 심사가 이미 끝나 술이 없다."고 단호한 태도를 보였다.

이런저런 얘기로 한 시간 남짓 시간을 끌어 보았지만, 아무런 소용이 없었다. 마음을 내려놓고 못내 아쉬움을 달래며 마지막으로 한 가지 청을 했다. "좋습니다. 그럼 술은 안 먹어도 좋으니, 안주만 좀 주십시오. 안주만 먹고 가겠습니다." 말이 끝나자 한동안 조용히 나를 바라보더니, 미소를 지으며 "제가 졌습니다. 술꾼이 안주만 먹고 가겠다니......,잠깐만 기다려 주십시오." 그리고는 뒤꼍을 향해 총총걸음으로 들어가셨다.

잠시 후 양손에 노오란 금빛 술 두 글라스를 들고나와 "조금 남은 마지막 술입니다. 맛만 보십시오."하며 나에게 건네는 것이다. 우리는 세상을 다 얻은 기분으로, 받아 든 술잔을 빛깔과 향을 음미하고 조심스럽게 입술과 목을 차례로 적시기 시작했다. '아, 이 맛이구나!' 순하고 깊은 맛, 발효주의 은은한 향이 감동을 안겨 주었다. 천천히 한 잔을 모두 음미하고 나니, 얼굴과 몸은 서서히 달아오르고 기분은 봄 하늘을 날 것만 같았다.

고맙다는 인사를 건네고, 교동법주 집을 나와 거나한 기분으로 월정교 옆 반월성으로 향했다. 감미로운 봄 햇살이 쏟아지는 반월성 언덕에 누워, 하늘에 떠가는 구름을 보며 이내 단꿈에 젖어 들었다. 그 후 경주 교동법주는 국가무형문화재로 지정되었고, 40여 년이 지난 지금도 여전히 내가 즐겨 마시고 있는 보약 같은 술이다. 술은 영원히 함께할 내 인생의 아름다운 벗임에 틀림이 없는 것 같다.

자유

이년 전 태안군 서쪽 끝 파도리의 산모롱이 밭에 유실수를 심었다. 해풍이 심한 해안 지역이라 이곳 기후에 맞는 수종 선택을 위해 지역 유지분들께 미리 자문을 구했다. 그리고 나무를 심기 2주 전 태안읍 나무 시장에 들러 감나무 4그루, 청매실 2그루, 홍매실 2그루 그밖에 뽕나무, 앵두, 호두, 산수유, 서양자두 등 종류별로 마음에 드는 나무들을 점찍어 두었었다. 드디어 예약해 두었던 나무를 실은 타이탄 트럭이 농장으로 들어오고, 밭머리에 내려놓은 나무들을 꼼꼼하게 검수를 했다. 그중 감나무와 매실나무는 결실의 모습을 빨리 보고 싶은 욕심에 비싼 값을 치르고 지난해 열매가 열렸던 큰 나무로 구입했다.

큰 나무들은 생존율을 높이기 위한 방법으로 뿌리에 붙은 흙이 떨어지지 않도록 검은 고무 바로 철저히 감싸서 가지고 왔다. 나무를 살리기 위한 방편인 것으로 이해를 하고, 심을 때는 당연히 풀어주어야 할 것으로 생각을 했었다. 그런데 나무를 싣고 온 배달원에게 나무 심는 방법을 물어봤더니, 만약 뿌리를 감싼 고무 바를 풀면 나무가 죽을 수도 있으니 절대 풀지 말고 그대로 심으라는 것이다. 뿌리들이 뻗어 나갈 수가 없을 것 같은 의심이 들어 나무 시장 주인에게 다시 전화를 걸어 물어봤다. 역시 그대로 심으면 뿌리들이 알아서 뻗어 나갈 수 있다는 것이다. 그들의 말만 믿고 나무를 심고 일 년 동안 물을 주며 정성껏 보살폈다. 하지만 어린잎이 나오더니 여름이 지나고 가을이 되어도 잎은 더 이상 크게 자라지도 못하고 겨우 생명만을 유지한 채 한 해를 보냈다.

다시 일 년 동안 가뭄에 물을 주고 세찬 바람에 지주까지 세워가며 공을 들였지만, 감이 열리기는커녕 큰 감나무는 서서히 잎이 오그라지고 거미줄이 끼더니 결국 가장 큰 둥시 감나무 하나가 죽어버렸다. 매실나무 역시 가지에 드문드문 꽃을 피우고는 열렸던 두 개의 작은 매실마저 모양새만 갖춘 채 시들어 떨어져 버리고 말았다. 그런데 뿌리를 싸매지 않고 그냥 심은 자두나무와 뽕나무, 앵두나무는 싱싱하게 잘 자라서 앵두와 오디를 한 바가지씩 수확하는 보람을 누리기도 했다. 도대체 어떻게 된 일인가? 오직 고무 바로 뿌리를 감은 나무들만 죽음의 귀로에서 사투를 벌이고 있으니, 감싼 검은 고무 바가 원인이 아닌지 늘 마음이 찜찜했었다. 이젠 더 이상 그냥 두고 볼 수만은 없는 일이라 식수 관련 유튜브도 찾아서 들어보고, 나무 전문가들에게 두루 문의도 해 보았다. 결과는 고무 바를 그대로 두어도 된다는 일부 의견도 있었지만, 풀어주어야 한다는 쪽이 더 많았다. 더욱이 그대로 두는 방법은 이미 실패한 결과로 증명되지 않았는가? 봄이 오면 다시 잎이 돋아날지 모를 일이지만, 일단 가련한 감나무와 매실나무의 구멍 작전을 펼치기로 다짐을 했다.

아직 겨울의 뒤끝이 싸늘한 경칩에 마음의 짐으로 남아 있던 감나무와 매실나무의 구멍 작전을 감행했다. 작업복과 목장갑으로 무장을 하고 괭이와 호미로 감나무 주변을 파기 시작했다. 혹시 뿌리가 다칠세라 괭이로 넓게 흙을 파내고 가까운 곳은 문화유산을 발굴하듯 호미로 조심스럽게 흙을 걷어내었다. 하지만 뿌리는 보이지 않았고, 검고 넓은 고무줄에 똘똘 묶인 채 처음 심을 때 모습 그대로였다. 뿌리로 생명을 유지해야 할 나무들에게 뿌리가 자유롭지 못한 삶, 그것은 살아 있어도 산 것이 아니라 죽음에 가까운 삶이었음을 증명해 주고 있었다. 땅속의 사정도 모르고 물만 열심히 주면서 '나는 최선을 다하고 있는데, 나무는 왜 무성하게 자라지 않는지?' 원망하면서 감과 매실이 열리기만을 애타게 기다렸었다 뿌리가 꽁꽁 묶인 채 뻗어 나가지도 못하고 그 좋은 계절을 두 해나 고통스럽게 보냈을 나무들을 생각하니 안타깝고 마치 죄를 지은 것 같아 미안한 생각이 들었다.

일단 뿌리의 확장을 막고 있는 폐타이어 고무 바를 잘라서 최대한 제거해 주었다. 뿌리를 감싸고 있는 고무 바를 하나씩 가위로 잘라내며 마치 내 몸을 묶고 있는 포승줄을 풀어헤치듯 쾌감을 느낄 수 있었다. 큰 뿌리는 검게 썩어 있었고 지면 가까운 부분의 실뿌리 몇 개로 겨우 생명을 유지하고 있었던 것이다. 뿌리가 숨도 쉬고 자유롭게 뻗어 갈 수 있도록 파낸 흙을 잘게 부수어 덮어 주고 물도 흠씬 주었다. 처음 나무를 심을 때

보다 더욱 힘든 일이라 몸은 흙과 땀으로 범벅이 되었고, 허리는 끊어질 듯 통증이 심했다. 농촌에서 일하시는 어르신들의 허리가 굽은 이유를 이제야 알 것 같았다. 감나무와 매실나무 작업을 모두 끝내고 나니 이미 해거름이 되었다. 아픈 허리를 펴기 위해 잠시 흙밭에 벌렁 누워 버리고 말았다. 하지만 마음은 마치 밀린 숙제를 끝낸 것처럼 후련했다.

가없는 푸른 하늘에 감나무와 매실나무 가지가 가늘게 흔들리며 누워 있는 나를 내려다보고 있다. 고맙다고, 수고했다고 위로라도 하듯 새롭게 맞이하는 봄, 자유를 찾은 감나무와 매실나무가 제발 소생할 수 있기를 마음속으로 기원해 본다. 자유는 인간에게만 필요한 것이 아니라 모든 생명체들에게 소중한 것이라는 생각이 들었다.

4

어긋난 하루

어긋난 하루

'**삶**의 이벤트화' 이것은 나의 인생 좌우명이다. 일상생활 중의 비록 작은 일일지라도 그 나름의 의미를 부여하고 일 자체를 즐기고자 하는 것이 내 삶의 방식이다. 더군다나 병원을 방문하여 치료나 가벼운 시술을 받을 경우도, 예약된 날짜가 가까워지면 으레 며칠 전부터 진료가 끝나고 방문할 맛집과 분위기 있는 카페를 검색해 두는 것이 버릇처럼 되어있다. 마침 오늘은 정기적으로 병원을 방문하는 날이다. 일산에 있는 D 대학병원은 나의 주치의가 있어 오랜 세월 드나들고 있는 단골 병원이다. 병원은 언제 들러도 긴장되고 마음에 부담이 가는 곳이지만, 오늘은 혈액 검사도 없이 가벼운 마음으로 상담을 하고 혈압약만 처방받으면 된다. 일찌감치 처방전을 받아 병원 맞은편 단골 약국에 들러 약을 구입하고 미리 SNS로 검색해 두었던 카페와 맛집을 방문하기 위해 파주시 조리읍으로 향했다. 언젠가 사업하는 초등학교 동창 친구가 극찬하며 소개해 준 대형 베이커리 카페에 들러 분위기를 즐기고 싶은 것이 주된 목적이어서, 점심 식사는 크게 비중을 두지 않고 카페 가까운 식당 한 곳을 물색해 두었었다.

내비게이션에 의지해서 어렵게 찾아온 수수한 시골 분위기의 음식점 구수한 시골의 정감을 다소 기대했었는데 냉랭한 도시의 여느 음식점과 전혀 다를 것이 없다. 애초에 큰 기대가 없었기에 소박하게 차려진 강된장 비빔밥을 분위기에 상관없이 서둘러 점심 식사를 끝냈다. 오늘의 주 목적지인 카페를 가기 위해 내비게이션에 카페 이름을 검색하자, 다 치기도 전에 카페명이 나타나는 것이다. '역시 요즘 젊은 세대들이 말하는 핫플이 맞구나!' 생각하며 기대에 부풀어 출발했다. 그런데 예상과는 한참을 달렸건만 목적지는 나타나지 않았다. 내비게이션만 믿고 복잡하고 먼 거리를 한참을 달려 목적지 근처에 도착했는데, 친구가 소개해 준 멋진 건물 아름다운 저수지 경관이 보이지를 않는다. 결국, 찾고 있는 카페로 전화를 걸어 확인을 해 봤더니, "지금 그곳은 1호점이 있는 헤이리로 잘 못 간 것 같은데요, 이곳 2호점은 40분 정도 되돌아와야 합니다."라고 안내를 한다. 아, 이럴 수가! 1, 2호점이 있다는 것을 모르고 끝까지 확인하지 않는 나의 불찰이었다. 낫살이나 먹은 사람이 정확하게 확인도 하지 않고 덜렁대다가 이 지경이 되었으니, 누구를 원망할 것인가! 바보가 된 것 같아 괜스레 대상도 없는 부아가 치밀어 올랐지만, 곁에서 나만 믿고 기다려 온 아내 보기가 민망해서 엉뚱한 소리만 하고 말았다. 열없는 표정으로 서 있는 나에게 "그럴 수도 있어요."라며 위로하는 아내가 고맙기도 했지만, 한편으론 스스로가 가련하게 느껴지기도 했다. 병원에 가는 것이 기쁠 정도로 크게 기대했던 오늘의 주요 이벤트였지만, 다시 돌아가기에는 너무 먼 거리여서 계획했던 그 카페 방문은 접기로 했다. "어차피 1호점에 온 김에 차 한잔하고 가요."라는 아내의 제안에 생각지도 않았던 곳에서 차를 마시며 아쉬운 마음을 겨우 수습하고, 오랜만에 한적한 헤이리의 가을 거리를 거닐며 옛 추억을 떠올리기도 했다.

인천 집으로 돌아가는 길에 오두산 전망대, 임진강과 멀리 북한 땅까지 조망하며 시원스러운 자유로를 달리다 보니 다소 찜찜했던 기분도 이내 상쾌해졌다. 십여 분 남짓 달린 것 같은데 인천(검단) 김포 방향 도로 사인이 앞에 나타났다. 기분 탓인지 금방 김포대교에 도달한 것 같아 '이 정도면 일찍 집에 도착 하겠구나.' 생각하며 기분 좋게 한강을 가로지르는 오른쪽 대교로 접어들었다.

아, 그런데 이번엔 또 김포 신도시로 연결된 일산대교를 수도권 제1 순환도로 진입하는 김포대교로 착각한 것이었다. 계획에도 없던 김포에 도착하여 황망한 마음으로 다시 돌아가려 하던 차에, 아내가 다시 "요즘 김포의 서울 편입이 정치권의 핫한 이슈인데, 온 김에 한 번 둘러보고 가는 것도 나쁘지 않아요."라며 농담 같은 위로의 말을 건넸다. 나도 어이없는 웃음을 피식 흘리고는 이젠 더 이상 비울 마음도 없어, 김포 시내의 많은 교통신호등을 느긋한 마음으로 기다려 가며 외곽순환고속도로 김포 IC에 도착했다. 하루에 두 번씩이나 어이없는 실수로 전혀 생각지도 못했던 곳에서 엉뚱한 경험을 하고 나니, 그 순간은 짜증스럽기도 했지만 모든 것을 내려놓고 나니 시간이 지날수록 오히려 마음은 편안해 졌다. 그동안 마음을 비우기 위해 명상을 하고 다짐도 하며 얼마나 오랜 세월 노력해 왔던가?

하루 일정을 마감하고 돌아오는 길, 본의 아니게 비워진 마음이 마치 도道라도 깨친 사람처럼 걸림 없는 마음의 자유를 한껏 누릴 수 있었다. 외곽순환고속도로 상습 정체 구간인 계양 중동 간의 정체도 아무런 문제가 되지 않았다. 오늘은 종일 마음 먹은 대로 되는 것이 없는 어긋난 하루였지만, 생각대로 되지 않는다고 좌절하거나 후회할 일도 아니란 생각이 들었다. 전혀 의도하지 않았던 직업을 갖고, 생각지도 못했던 낯선 곳에서 한평생을 살아가기도 하지 않는가! 마음대로 되지 않는 것이 인생이니까.

인생살이

지난 1월 초 첫 시집 『좋아서 미운 사람 미워서 좋은 사람』을 출간하여, 그동안 살아오면서 인연을 맺었던 분들께 보냈다. 나름대로 지기知己라고 여기며 친척보다도 더 가깝게 우정을 나누고 있던 친구들, 그리고 업연業緣으로 알고 지내던 분들은 물론 그저 데면데면 지내던 지인들까지 폭넓게 보냈었다. 속내를 드러내 보이는 일이라 다소 민망하고 부끄러운 마음이 들기는 했지만, 특별히 상대방에게 부담을 주는 일은 아니기에 함께 했던 시절의 추억을 생각하며, 안부 인사 겸 평상심平常心으로 보냈던 것이다.

며칠이 지나자 잘 받았다는 확인 및 축하 전화와 문자가 도착하기 시작했다. 의례적인 인사말이 대부분이었다. 그런데 전혀 기대하지 않았고 그저 평범하게 생각했던 지인이 놀랍게도 시는 물론 발문까지 꼼꼼하게 읽어 보고는, 마음에 드는 시를 골라 나름대로 의미를 부여하며 의외의 품위 있는 장문의 답글을 보내오기도 했다. 그런가 하면 오랜 세월 우정을 쌓아 온 친구가 축하는커녕 묵묵부답 받았다는 확인조차 해 주지 않아, 삶 속의 또 다른 삶을 느끼기도 했다. 더욱이 서로 친척보다 더 가깝게 여기며 평생 동지로 허물없이 지내던 사람이 어색한 태도로 마지못해 영혼 없는 축하의 말을 한마디 건네고는, 무심히 침묵으로 일관하는 모습을 보면서 그동안 살아온 삶이 한꺼번에 사라져 버리는 듯 허망한 생각이 들기도 했다.

'열 길 물속은 알아도 한 길 사람 속은 모른다.'고 했던가? 평소 나만의 생각이 얼마나 아름다운 착각이었고, 위험한 일인지 새삼 느끼게 되었다. 하지만 그들이 나에게 책을 보내 달라고 요구한 것도 아니었고, 내가 일방적으로 보내 놓고 스스로 속상해하는 어리석음을 경험하면서 한편, 그동안 나는 다른 사람의 경사慶事에 얼마나 성의 있는 마음을 전달했던가? 나의 인생살이를 반추하고 재점검하며, 진심眞心으로 타인의 경사를 축하해 줄 수 있다는 것이 새삼 '아름답고 고귀한 마음'이란 생각이 들었다. 축하를 해 주면 고마운 마음이 생겨나고, 인연이 깊다고 생각했던 사람에게서 기대했던 반응이 돌아오지 않을 땐 서운해하는 자신의 마음을 확인하면서, 마음속 복병 같은 분별심分別心에 자괴감이 들기도 했다.

축하하고 하지 않는 것은 나의 영역이 아니라, 내가 어떻게 할 수 없는 오로지 상대방의 마음이 아닌가? 오랜 세월 '나 자신을 위해 구하지 않으리라'는 마음을 그렇게 다짐해 왔건만, 희수의 나이에 공연히 일을 만들어 분별심을 일으키는 어리석음을 자초하고 말았다.

인생은 죽을 때까지 배운다고 했던가?

이쯤에서 '지나온 내 인생살이와 그동안의 다짐을 한 번쯤 총체적으로 점검해 볼 수 있는 기회를 얻었다.'는 것도 의미 있는 일이라고 자위自慰하면서, 아직 버리지 못한 분별심을 다시 일깨워 준 그들을 여생餘生의 스승으로 삼아야 할 일이다. 서로 관계를 맺고 살아야 하는 인생살이에, 서로 정情을 나눌 수 있다는 것은 인생을 아름답고 풍요롭게 만들어 주는 소중하고도 행복한 일임을 혼신渾身으로 느끼는 요즈음이다. 그동안 느슨했던 나의 인생 과제, 잡초처럼 수시로 되살아나는 분별심과 경계심을 어떻게 다스릴 것인가?

귓불을 스치는 바람, 흘러가는 뜬구름에 답을 묻는다.

격세지감

나의 유년기는 한국전쟁이 끝난 직후 물질적 절대 빈곤 속에서 누구 할 것 없이 삶이 어렵던 시절이었다. 더욱이 두메산골에서 어린 시절을 보낸 나는 봄부터 가을까지는 산에서 얻을 수 있는 산딸기를 따 먹거나 산 더덕, 잔대, 칡뿌리, 산마 등을 캐 먹었다. 그리고 동네 앞 냇가에서 가재나 물고기를 잡아 구워 먹으며 허기를 달래기도 했다. 소 풀 먹이러 가면 소를 산에 풀어 놓고 덤불도 장치고 머루, 다래, 으름 등을 따 먹으며 꼬마 타잔처럼 온 산을 누비며 살았다. 그 버릇을 버리지 못하고 밤낮없이 이 동네 저 동네, 들로 산으로 천방지축 돌아다니는 나를 보고, 어머니는 늘 "야 이놈아 배 꺼진다. 어지간히 돌아다녀라." 꾸중도 하셨다. 그때만 해도 하루 세끼 온전히 밥을 먹지 못하는 집이 많았다. 가정 형편이 어려웠던 집들은 감자, 고구마를 주식으로 삼고, 소나무 껍질을 벗겨서 만든 송기떡이나 보릿겨로 만든 개떡 등으로 연명하기도 했었다. 비록 부잣집이라 하더라도 보리밥, 무밥, 감자밥, 수수밥을 해서 먹거나 어려운 이웃을 생각하며 하루 한 끼는 꼭 국시기를 끓여 먹는 것이 미덕인 시절이었다. 따라서 그 당시 밥의 의미는 주로 일하기 위한 수단이었기에, 일하는 활동이 아니면 빨리 소화가 되지 않도록 가급적 움직이는 것을 삼가해야 했었다.

하지만 허기를 면하려고 먹었던 그 시절 음식들이, 오늘날은 건강식 웰빙 음식의 상징처럼 각광을 받고 있다. 그리고 과거 무가치하게 여겨졌던 여가餘暇도 일의 반대 개념이 아니라, 일보다 더 소중한 의미를 갖는 시대가 된 것이다. 소화를 시키고 살도 빼고 즐기기 위해 산책을 나선 오늘 나의 일정이 세월의 거리만큼이나 격세지감이 든다. 주말에 인천 본가에 올라와 가끔 산책하는 '월미산 둘레길'을 혼자서 걷고 있다. 오늘만큼은 산책길에서 마주치는 사람들이나 산책길 주변의 생명체들까지도 분별이나 편견을 가지지 않고, 있는 그대로 보고 느끼면서 걷기로 다짐하고 나니 발걸음도 가볍고 마음도 더욱 편안해지는 느낌이다. 진정으로 마음을 비우고 자유롭게 걸을 수 있다는 것이 이렇게 행복한 일인지 새삼스럽다. 고목의 벚나무들, 청청한 곰솔, 키 큰 메타세쿼이아, 노거수 은행나무 등 아름다운 숲으로 둘러싸인 한적하고도 걷기 편한 멋진 섬 둘레길이다. 더욱이 서해에서 불어오는 시원한 해풍과 푸른 바다 위로 활동사진처럼 펼쳐지는 아름다운 인천대교, 인천공항, 영종도, 작약도, 시도, 강화도 등이 산책길을 풍요롭게 해 준다. 젊은이들의 성지 월미 문화의 거리, 맥아더 장군 동상과 차이나타운이 있는 자유공원을 비롯한 인천 구시가지, 마천루가 즐비한 송도신도시, 연안부두, 외항선부두 등을 조망할 수 있어, 지루

하지 않고 더욱 만족스럽게 걸을 수 있는 인천 최고의 힐링 산책코스이다.

일하기 위해 밥을 먹었고 배가 꺼질까 봐 걷는 것도 자제해야 했던 그 시절이 엊그제 같은데, 이젠 거꾸로 맛있는 음식을 즐기고 여가를 누리기 위해 일하는 시대가 된 것이다. '걸을 수 없다면 비록 살아서 존재하더라도 세상의 절반은 내 것이 아니라, 나에게는 의미 없는 타인들만의 세상일 뿐'이라는 생각이 든다. 어차피 늙고 병들면 걸을 수 없을 것이고, 걷지 못하면 세상을 떠나야 할 텐데, 아직 걸을 수 있다는 것만으로도 삶의 의미를 충분히 느낄 수 있는 소중한 시간임을 절감한다. 남은 세월 부지런히 걸어야겠다. 걸으면서 세상을 만나고, 서로 교감하며 정을 나누고 그렇게 사는 것이 인생 아닌가?

월미산 둘레길이 온통 매미 소리로 요란하다. 참매미, 말매미 모두 짝을 찾느라 목청껏 앞다투어 울어대고 있다. 매미 소리는 내 어린 시절 그대로이건만, 흐르는 세월에 세상은 이미 다른 세상으로 변해버렸고, 그 어린아이는 이제 낯선 노인이 되어 아련한 추억 속을 거닐고 있다. 시끄러운 매미 소리가 오늘따라 정겹게 느껴진다.

한 생각 바뀌면

지난해 늦가을 아파트 뒤 공원 입구에서 중년의 아주머니 한 분이 땅바닥에 전을 펴고 늙은 호박을 팔고 있었다. 누렇게 익은 호박들이 크고 튼실해 보여 지나쳤다가 다시 돌아가, 실하고 빛깔 고운 호박 두 개를 골라서 샀다. 무거운 호박 두 개를 양옆에 끼고 힘겹게 집으로 들어와 꼭지가 달린 큰 것은 거실 선반에 올려놓고, 모양새가 반듯하고 예쁘게 골이 진 호박은 난 화분 옆 탁자 위에 장식용으로 두었다. 설 명절에 세배하러 온 큰딸이 호박이 너무 예쁘다기에 장식용 호박은 선물로 주고, 나머지 하나는 지난 겨울 진눈깨비가 내리던 날 어린 시절 고향에서 어머니가 해 주시던 호박전을 생각하며 뚝- 잘라서 해체를 했다. 분이 나듯 빨간 속살에 갓 태어난 아기처럼 미끄러운 액체에 싸인 윤기 있는 튼실한 호박씨가 탐스럽게 가득 박혀 있었다. 호박씨는 걷어 내어 깨끗이 씻어 햇볕에 말려 보관을 하고, 호박은 껍질을 벗기고 깨끗이 손질하여 일부는 호박전을 부쳐 술안주로 삼고, 나머지는 죽을 끓여 두고두고 맛있게 먹었다

코로나 19 전염병의 시련을 겪으면서 사람을 피해 승기천 변을 산책하는 것이 요즈음의 일상이다. 능수버들 새싹과 돋아나는 어린 풀들의 모습 등 계절의 변화를 지켜보면서 불현듯 호박을 심어 키워보고 싶은 생각이 들었다. 집에 돌아오자 곧 말려 두었던 호박씨를 꺼내, 탐스러운 호박이 열릴 것을 상상하며 베란다 큰 화분 세 곳에 하나씩 나누어 심었다 호박이 워낙 크고 빛깔도 고울 뿐만 아니라, 살이 탄탄했기에 좋은 종자에 대한 큰 기대를 가지고 있었다. 일주일이 지나자 호박씨 세 개가 모두 흙을 밀치고 귀여운 떡잎 두 개씩을 땅 밖으로 내밀었다. 작고 단단한 마른 호박씨 속에서 싹이 나오다니, 신기하기도 하고 마치 무에서 유를 창조하듯 대견한 생각이 들었다.

장차 호박이 무성하게 자라서 베란다 천장에 매달린 높은 빨래 걸이까지 타고 올라가 주기를 바라는 심정이다. 오늘은 아내와 같이 산책을 하다가 길가에 떨어진 나뭇가지들을 주워서 호박 넝쿨을 올려 줄 준비를 미리 해 두었다. 하루가 다르게 쑥쑥 자라기 시작한 호박들은 경쟁이나 하듯 세 포기가 저마다 나뭇가지를 사다리 삼아 빨래걸이를 타고 올라가고 있다. 베란다는 벌써 큰 호박잎과 호박꽃으로 무성하고 화려해졌다. 하지만 떡잎이 신기했고 넓은 잎과 꽃에 만족했던 그 마음은 간 곳 없고, 이제 다시 잎과 꽃보다는 호박이 열리기만을 기대하고 있다. 변덕스러운 마음과 욕심이 끝이 없는 것 같다. 환하게 피었다가 한나절 만에 시들어 버리는 수꽃들이 안타깝고 처량하다.

드디어 그렇게 기다리던 호박이 한 개 열렸다. 매일 같이 관심을 가지고 지켜보고 있지만, 일주일이 지나도록 노란 빛깔의 작은 호박은 자라지도 못하고 모양새만 유지하고 있더니, 이내 곯아서 떨어져 버리고 말았다 영양분이 부족한 것 같아 힘내라고 화분에 복합비료도 뿌려 주고 순치기도 해 주었다. 며칠이 지나자 다시 두 개의 호박이 열렸다. 이미 엿새가 지났지만, 호박 끝의 암꽃이 피지 못하고 처음 맺혔을 때의 작은 모습 그대로 아무런 변화가 없다. 다시 불길한 예감이 들기 시작했다. 분명히 무언가 호박 나름의 사정이 있을 텐데, 그것을 모르니 그저 답답할 노릇이다. 여름은 깊어가고 호박은 넝쿨만 무성하게 뻗어 갈 뿐 아직 늦여름이 좀 남아 있긴 하지만, 아무래도 올해는 애초에 가졌던 호박 수확에 대한 꿈은 접고 내 생각을 바꾸는 것이 순리일 듯싶다.

반드시 자식을 낳아야만 행복한 인생이 보장되는 것은 아니듯, 호박이 잘 자라면 더없이 좋은 일이지만 어렵게 맺은 호박도 제구실을 하지 못하니, 이젠 애타게 호박을 기다리느니 차라리 호박꽃과 무성한 잎만을 즐기기로 생각을 바꾸기로 했다. 관심의 대상이 달라지자 초조함이 사라지고 마음도 한결 편안해 졌다. 일구월심 호박이 열리기만을 기다릴 때만 해도 환하게 핀 호박꽃이 꽃의 아름다움보다는 그저 암꽃을 기다리며 의미 없이 피었다 지는 수꽃으로만 생각되어 데면데면했었다. 하지만 목적이 달라진 지금은 꽃에 더욱 정감을 느낄 수 있고, 무성한 잎도 꽃 못지않게 감동적이다. 호박 농사를 직업으로 하는 것도 아니기에, 호박이 열리지 않아도 심고 가꾸며 함께하는 과정에서 보람과 감동을 느낄 수 있어서 좋다.

무엇이 중요한가?

한 생각 바뀌면 이렇게 마음도 편하고 세상이 평화롭게 보이는 것을……, 둥근 밀짚모자를 쓰고 환하게 웃는 순박한 농부의 얼굴 같은 호박꽃이, 오랜만에 만나는 고향 사람을 보듯 친근하고 반갑게 느껴진다.

코로나 바이러스 소동

신종 코로나19 바이러스 말로만 듣고도 전 지구인이 일시에 바이러스 감염자처럼 느껴지는 공포심이 지구촌 전체를 얼어붙게 만들었다. 보이지도 않는 세균 바이러스에 세계인의 정신적 충격은 이미 핵폭탄급 이상이다. 그동안 메르스, 사스 등의 전염병 팬데믹을 겪었지만, 일찍이 이렇게까지 단기간에 세계를 초긴장 상태로 몰아넣은 적은 없었다. 신종코로나의 발생지 중국 우한에서는 코로나 전염병을 미리 경고하고, 환자를 치료하던 의사가 목숨을 잃었다. 지금도 중국에서는 수만 명이 감염되어 하루에도 몇백 명의 중환자들이 속수무책으로 죽어 나가고, 감염자들은 공포에 떨며 기약 없이 죽음을 기다리고 있다. 지금 세계의 분위기는 중국인, 중국 상품은 물론 중국 자체를 방문해서는 안 될 나라, 금단의 국가로 인식하고 나아가 동양인까지도 기피의 대상이 되고 있다. 믿고 의지하며 살아야 할 인간 사회에서 서로를 의심하고 상대방을 세균처럼 두려워해야 하는 존재가 된 것이다. 인간 삶의 본질이 파괴되고 있다. 그동안 자연의 질서를 무시하고 인간 위주의 오만한 생명 경시에 대한 바이러스의 공격에, 전 세계가 긴장과 공포로 허둥대고 있다. 눈에 보이면 소중하고 보이지 않으면 가볍게 보거나 무시해버리는, 물질 위주의 황금에만 치중했던 삶의 결과가 아닌가 싶다.

어둠 속에서 공포를 느끼는 것은 어둠 자체가 아니라, 보이지 않아 알 수 없는 것에 대한 두려움인 것이다. 보이는 것이야 피하면 되지만, 보이지 않는 것은 피할 수가 없기 때문이다. 코로나바이러스가 두려운 것도, 보이지 않고 무증상 전염이 되기 때문에 더욱 공포감을 느끼고 있다. 어떻든 극복하는 길을 찾아야 한다. 하지만 방법을 찾지 못해 우왕좌왕하고 있는 것이 우리의 현실이다.

세계를 좌지우지하던 트럼프, 시진핑도, 그리고 핵으로 세계를 불안케 하고 있는 김정은도 모두 코로나바이러스의 위세에 납작 엎드려 숨죽이고 있는 형국이다. 중국의 현대판 시황제, 절대 권력자인 시진핑을 숨게 만들었고, 정적政敵보다도 코로나바이러스가 그의 권좌를 위협하고 있는 형국이 되었다. 전 세계 매스컴들은 매일 코로나19 바이러스의 감염 위험성과 실상을 실시간으로 보도하고 있다. 국내 상황도 하루에 수백 명씩 늘어나는 확진 환자와 입원도 못해보고 사망하는 환자가 생겨나고 있는 공포스러운 현실이다. 마스크와 손 소독제가 동이 나고 고객이 끊어진 극장, 재래시장, 마트, 백화점, 음식점, 찜질방, 목욕탕 등 자영업자들과 졸업 입학 시즌 대목을 앞두고 일 년을 공들여 키운 소중한 꽃들을 모두

폐기 처분한 화훼 농민 등 모두가 기약 없는 고통의 나날을 보내고 있다.

만남이 두려워 집 밖을 나서지도 못하고, 무엇을 만지거나 마음 놓고 숨조차 쉴 수 없는 현실에 오직 숨죽이고 코로나바이러스 소동이 끝나기만을 기다리고 있을 뿐이다. 그동안 상해에서 대기업 주재원으로 근무하고 있는 아들 가족 걱정으로 조바심하며 중국의 코로나바이러스 소식에 귀 기울이며 기도하는 마음으로 하루하루를 보내고 있던 차에, 다행히 아들 가족이 마치 전장을 탈출하듯 급히 한국으로 돌아왔다. 어려운 경쟁 끝에 주재원이 되었고 중국 전문가로 승승장구하던, 그렇게 자랑스럽던 아들의 귀국을 마치 죄인이나 된 듯 이웃이 알까 봐 조심하며 숨겨야 하는 현실이 안타깝기만 하다. 비록 아들이 코로나의 진원지인 우한에서 온 것은 아니지만, 중국 주재원이란 사실만으로도 내 마음을 스스로 움츠러들게 한다. 다음 주로 예정된 나의 친목 모임인 독수리 오 형제 모임도, 내가 먼저 불참을 통보해서 그들의 마음을 편하게 해 줘야 할 것 같다

전쟁 피난민이야 동정이라도 받지만, 아들 가족은 중국에 있었다는 사실 하나만으로 친척 집에 숨어서 집 밖을 나가지도 못한 채, 자가 격리되어 답답한 생활을 이어 가고 있다. 상황에 따라 직장의 사직辭職 여부까지 갈등하며, 초조하게 기다리고 있던 아들에게 다시 중국 현지로 돌아가라는 본사의 명령이 떨어졌다. 청천벽력 같은 소식이지만 예상은 하고 있었기에 떠나야 하는 아들을 격려하며, 아픈 마음으로 마스크에 장갑까지 착용하고 아들을 차에 태워 김포 공항으로 나갔다. 평소 북적대던 공

항은 활기를 잃었고, 온통 마스크를 낀 조심스럽고 무거운 분위기가 마치 상갓집을 방불케 한다.

두려움에 극도로 긴장하고 있는 아들의 모습을 보면서, '코로나19 바이러스가 창궐하고 있는 사지死地 같은 중국으로 다시 아들을 들여보내야 하는 아비의 마음이 이토록 처절한데, 본인이야 오죽하겠는가?' 애처로운 생각에 차마 아들을 똑바로 쳐다볼 수가 없어 이내 고개를 돌려 먼 허공을 보고 말았다.

말없이 입국장으로 들어서던 아들의 뒷모습이 눈에 밟혀, 집으로 돌아오는 무거운 발걸음을 옮기며 나도 모르게 "나무아미타불 관세음보살"을 되뇌고 있었다.

들길을 걸으며

Φ 난히도 춥던 겨울 날씨가 요새 며칠, 봄날같이 따뜻해서 산
책길에 나섰다. 황성공원 솔숲 길, 형산강변길, 늘 다니던 진덕왕릉 길 등
이 있지만, 오늘은 현곡 들판의 들길을 선택했다. 시가지와 들판을 가로
지르는 포항행 철길 밑 통로를 지나면, 툭-트인 현곡 들판이 펼쳐진다. 휑
하니 빈 들판 한가운데로 도랑을 끼고, 긴 들길이 이어져 있다. 위험한 자
동차나 오가는 사람, CCTV는 물론 의식할 눈길조차 없는 오직 나만의
길이다.

도랑물, 벼 그루터기, 푸른 하늘, 텅 빈 들판, 가끔 불어오는 들 바람과
신선한 공기, 길섶의 말라버린 풀까지 마음대로 즐기기만 하면 된다. 걸
림 없는 자유란 이런 것인가? 눈에 보이는 모든 것이 친구가 될 수 있어
마음의 부자가 된 듯하다. 곡식을 거두어 가고 난, 텅 빈 논에 끝없이 줄
지어 늘어선 벼 그루터기를 보면서 진정 비우는 것이 무엇인지를 생각하

230

게 된다.

한참을 걷다 보니 들판을 블록으로 구분하는 포장도로가 마치 인생의 life cycle을 나누듯 들판을 가로지른다. 다시 이어지는 들길은 흙보다 마른 풀로 덮여 있어, 더욱 친근하고 포근한 느낌이 든다. 아무도 없는 들길을 혼자 걸으며 소리도 질러보고 중얼거리듯 노래도 불러 본다. 내가 좋아하는 노래를 부르고 싶은 소절만 몇 번씩 반복해서 부를 수도 있고, 그리고 노래방처럼 순서를 기다릴 필요도 없다. 잘 부르지 못해도 되고, 흥이 나는 대로 나 혼자 즐기면 된다. 볼에 스치는 차가운 바람이 그래도 아직은 겨울임을 확인시킨다.

얼마나 걸었을까? 우두커니 서서 지나온 길을 뒤 돌아보니 먼 길을 참 많이도 걸었다. 들길 끝 저 멀리 뿌연 안개 속에 내 보금자리인 아파트가 꿈처럼 아련하게 보인다. 마치 돌아갈 수 없는 내 인생길의 시작처럼 논바닥에 얼음이 제법 두껍게 얼었다. 어린 시절 고향의 추억을 떠올리며 얼음 위를 조심스레 걷기도 하고 미끄럼도 타 보았다. 비록 많은 블록을 지나온 인생길이었지만, 어린 시절 그리운 추억이 있어 행복하다는 생각이 든다

들길을 걷는 데는 재미가 있다. 불편한 진흙탕은 돌아서 가고, 웅덩이는 건너뛰고, 평소에 눈에 잘 띄지도 않던 보잘것없는 풀, 바람에 흔들리는 깡마른 갈대와 억새, 모두가 존재 그 자체만으로 아름다움이 되고, 어느 것 하나 마음에 거슬리는 것이 없다. 앙상하게 남은 아카시아나무 까지도

날카로운 가시보다는 봄에 피어날 향기로운 흰 꽃을 먼저 생각하게 된다.

이렇듯 들길 주변의 모든 것들은 아무런 조건 없이 아름답건만, 지나온 내 인생길 주변의 수많은 인연들에게는 왜 그렇게 경계하고 의심하고 집착하고 차별하고 미워하며 살아왔던가? 들길의 벗들처럼 있는 그대로 봐주고 느낄 수는 없는 것인가? 모든 것을 선입견으로 분별 짓던 무지無知한 내 마음이, 일시에 사라져 버리는 느낌이다. 무엇이 나를 이렇게 관대하게 만들고 있는가? 저 멀리 맞은 편에서 마스크를 한 여인이 다가오고 있다 어떻게 할까? 인사를 할 것인가 그냥 못 본 척 지나칠 것인가? 이 아름다운 들길에서 어떻게 하는 것이 지금 나의 적절한 태도일까?

한가롭던 산책길에 잠시 갈등과 긴장감이 감돈다. 용기를 내어, 외면하며 지나치려던 여인에게 들길의 친구들을 대하듯 "반갑습니다."하고 먼저 인사를 건넸다. 순간. 마스크 사이로 조금 보이는 얼굴이지만, 밝은 눈웃음으로 "안녕하세요."하고 화답한다. 이렇듯 내 인생길에서 만났던 그 수많았던 인연들도 모두가 조금 다른 다양성을 가진 아름다운 길동무들이었던 것을

'그래!'
'노루 꼬리만큼 남은 인생이나마 맑은 마음으로
 들길을 걷듯 그렇게 살아가야지!'

작은 호수 같은 봇물이 봄 햇살을 받아 반짝이는 윤슬로 부드럽게 퍼져나가고, 봇둑을 넘쳐흐르는 물소리가 귓전에서 점점 멀어져 간다. 봄이 오는 길목에서 삶이 곧 극락임을 깨닫는 순간이다.

도깨비 방망이

베란다 큰 화분에 스스로 자라난 한 무리의 상추가 벚꽃보다
도 먼저 싱그럽게 봄소식을 전한다. 너무 빽빽하게 올라와서 솎아주고 싶
지만, 어린 뿌리들이 뒤엉켜 있어 손을 대지 못하고 있다. 자라면서 경쟁
에 의한 자율 정리를 기대하고 있을 뿐이다. 그런데 그 상추 사이로 뾰족
이 얼굴을 내민 식물들이 있다. '마'가 그 주인공이다.

몇 년 전부터 매년 이른 봄이면 가장 먼저 나타나는 마를 기특하게 생
각하고, 내가 가꾸는 다른 식물들과 동등한 입장에서 정성을 다해 건사
해 주었다. 마는 보답이라도 하듯, 긴 넝쿨로 주인의 묵인하에 베란다의
식물들은 물론 천장에 매달려 있는 빨래걸이까지 제 마음대로 휘감으면
서 무장무애無障無礙를 누려왔었다. 그런데 지난해 봄맞이 베란다 대청소
를 할 때였다. 꺾어진 상추 대와 분재의 큰 나무들을 감고 말라붙어 있는
마의 모습이 을씨년스러운 분위기를 자아내고 있었다. 더욱이 바닥에 무

수하게 굴러다니는 사마귀처럼 동글동글한 마 씨앗들을 보면서, 이대로 두면 머지않아 그 강한 번식력이 다른 식물들의 삶을 위축시키고 관리에도 부담이 될듯하여 마는 모두 뽑고 씨앗들을 샅샅이 찾아 쓸어버렸었다.

그 와중에 용케도 땅속에서 몰래 목숨을 부지했던 몇 친구들이 예년처럼 상추 사이로 새싹을 내민 것이다. 더 크게 자라기 전에 일찌감치 제거해 버릴 심산으로 한 개를 조심스럽게 뽑았지만, 싹이 끊어져 버렸고 두 번째 싹을 뽑으려는데 그 짧은 줄기 밑에서 마치 고구마를 캐듯 주변 흙더미가 넓게 들썩이면서 팔에 무거운 느낌이 전해 오는 것이 아닌가? 하지만 오래되었으니 당연히 뿌리가 깊으려니 생각하고, 끊어지면 번거롭게 또 올라올까 봐 땅속 깊숙이 손을 넣어 뿌리를 뽑아 올렸다.

'아, 어떻게 이런 일이!'

예측불허의 도깨비방망이같이 굵고 큰 마가 숭숭한 잔털에 흙을 달고 쑤-욱 올라오는 것이 아닌가? 이어서 세 번째 마는 더 큰 울퉁불퉁한 놈이 나를 놀라게 했다. '이럴 수가!' 순간, 놀랍고도 미안하고 고마운 생각이 들었다.

일삼아 심은 것도 아니고, 그저 베란다의 푸르름을 즐기기 위해 스스로 자라 난 야생의 마를 그냥 몇 년 거두어 주었을 뿐인데, 그것도 모르고 말라버린 모습이 보기 싫고, 굴러다니는 씨앗이 귀찮다고 모두 쓸어

버리고, 봄이라고 겨우 내민 새싹마저 무참하게 제거해 버리려 한 것이다. 이런 반전의 결과로 보답할 줄은 상상도 못 했었다. '마치 원치 않은 임신이 부담되어 지워버리려 했던 아이에게서 효도를 받는, 용서받지 못할 부모의 아픈 마음' 같은 느낌이라고나 할까? 비록 식물이긴 하지만 겸연쩍은 마음으로, 흐르는 물에 마 두 뿌리를 씻어 참기름 소금에 찍어 아침 보양 간식으로 먹었다. 기분 좋게 거울을 들여다보니 보양식 먹은 건강한 얼굴은 간 곳 없고, 지극히 이기적이고 줏대 없는 몰인정한 인간의 모습만이 거울에 어른거린다.

이제라도 다시 올라오는 마가 있다면, 초심으로 돌아가서 속죄하는 마음으로 아껴주고 싶다. 그동안 눈에 보이는 것에만 집착하여 내면을 들여다보지 못하는 아둔한 나를 깨우쳐 주기 위해, 마가 흙 속에 숨겨 두었던 '도깨비방망이'에 뒤통수를 얻어맞고 크게 깨우친 아침이다. 말 없는 식물이 인간인 나에게 자신의 삶을 통해 보여 준 가르침이다. 부끄러운 아침 마를 뽑고 난 움푹 파인 흔적이 마치 스승의 회초리 자국처럼 내 마음에 지울 수 없는 교훈으로 남는다.

미역국 Ⅰ

나에게 있어서 미역국은 한낱 평범한 밥반찬이 아니라, 특별한 의미를 담고 있는 음식이다. 평소에 김칫국, 시래깃국, 된장국 다 즐겨 먹지만, 미역국을 선호하는 편이다. 특히 생일날에는 반드시 미역국이 있어야 생일의 의미가 마무리되는, 생일의 상징과도 같은 의식용 음식이기도 하다.

흔히 생일 안부를 물을 땐, "미역국은 먹었느냐?"고 물었다. 이렇듯 생일에 미역국도 못 얻어먹으면 불쌍히 여기는 것이 우리 사회의 일반적인 정서였다. 궁핍했던 어린 시절 미역이 귀한 산골에서도 어머니는 생일을 앞두고 미리 오일장에 가서 미역을 사 두었다가, 생일날 아침엔 꼭 미역국을 끓여 주셨다. 미역국의 주인공으로 특별대우를 받던 뿌듯한 그 생일 아침 밥상을 잊을 수가 없다. 물론 입시나 취업 시험 보는 날에는 미역국을 피하기도 하지만, 어떻든 미역국에 대한 나의 정서는 남다르다는 생각이 든다.

미역국은 우리가 이 세상에 태어나면서 처음 접하게 되는 음식이다. 죽음의 고통을 감내한 산모가 아기를 낳고 태어난 아기를 위해, 그리고 자신의 건강을 위해 가장 먼저 먹는 음식이 미역국이었다. 회갑 나이가 된 지금에도 이러한 전통적인 생각을 떨쳐버리지 못하는 것을 보면, 60년 세월 속에 나도 모르게 형성된 향토적인 정서가 남아 있는 것이 아닌가 싶다. 나는 생일에 특별한 의미를 두어, 이날을 전후로 매년 최대의 축제 기간으로 삼고 생일 이벤트를 즐기고 있다. 마침 나의 생일이 1학기 말이어서, 이젠 가깝게 지내고 있는 동료 교수들도 종파티 겸 이 시기를 기다리고 있을 정도다.

올해 생일은 회갑 생일이다. 기대가 더욱 커져서 지금 생각으로는 생일잔치가 한동안 지속할 듯한 느낌이다. 지난달에는 서울 웨스틴조선호텔에서 회갑 기념 수필집 『꽃은 지고 잎은 피네』 출판기념회를 가졌고, 이번 달 들어 경주에서 동료들과 생일을 구실로 이미 몇 차례에 걸친 회식이 있었다. 또한, 생일 전날에는 아내가 초대한 분위기 있는 한정식집에서 미리 생일 턱을 얻어먹기도 했다. 하지만 미역국이 있는 생일상을 받지 못했으니, 진수성찬으로 아무리 여러 차례 잔치를 한들 마음의 정리가 되지 않는 것이다.

생일날 아침에 아내가 끓여줄 조촐한 미역국 밥상을 기대하며, 직장이 있는 경주로 내려갈 KTX 열차표도 미리 늦추어서 예매했었다. 그런데 막상 생일날 아침, 미역국이 없는 평범한 식사를 접하고 보니 섭섭하고 허전한 마음 가눌 길이 없었다. 평생에 한 번밖에 없는 회갑 생일이고 보니, 그 의미는 더욱 크게 느껴졌다. 미역국 하나로 부부의 정, 사랑 모든 것을 되새김하게 되는 이 특별한 나만의 정서? 현대 젊은 부부들이야 이해하기 어렵고, 뜨악하고, 고리타분하게 들릴지도 모르겠지만, 그래도 나는 이 세대 차를 끝까지 고집스럽게 향유하고 싶다.

아들, 딸, 사위, 형제들의 수많은 축하 전화에도 공허한 느낌을 지울 수 없는 것을 보면, 나에게 미역국은 이미 단순한 국이 아니라 정과 사랑과 전통의 의미로 마음속에 깊이 자리하고 있는 것 같다. 경주 자취 집에 내려가 서운한 마음을 지워보려고, 혼자 시장에 가서 미역을 사고 소고기까지 넣어 미역국을 끓였다. 아무리 정성스럽게 잘 끓여 본 들 때를 놓친 내가 끓인 미역국은 그냥 평범한 국일 뿐 무슨 소용이 있겠는가? 오히려 가슴만 아려 올 뿐, 쉽지는 않겠지만

다시 60년 후 아내가 끓여 줄 미역국 생일 밥상을 기대하며 건강 관리나 잘해야 할 것 같다.

미역국Ⅱ

어제가 아내의 생일이었다. 그것도 만 60세가 되는 회갑 생일이었다. 며칠 전 가족들과 미리 인천 송도 신도시의 분위기 있는 레스토랑에서 회갑 생일잔치와 선물까지 전달했었다. 하지만 생일날 아침을 맞고 보니 2년 전 나의 회갑 생일 아침, 미역국이 없어 크게 섭섭했던 그때 생각이 불현듯 떠오르는 것이 아닌가? 도저히 그냥 있을 수가 없어 미역국을 끓일 심산으로, 곤히 자고 있는 아내 몰래 방을 빠져나왔다.

조심스럽게 냉장고와 부엌을 구석구석 샅샅이 살펴보았지만, 다시마 한 봉지만 나왔을 뿐 미역은 전혀 보이지를 않았다. 2시간 후면 아내가 출근을 해야 하는데, 내 논리대로라면 오늘 미역국을 끓이지 못한다면 다시 60년 후의 회갑 생일을 기약해야 하는 것 아닌가? 당황스럽고 난감하기 짝이 없는 일이었다.

나에게 주어진 시간은 오직 2시간뿐, 어떻든 미역국을 만들어 내야 한다. 소리 나지 않게 현관문을 열고 몰래 집을 빠져나왔다. 문을 연 24시 편의점을 찾아 차를 몰고 새벽 시가지를 정신없이 휘젓고 다녔지만, 어느 집도 미역은 없었다. 초조한 마음으로 이마에 흐르는 땀을 훔치며, 잠시 숨을 고르고 있을 즈음 멀리 또 하나의 24시 편의점 불빛이 보였다. 간절한 마음으로 급히 달려가 보았지만, 역시 그 집도 불만 켜져 있을 뿐 문은 잠겨 있었다.

'아, 아내에 대한 내 사랑의 진정성을 시험하는 것인가?'

절망감 속에 마지막 큰길과 골목길을 두루 살피며 집으로 돌아오는 길에 겨우 찾은 작은 편의점에서 다행히 인스턴트 미역국 2봉지를 구할 수 있었다. 얼마나 반갑고 기뻤는지 60년 세월을 한꺼번에 소급받은 기분이었다. 급히 집으로 돌아와 아내가 깨지 않게 조심스레 방문을 닫아 놓고, 냉장고의 남은 재료들을 총동원하여 미역국은 조갯살을 넣어 끓이고, 나름대로 조촐한 회갑 생일상을 마련하였다.

평소 아침을 먹지 않고 출근하는 아내를 생일 축하 인사와 함께 밥상 앞으로 초대를 했다. 보잘것없는 회갑 생일상이지만, 싫지 않은 표정으로 미역국을 먹는 아내를 보면서 초조하고 긴박했던 지난 두 시간 동안, 미역국 대작전을 위한 나만의 노력을 일시에 보상받는 느낌이 들었다.

나중에 아내로부터 고맙다는 문자를 받고 작은 보람도 있었지만, 그보다 60년 후 다시 미역국 끓일 일은 없으니 다행이다. 비록 회갑 생일은 지났지만, 번거롭거나 지키기 어려운 전통도 아닌, 건강에 좋은 식재료로 전통의 의미도 담고 있는 미역국이 있는 생일을, 생활 속의 작은 이벤트로 꾸준히 지켜가고 싶다.

봄비 속의 산책

안개 속에 내리는 봄비가 대지를 촉촉이 적시고 있다. 문득 빗속을 한량없이 걷고 싶어 봄 길 산책에 나섰다. 궂은 날씨긴 하지만 원해서 선택한 일이기에 즐기면서 걸어 보고 싶다. 언제부턴가 내가 걸어온 길을 뒤돌아보는 버릇이 생겼는데, 출발점에서부터 그 여정을 바라보며 가끔은 감상에 젖기도 한다. 모처럼 봄비 속에 먼 길을 많이도 걸었다. 인생길은 다시 돌아갈 수 없지만, 봄 길은 출발점으로 다시 돌아갈 수 있어 다행이라는 생각이 든다. 갈아 놓은 논흙 냄새가 봄 향기의 느낌으로 다가온다. 꽃다지, 패랭이, 씀바귀, 쑥 등이 봄비를 만끽하고 있다.

오늘 봄 길 산책의 길벗은 내리는 비, 땅을 헤집고 나오는 힘찬 새싹들 그리고 주점에서 만나기로 약속한 장 교수다. 들길 중간 지점 작은 동네의 길모퉁이에 허름한 토굴형 주점이 있는데, 이 술집을 봄 길 산책의 회향 점으로 삼았다. 지붕 높이가 길보다 낮아 고개를 숙여야 들어갈 수 있는, 요즈음 보기 드문 친근감이 가는 대폿집이다. 처음 찾는 주객酒客이라면 들어가도 될지, 장사는 하고 있는 집인지, 의아할 정도로 생경한 느낌을 주는 주막이다. 깡마른 체구에 몸빼를 입은 주모의 아우라가 까칠해 보이기는 하지만, 술꾼들의 어떤 이야기도 다 받아주는 화끈하고 칼칼한 성격이 더욱 술맛을 당기게 한다. 나의 단골집, 『삼거리 식당』이다.

오늘같이 추근추근 내리는 봄비 속에 젖은 몸으로 혼자 앉아, 대포 한 잔 기울이기에 딱 어울리는 집이다. 허전한 마음과 출출한 배를 채우기 위해 빗소리를 들으며 어두컴컴한 주점 안으로 들어섰다. 문을 열고 들어서자 미리 귀띔해 주었던 절친 장 교수와 이 집의 또 다른 단골이라는 김, 박 교수도 먼저 와서 한 자리를 차지하고 있다. 내리는 빗소리를 들으며 모처럼 이 집의 고급 안주 격인 오징어 볶음, 돼지 수육에 뽀얀 금장 막걸리로 몸과 마음을 적시기 시작했다. 토굴 속은 온통 술꾼들의 밑도 끝도 없는 막걸리 철학의 토론장이 되어, 열기가 고조되고 있다. 치열한 삶의 과정에서 서로 주고받은 마음의 상처들이 지워지지 않는 흉터로 남아 토론의 주제가 되고, 술과 혼합되어 나름대로 논리를 만들어 가고 있다. 끝없이 이어지는 결론 없는 주장들, 결국 인간에 의해 받은 상처의 치유 방법은 세월과 자연 밖에 없다는 생각이 든다.

주점을 나서니 빗줄기는 더욱 굵어지고, 들길에도 이내가 내리기 시작했다. 방죽의 푸른 새싹들, 비에 젖은 청보리밭이 고향의 모습으로 다가온다. 어린 시절 저수지 둑 풀밭에서 친구들과 뒹굴던 생각, 산에서 덤불

장치고 산머루, 다래 따며 천방지축 온몸으로 부딪히며 자연과 하나가 되던 그 시절이 그립다. 동네 친구들과 꼴망태 벗어놓고 꼴 내기 낫 꼽기와 논두렁에 나란히 서서 오줌발 멀리 보내기 경쟁을 했던 생각도 떠오른다.

비록 지금 옆에 옛 친구들은 없지만, 그 시절을 생각하며 논두렁에 서서 힘주어 오줌을 갈겨 보았다. 60대 중반, 꼭 내 나이만큼의 거리를 확인할 수 있을 뿐이다.

'아마도 나이에 반비례하는, 세월의 거리인가 보다.'

우중 나그네의 춘정이 막걸리의 상승기류를 타고, 우산에 떨어지는 천상의 난타 리듬과 하나 되어 콧노래로 승화되기 시작했다. 봄비의 축복 속에 내 인생을 반주했던 편안하고 시원하고 아름다웠던 봄 길 산책, 또 하나의 추억으로 오래도록 기억에 남을 것 같다.

산길과 들길

경주 동국대의 뒷산인 큰갓산(235m)은 높지 않으면서도 그윽한 소나무 숲의 정취를 느낄 수 있고, 능선을 따라 오르는 길이 처음부터 끝까지 경주 시가지 전체를 가까운 거리에서 조망할 수 있어 산책 겸 산행코스로 인기가 높다.

산의 초입은 급경사의 오르막이어서 다소 힘이 들긴 하지만, 오르막을 지나고 나면 평지가 있고 편하게 걸을 수 있는 산길이어서 가벼운 마음으로 오르기 시작했다. 휴일이라 간간이 마주치는 사람들을 그냥 지나치기가 어색해서 만나는 사람마다 인사를 건넸다. 하지만 대부분이 외면하거나 마지못해 인사를 받는 무덤덤한 태도다.

'네길 네 가고 내길 내 가는데, 관계할 바 없지 않은가?
네 갈 길이나 잘 가라.'

산길의 매력은 아름다운 숲과 그곳에 깃들어 사는 동식물들과 교감하며, 여유를 가지고 즐거움을 향유하는 것일 진대, 마치 산행 경기를 하듯 길만 보고 급히 오르내리는 모습들을 보면서, 말없이 외면하고 스쳐 가는 사람들과의 어색한 조우가 조금 아쉽다는 생각이 들었다. 하지만 그래도 나는 그들이 반갑다. 산길은 들길에 비해 마치 인생길처럼 오르막 내리막이 있고, 긴장과 한적함 그리고 숲과 야생화, 산새 등 다양한 친구들이 함께해서 좋다.

벌써 진달래 꽃봉오리들이 제법 봉긋하게 부풀어 오르기 시작했고, 나무의 새순들도 봄기운을 잔뜩 머금고 있다. 산 전체를 종주하기에는 무리일 것 같아 오늘 산책은 산길과 들길을 연결하는 새로운 코스를 개발하기로 하고, 큰갓산 중턱에서 금광저수지가 내려다보이는 가막골 입구로 하산하기로 마음을 정했다. 멀리 현곡 들판과 찻길이 보이긴 하지만 막상 접어들고 보니, 등산로가 없어 새로운 길을 만들어서 내려가야 할 난감한 형편이 되고 말았다.

험난한 초행길이 새로움과 긴장감으로 팽팽하다. 가시덤불을 헤치고 잘려나간 낭떠러지에서 구르기도 하면서, 천신만고 끝에 산기슭의 작은 밭에 내려섰다.

비록 짧은 구간이지만 안도의 한숨과 더불어 '이젠 무리할 나이가 아니구나!' 하는 생각이 들었다. 봄맞이 준비로 넉넉한 푸른 저수지를 한 바퀴

돌아 현곡 들길로 접어들었다. 들길은 산길과 달리 탁 트인 시야와 안정감, 평안함을 느낄 수 있어 좋다. 평소 자주 걷던 익숙한 들길이건만 산길을 걸은 후 걷는 느낌이 더욱 새롭다. 그동안 생각 없이 걸었던 평범한 들길의 가치를 재발견하는 느낌이다.

내 삶의 과정에서 익숙한 것들에 대해 놓치고 살아온 것은 없었는지 곰곰이 재점검해 볼 일이다. 봄 채비로 갈아 놓은 논흙의 향기가 까칠한 봄바람에 실려 와 들판 가득 퍼진다. 산길과 들길의 맛을 동시에 느낄 수 있는 이 새로운 산책코스가 마치 정년을 앞둔 내 인생길 같아 더욱 새삼스럽다.

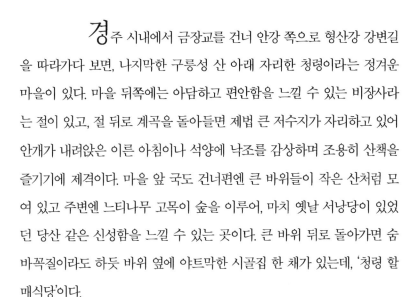

마수걸이

경주 시내에서 금장교를 건너 안강 쪽으로 형산강 강변길을 따라가다 보면, 나지막한 구릉성 산 아래 자리한 청령이라는 정겨운 마을이 있다. 마을 뒤쪽에는 아담하고 편안함을 느낄 수 있는 비장사라는 절이 있고, 절 뒤로 계곡을 돌아들면 제법 큰 저수지가 자리하고 있어 안개가 내려앉은 이른 아침이나 석양에 낙조를 감상하며 조용히 산책을 즐기기에 제격이다. 마을 앞 국도 건너편엔 큰 바위들이 작은 산처럼 모여 있고 주변엔 느티나무 고목이 숲을 이루어, 마치 옛날 서낭당이 있었던 당산 같은 신성함을 느낄 수 있는 곳이다. 큰 바위 뒤로 돌아가면 숨바꼭질이라도 하듯 바위 옆에 야트막한 시골집 한 채가 있는데, '청령 할매식당'이다.

이 집은 시내 레스토랑들처럼 세련되거나 깔끔하지는 않지만, 향토적인 분위기로 편안함을 느낄 수 있고, 할매의 손맛과 푸근한 마음 씀씀이 때문에 십 오륙 년 전부터 즐겨 찾던 토굴형 단골식당이다. 한동안 잊고 지내다가 얼마 전 안강 오일장에 가던 중 그 옆을 지나는데 '청국장'이라는 길옆 간판이 새삼스럽게 눈에 들어왔다. 오랜만에 좋아하는 청국장 맛도 보고 아직도 할매는 건재하신지, 나를 알아보실는지 궁금하기도 하여 들리기로 마음먹었다.

느티나무 고목 아래 주차를 하고 뒤로 난 쪽문을 통해 들어서면서 "할매"하고 큰 소리로 불렀다. 할매의 반가운 목소리를 기대하면서……. 그런데 조용하다. 마당에 들어서서 몇 차례를 불렀더니, 할매가 아니라 순박하게 보이는 낯선 중년의 아주머니 한 분이 "네!" 하면서 미닫이문을 열고 나왔다.

'아, 할매는 어떻게 되신 것일까?' 불안한 마음으로 "할매는 안 계신기요?" 하고 물었더니, "할매는 연세가 높으셔서 이제 장사는 못 하시고, 제가 전세를 얻어 식당을 운영하고 있습니다." "들어 오이소" 새 주인은 겸연쩍은 미소를 지으며 나를 방 안으로 안내했다.

청국장찌개를 주문하고 방에 앉아 있자니, 부엌에서 들어오는 진한 청국장 냄새가 예사롭지 않음을 짐작케 해 준다. 잠시 후 아주머니께서 음식이 차려진 동그란 양은 밥상을 들고 들어와 내 앞에 내려놓았다. 우선 보글보글 끓고 있는 뚝배기의 청국장부터 한 순갈 시식해 보았다. 요즈음 쉽게 경험할 수 없는 고리탑탑한 냄새와 혀에 부드럽게 감기는 구수한 맛이 오랜만에 먹어보는 고향 청국장 바로 그 맛이었다. 더욱이 편안한 아주머니의 표정과 정을 느낄 수 있는 투박한 말씨가 마음이 저절로 열릴 것 같은 독특한 이 집 분위기와 잘 어울린다는 생각이 들었다. 비록 할머니를 뵐 수 없어 다소 아쉽긴 하지만, 아직도 이 동네에 살고 계신다니

옛 추억을 생각하면서 새로운 주인과 다시 정을 쌓아 보기로 마음먹었다.

짧은 인연이지만 이제 식사 때가 되면 머릿속에 가장 먼저 떠오르는 음식점이 청령 할매집이다. 마침 주말이라 일찌감치 아껴두었던 양주 한 병을 챙겨 들고 장 교수와 청령 할매집으로 향했다. 이 집은 술을 팔지 않기 때문에 오늘은 반주용 술을 가져가서 몇 잔 먹고, 보관해 두었다가 식사 때마다 반주로 한 잔씩 먹을 수 있도록 주인 아지매와 협상을 해 볼 요량이다. 장 교수는 어렵지 않겠느냐고 염려를 했지만, 첫 만남에서의 분위기를 생각하며 일단 한번 시도해 보기로 마음먹었다. 노거수 정자나무 그늘에 주차를 하고, 과수원 옆 샛문으로 들어서면서 할머니 대신 "아지매!"하고 크게 불렀다. 아주머니는 우리를 반갑게 맞이하면서 창밖으로 큰 바위가 보이는 이 집 특실로 안내를 했다. 자리를 잡고 앉자마자 가지고 온 술병을 보이며, "아지매, 술을 가져왔는데 이거 먹고 남은 거 보관할 수 있겠는기요?" "대신 3분의 1은 마음대로 먹어도 좋습니다."하고 말을 건넸다. 말을 듣고 난 아주머니는 웃음을 머금은 얼굴로, "걱정 마이소. 냉장고에 넣어 놓고 아무도 손대지 못하게 잘 보관해 줄 테니......,"라고 한다.

의외로 협상은 쉽게 끝났다. 잠시도 주저함 없이 시원스럽게 허락해 준 아지매가 고맙고, 마치 든든한 인생 후원자라도 얻은 기분이었다. 성공적인 협상과 새로운 단골을 기념하기 위해 이 집 최고급 요리인 돼지고기찌개를 안주로 셋이서 건배를 했다. "청령 할매식당의 발전과 세 사람의 멋진 인생을 위하여!" 그리고 남은 술은 다음을 위해 냉장고 한편에 보관해 두었다.

특히 오늘 안주는 아지매의 정情을, 눈으로 느낄 수 있을 만큼 푸짐하고 맛도 일품이었다. 이제 냉장고를 지키고 있는 저 술이 더 견고한 인연의 끈이 되어, 정년이 얼마 남지 않은 나의 객지 생활을 더욱 윤택하게 해 주리라 고마운 마음에 밥값을 현금으로 지불했더니,

"오늘 마수걸이를 해 줘서 고맙습니다."

라며 돈으로 머리를 슥슥 문지르고는 돈 통에 넣었다. 음식의 대가로 지불한 당연한 돈이지만, 괜히 좋은 일을 한 것 같아 나도 덩달아 기분이 좋아졌다. 마수걸이는 「장사를 시작해서 상품을 판매하고 얻은 당일의 첫 수입」을 말하는데, 시작을 중요시하는 한국인의 전통적인 정서로 볼 때, 이 마수걸이는 종일 장사도 잘 되고, 들어온 돈은 다시 나가지 않는다는 긍정적 자기암시 의미를 내포하고 있어, 그날 장사의 분위기를 좌우하기도 한다.

또한, 마수걸이 돈으로 머리를 쓰다듬는 것은 '머리카락 숫자만큼 많은 돈이 들어오라'는 기원의 뜻이 담겨 있기도 하다는 것이다. 부적符籍의 의미를 지닌 일종의 '행운의 돈' 이라고나 할까? 비록 나는 머리숱이 적은 대머리 손님이지만, 서로를 기분 좋게 만들어 준 마수걸이로 오늘 하루의 작은 의미를 찾고 싶다.

금오산의 아침

오랜만에 아침 산책으로 경주 남산을 오르기로 마음먹었다. 남산 등산코스 중 배리삼존석불입상이 있어 경건한 마음으로 조용히 사색하며 산행할 수 있는 삼불사 코스를 특히 나는 좋아한다. 산죽대 숲과 노송이 어우러진 오솔길이 아름다운 아침을 연출하고 있다. 생각에 잠겨 한참을 걷다 보니 올라온 길이 제법 멀리 내려다보인다. 마치 지나온 나의 인생 역정驛程과도 같다는 생각이 든다. 여느 때 같으면 소리라도 질러보련만, 각자 조용히 자신의 아침을 맞고 있는 뭇 중생들을 생각하면서 나도 동참하기로 했다.

비탈진 길바닥에 험한 손마디같이 알몸으로 드러난 소나무 뿌리들이 안쓰럽기도 하고, 끈질기게 이어가는 삶의 모습이 숭고하게 느껴지기도 한다. 이마에 맺힌 땀방울, 거친 호흡도 내가 선택한 길이기에 즐거움으로 느끼면서 한 발자국씩 헤아리듯 산을 오른다. 경주 시가지와 내남 들판을 전망할 수 있는 팔부능선의 바둑판 바위에 올라섰다. 심호흡을 하니 상쾌한 아침 공기가 온몸으로 스며드는 느낌이다. 붉은 아침 햇살을 조명처럼 받으며 상사바위를 지나 가파른 능선 길을 거쳐 468m 금오봉 정상에 도착했다. 정상 등정의 기쁨보다는 무탈하게 오른 산이 고맙고, '언제나 겸허한 마음가짐으로 산행을 하겠다.'는 다짐의 뜻으로 올라온 길을 향해 거수경례로 경의를 표했다.

스스로가 돈키호테 같다는 생각을 하며, 정상에서 동쪽으로 발걸음을 옮겼다. 길옆 산비탈에 빨간 산딸기(복분자)가 지천으로 열려 있다. 오늘 아침 식사는 파란 잎 쟁반에 차려진 금오산의 산딸기 성찬으로 대신하기로 마음먹었다. 쌈싸래하면서도 달콤하게 입안에 터지는 산뜻한 맛이 명 쉐프의 요리 솜씨도 따를 수 없는 일품요리 맛이다.

다시 남쪽의 임도로 내려서니 그쪽 길옆에도 산딸기가 밭을 이루고 있다. 한동안 남산이 제공하는 자연의 아침상을 마음껏 즐겼다. 길섶 바위 틈에도 빨갛게 익은 산딸기들이 달려있다. 더 이상 욕심을 내는 것은 탐욕이란 생각이 들어 다른 등산객들을 위해 남겨 두기로 했다.

다음 산행에는 송아지 딸기, 산 버찌, 밤, 으름, 망개, 개암 등이 자신의 차례를 기다리고 있다. 일 년 내내 시시각각 아름다움과 푸짐한 열매까지 제공해 주는 남산이 마냥 고맙게 느껴진다. 구구대는 산비둘기와 멀리서 산을 울리는 뻐꾸기 소리, 어린 시절 고향의 모습이 눈에 선하다. 아침 안개 내려앉은 건너편 동쪽 능선의 바위와 소나무들이 금오산의 아침 비경을 연출하고 있다.

하산 길에 올랐다. 거사 바위에서 조망하는 서남산 계곡은 쏟아지는 아침의 밝은 햇살 속에 꽃, 나무, 열매 등이 새소리와 어우러져 아름다운 이승의 극락이란 생각이 든다. 미풍에 실려 오는 그윽한 밤꽃 향기가 금오산 자락을 흠뻑 적신다. 고요한 아침에 혼자만의 작은 행복을 느낀다.

덕유산 야간 산행

덕유산 등산을 위해 한국산악회의 베테랑 회원 두 명과 함께 경부선 통일호 입석 열차에 힘겹게 몸을 실었다. 입석도 다행으로 여기며 여행의 조건(?)이 제대로 갖추어졌다고 자위하고 있는데, 좌석의 촌로 한 분이 자리를 좁히시며 굳이 앉으라고 권하신다. 여행길에 만나는 사람들은 모두 정겨워서 좋다.

"이 세상 만물이 다 제 몫을 하는데, 만물의 영장이라는 인간만이 제 몫을 못혀" 촌로의 말씀을 가슴에 새기며 영동역에 내려 무주행 버스로 갈아탔다. 잘 닦여진 도로, 풋풋한 감들이 주렁주렁 열린 감나무 가로수 아름다운 꽃길, 차창 밖의 흐드러진 푸르름에 빨려들고 있는 동안 버스는 어느덧 압치고개를 넘어 전북 무주군으로 들어섰다. 나제통문을 지나고 맑은 물이 굽이굽이 감도는 아름다운 구천동 계곡을 거슬러 올라간다. '내 비록 지금 죽어 대자연으로 돌아간들 한 치의 아쉬움이 있으랴' 감동스러운 자연경관이다.

일단 이번 산행은 더위를 피해 야간산행을 감행하기로 결정했기에 낮에는 구천동 계곡에서 쉬기로 했다. 잠시 후, 오늘 밤 우리 일행이 묵을 향적봉 산장의 허 대장을 수소문해서 만났다. 하산한 허 대장은 아쉽게도 오늘은 산장에 다시 올라갈 일이 없다고 한다. 하지만 한평생 산과 더불어 푸르게 살아온 산 선배와의 소중한 인연을 어찌 소홀히 할 수 있으랴! 우리는 일단 두충차의 그윽한 향을 한 잔씩 음미한 후, 구천동의 터줏대감 털보 양반 집에서 파전과 산채를 막걸리 안주로, 야간산행의 굳은 의지를 담아 석양 배를 나누었다. 산그늘이 내리면서 점차 아름다운 경관도 어둠 속으로 사라지고, 오직 물소리만이 우리와 함께할 뿐이다.

수건과 랜턴 그리고 시원한 계곡물에 씻은 상큼 오이 몇 개로 야간산행 준비를 마치고 청류, 비파, 구천폭을 지나 백련사에 도착한 시각은 이미 밤 9시, 백련사 감로수로 목을 축이고 다시 수통을 채웠다. 이제 이곳에서 상봉까지는 2, 7km, 칠흑같이 어두운 가파른 산길에 오직 세 개의 헤드 랜턴 불빛만이 소리 없이 흔들린다. 우리는 무섭도록 고요한 숲의 적막을 온몸으로 느끼며, 마치 수행자의 고행과도 같은 산행을 지속했다. 깊어지는 여름밤 가파른 산길에 땀은 비 오듯 쏟아지고 탈진하여 단 한 발자국 떼어 놓기가 마치 천근 쇳덩이라도 옮기는 것 같은 육체의 고통이 계속되었다. 하지만 정신은 더욱 청정해지는 느낌이었다. 어느새 고통도 잊고 일상사의 번잡한 일들, 탐욕, 분별, 미움 등이 쉴 새 없이 흘러내리는 땀과 함께 말끔히 씻기어 무심으로 어둠의 숲을 오르고 있었다. 잠시 휴식을 끝내고 침묵 속에 산행은 다시 계속되었다.

'나는 누구인가?

무엇을 위해 그토록 정신없이 달려왔던가!

인생길, 지금 내가 서 있는 곳은 어디쯤이며 남은 길은 어떤 길인가?'

어둠과 육체적 고통, 나 자신까지도 모두 잊은 채 오직 머릿속에 떠오르는 생각에만 몰두하고 있었다. 한참을 걷다가 선두가 멈추자 다시 휴식이다. 땀과 밤이슬로 옷은 흠뻑 젖었고 서로 아무도 말이 없다. 일시에 정신을 휘감는 공허감, 천지 만물이 모두 잠들어 있는 이 밤, 나만 홀로 깨어 있는 느낌이다. 그리고 그 순간 나만의 깨달음을 통해 새롭게 태어나고자 했다.

긴 여정 끝에 자정이 되어서야 산악인의 집에 도착하여, 먼저 와 있던 산사람들의 기립박수를 받으며 반가운 해후를 했다. 그들이 끓여 준 라면으로 늦은 저녁 식사를 하고, 이내 꿈도 없는 깊은 잠에 빠져들었다. 새벽 4시에 일어나 혼자 산장 뜰에 나서자 시원한 밤바람이 볼을 스친다 덕유산 주목 군락의 하얀 혼들이 새벽바람에 외롭다. 심호흡을 하여 푸른 숲의 맑은 공기를 폐부 깊숙이 들이마셨다. 상봉에 서니 남덕유산이 다소곳하고 주변의 봉우리들이 더없이 정겹다. 솟아오르는 붉은 태양, 산 허리의 운해, 잔잔히 부는 바람, 이 모두가 덕유산이 연출하는 벅찬 아침의 모습이다.

하룻밤을 함께 했던 산장의 산악인들은 짧은 만남을 뒤로하고 각자 다음 산행을 위해 아침 햇살이 쏟아지는 능선 길을 속속 떠나갔다. 산장지기 허 대장의 산을 닮은 그 눈빛을 이제 이해할 것만 같다. 우리도 서둘러 채비를 하고 오수자굴 코스를 선택했다. 정상을 오를 때 보다 더 겸손한 발걸음으로. 초행길은 언제나 새로움이 있어 좋다. 빈 마음으로 돌아올 수 있음에 무한한 감사를 느끼며 묵묵히 걷는데, 어디서 상큼한 더덕 냄새가 코끝을 스친다. 더덕 향을 찾아 요리조리 헤치고 다니다 키 작은 소나무 옆에서 더덕 한 뿌리를 발견했다. 어릴 적 경험을 되살려 마른 솔가지 꼬챙이로 더덕 주변의 썩은 나뭇잎들을 조금씩 걷어내고, 조심스럽게 당기니 마치 고목같이 굵고 짧은 묵직한 뿌리가 쑤~욱 올라오는 것이 아닌가!

빈 마음, 겸허함을 얻고 돌아감도 뿌듯한데, 마치 산삼을 얻은 심마니라도 된 듯 또 하나의 산의 선물을 받고, 어린아이처럼 흥분되어 이제 산을 오르는 사람들에게 한바탕 자랑을 늘어놓았다. 얼마나 오래된 더덕인지 싹을 자르고 계곡물에 대충 씻어 보니 윗부분 한쪽이 말랑말랑하게 물이 고여 있었다. 망설일 것도 없이 한 입 베어물어 쭉 빨아들였다. 쌉쌀하면서도 알싸한 더덕물이 입안에서 툭 터진다. 마치 독주를 마신 듯 순식간에 온몸이 불덩이가 되어 감각이 둔해지고 얼얼해졌다.

얼음 같은 구천동 계곡물에 뛰어들어 몸을 식히고, 콧노래를 부르며 주차장까지 내려오니 지금 마악 버스가 떠났다고 한다. 다음 버스를 타기에는 넉넉하게(?)내려온 셈이다. 이번 여름의 덕유산 야간산행은 이래저래 마음에 오래 남을 것 같다.

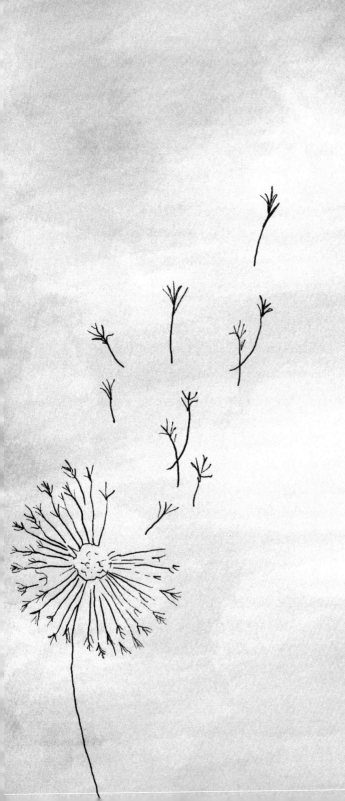

5

사는기 머신기요

불도장 강의

지난밤에는 일찍 잠자리에 누웠지만, 첫 대학 강의를 시작했던 진주 시절부터 지난 30여 년간 강단에서의 이런저런 감회에 젖어 잠을 이루지 못했다. 어차피 교수로서 마지막 강의 순간은 교직의 시작에서부터 이미 정해져 있었던 일이라, 그저 가야 할 길을 가는 담담한 심정으로 지난해 말부터 서둘러 연구실 정리도 하고, 미리 마음의 준비를 단단히 해왔었다. 하지만 학기 말이 가까워지면서 마지막 강의 그 순간을 떠 올리면, 울컥울컥 가슴에 복받치는 알 수 없는 설움이 눈시울을 붉어지게 했다.

선배 교수들의 정년퇴임을 지켜보면서 남의 일처럼 멀게만 느꼈던 그 순간을, 내가 직접 맞이하게 되니 회한과 보람, 아쉬움, 세월의 무상함 등 본인이 아니면 알 수 없는 그 심정을 이제야 절감하게 된다. '언젠가 들이닥칠 인생 정년도 이렇게 오겠구나?' 생각하니 갑자기 외롭고 쓸쓸해진다

'그동안 나와 함께 했던 제자들에게 나는 어떤 교수였던가? 오늘 마지막 강의 마무리는 무슨 말로 어떻게 정리할까?'

그리고 강의에 임하는 나의 모습과 제자들을 그려 보면서 다시 한번 마지막 강의 준비에 마음을 가다듬어 보는 아침이다. 이제 한 시간 후면 학기 말 종강이 아니라, 나에게는 대학 강단에서의 마지막 강의가 남아 있다. 오늘 강의가 있을 진흥관 B501 강의실에 평소보다 조금 일찍 도착했다. 한 명씩 얼굴을 확인하며 출석을 부르고 나서, 차분하고 낮은 목소리로 먼저, "8월 말 정년퇴직을 맞이해서 「지역축제경영론」 지금 이 시간이 나에게는 마지막 강의이며, 여러분이 나의 마지막 제자"라는 멘트로 강의를 시작했다. 침착하게 흔들림 없이 평소처럼 강의를 끝내려고 그렇게 다짐했건만, 목소리가 조금씩 떨리기 시작했다.

아무렇지도 않은 듯 흔들리는 마음을 억누르기 위해 잠시 멀리 허공을 보며 마음을 진정시키고 있는데, 그때 강의실 문 노크 소리가 들리고 이어서 뒤쪽에 앉았던 한 학생이 누군가 교수님을 찾는다는 것이다. 잠시 강의를 멈추고 강의실 문 밖으로 나갔더니, 제법 나이든 중년의 낯선 남자분이 캐리어에 큼지막한 떡 3박스를 싣고 와서 숨을 헐떡거리며 서 있었다.

"서태양 교수님 맞습니까?"
"네, 그렇습니다만……"

무슨 일인지 자초지종을 물었더니, 아내가 나의 마지막 강의를 기념하기 위해 깜짝 이벤트로 미리 꽃과 떡을 주문하여 배달시킨 것이었다. 이어서 꽃집으로부터 화려한 꽃바구니도 함께 도착했다. 전혀 예상치 못했던 갑작스러운 일에 당황한 나머지 멋쩍고, 학생들 보기에 다소 민망(?)한 생각이 들어 얼결에 아내에게 전화를 걸어 왜 쓸데없는 짓을 했느냐고 화를 내고 전화를 끊었다. 나보다 한 학기 먼저 교직에서 정년퇴직한 아내가 헛헛한 나의 심정을 먼저 헤아려 절절한 마음으로 배려한 호의를 따뜻한 감동으로 받아들이지 못하고 오히려 화를 내고 만 것이다.

그 순간 '아니, 이게 아닌데! 지금 내가 뭘 하고 있지?'
동반자로서 강단을 떠나는 남편의 마지막 강의에 조금이나마 마음의 위로가 되고, 영원한 추억을 만들어 주기 위해 준비했던 이벤트! 감동받고 고마워할 줄만 알았던 아내는, 예상 밖의 내 태도에 크게 충격을 받고 할 말을 잃은 듯했다.

강의가 끝나고, 몇 명 학생들의 도움을 받아 교단 위에 쌓아 놓은 떡 박스를 풀어, 나의 마지막 강의를 경청해 준 제자들에게 골고루 나누어 주었다. 그리고 꽃바구니를 앞에 놓고 제자들과 함께 기념사진도 찍었다. 이른 아침에 만들어 바로 가져온 따끈한 백설기와 화려한 꽃바구니가 마치 서당에서 책거리 잔치라도 하듯 마지막 강의의 의미와 강의실 분위기를 한껏 살려 주었다. 첫 시간 강의여서 아침을 거르고 온 대부분의 학생들은 떡을 맛있게 먹고 싸 가기도 했다. 나도 지금껏 그렇게 맛있는 떡은 난

생처음 먹어 본 것 같다.

아내의 아픈 가슴으로 만들어 준, 두 번 다시 없을 나의 마지막 강의 이벤트는 형식은 성공적이었지만, 아내에게 깊은 상처만 주고 나에게는 지워지지 않는 후회를 남긴 채 그렇게 끝이 났다. 나중에 들은 얘기지만 아내는 마지막 강의가 끝난 후 학생들과 함께 기념촬영을 위해 옷을 갈아입고 출발하려던 차에 나의 전화를 받고, 그만 그 자리에 주저앉아 얼마나 울었는지 모른다고 했다. 축제·이벤트를 전공하고도 정작 자신의 깜짝 이벤트 하나도 유연하게 승화시키지 못한 그 순간이 부끄럽고 아쉽기만 하다. 그래도 아내에 대한 미안함과 고마움 그리고 감동을 담은 그때 그 이벤트가 내 인생에 가장 가슴 뜨거웠던 지워지지 않는 마음의 불도장으로 남아 있다.

사는기 머신기요

교직 생활 30여 년이 지났건만 아직도 한 학기가 끝나고 나면 며칠간 몸살을 앓는 버릇이 있다. 학생을 가르치기도 어렵지만 학기말 성적을 낼 때면 더욱 긴장하게 되고 스트레스를 많이 받는다. 누군가를 평가한다는 것이 결코 쉬운 일은 아닌 것 같다. 특히 성적 공시 기간에 성적 확인 요구와 여러 가지 사정을 들어 성적 업그레이드를 요구하는 학생들로부터 걸려오는 전화와 이메일에 일일이 답을 하고 이해를 시키는 일은 참으로 답답하고 번거로운 일이다. 하지만 나의 대학 시절을 떠올리며 학생의 입장으로 돌아가 보면, 이내 이해하는 마음을 갖게 된다.

올해도 좀 심한 몸살이 끝나고 모처럼 인천 본가의 아내 곁으로 돌아왔다. 며칠을 편안한 마음으로 쉬고, 내일이면 다시 직장이 있는 경주로 내려갈 참인데 이틀 남은 아내의 생일이 마음에 걸려 쇼핑을 나서기로 했다. '이제 이 나이면 의미 있는 날 아내에게 품위 있는 선물 하나쯤은 할

266

수 있어야 하지 않겠는가?' 하는 생각으로 제법 가격이 높은 정장 한 벌을, 오직 아내의 만족만을 기대하며 흔쾌히 선물하고, 한가한 오후 시간을 보내고 있던 차에 아내에게 한 통의 전화가 걸려 왔다. 아내는 듣기만 할 뿐, 대답이 없는 짧은 전화! 이내 전화기를 든 채 흐느끼고 있다. '아, 올 것이 왔구나!'

말이 없어도 짐작되는 바가 있어 왈칵 솟아오르는 눈물을 속으로 삼키며, 아내의 등을 토닥여 위로를 해주었다. 한참 후 진정하고 "어디로 가야 하지?" 하고 물었다. "적십자 병원 영안실이래요" "어서 갑시다!" 큰처남은 6년 전 말기 폐암 진단을 받고 그동안 강화, 영종도 등 건강에 도움이 될 좋은 환경을 찾아 비교적 안정된 요양 생활을 해 왔었다.

그런데 최근 들어 병이 악화되어 원자력 병원으로 통원치료를 하다가 두 주 전 중환자실에 입원하게 된 것이다. 지난 주는 위급한 상황이라는 전화를 받고, 가족 친지들이 마지막이라는 생각으로 병문안을 했었고, 우리 부부도 아픈 가슴을 억누르며 곧 회복될 거라고 위로를 했었다. 그렇지 않아도 4년 전 손위 둘째 처남이 먼저 적십자 병원에서 생을 마감했던 곳이라, 그 옆을 지날 때면 늘 마지막 모습이 떠올라 외면을 하곤 했었는데, 또 큰 처남을 그곳에서 떠나보내게 된 것이다. 말이 없어도 모든 것을 느낌으로 알 수 있는 이 곳!

특별히 하는 일은 없지만, 삶과 죽음을 현실로 함께하고 있기에 그 무거운 분위기에 한껏 피로감이 누적되는 느낌이다. 영안실엔 검은 상복을 입은 가족들만이 초췌하고 우울한 표정으로 망자를 지키며 간간이 찾아오는 조문객들을 받고 있다. 술과 음식을 앞에 놓고 조문객들은 각자 나름대로 고인과의 특별한 인연과 추억이 마지막 화제話題가 되어 고마움과 인생무상, 그리고 모처럼 자신의 생을 관조할 수 있는 특별한 송별회장이 되고 있다. 다른 한쪽에선 성당 교우들의 고인을 위한 기도 소리가 연속 이어지고 있다.

"하나님 사랑하는 로미꼬를 하나님 곁으로 보내오니, 하늘나라에서 편안하게 살도록 받아주시옵소서."
"죄를 사하여주시옵소서."
"성인의 반열에서 영원히 살게 하시옵소서."

영원할 수 없는 인생! 결국, 앞서거나 뒤서거나 시간의 차이일 뿐 모두가 가야 할 마지막 길이 아니던가? 잠시 죽음을 잊고 영원히 살 것처럼 착각하며 살고 있을 뿐! 이젠 손위 처남들은 모두 떠났으니, 나이로 따지자면 내 차례도 점점 가까이 다가오고 있다. 피하거나 도망칠 수도 없고, 돈이나 권력으로도 살 수 없는 죽음! 삶의 의미가 새삼스러워진다. 밤이 깊어간다. 가족들만 남아 빈소를 지키는 처절한 외로움을 느끼는 저승 같은 이승의 밤이다.

새날이 밝았다. 매일 맞이하는 아침이건만 눈부신 햇살을 다시 볼 수 있다는 것이 다행스럽게 느껴지는 아침이다. 신중하고 침묵으로 보내는 영안실의 무거운 시간, 말을 하는 것보다 하지 않는 것이 더 어렵다는 것을 실감하게 된다.

　잠시 영안실 밖 느티나무 그늘에서 초등학교 교장인 손아래 동서와 자연스럽게 인생무상, 삶과 죽음, 장례문화, 장차 자신의 죽음에 대한 소회를 서로 나누는 진솔한 시간을 갖기도 했다. 그렇게 또 하루가 지나고 2박 3일 이승에서의 마지막 날이 밝아 오고 있다. 이른 새벽 발인을 하고, 생전에 다니던 성당으로 하직 미사를 위해 떠났다. 그는 캐딜락 리무진에 실려 앞서가고, 우리는 장의 버스를 타고 뒤를 따랐다. 전통 있는 최고급 세단보다, 불편하고 여럿이 함께 타는 이 버스에 아직 앉아 있다는 사실이 얼마나 다행스러운 일인지, 남은 인생 잘 살아야겠다는 생각이 든다.

　미사가 시작되고 밖에선 갑자기 퍼붓는 소나기로 성당의 지붕과 유리창에 부딪히는 빗소리가 세상의 모든 잡음을 단절시켰다. 오직 신부님과 가족, 그리고 교우들의 간절한 기도 소리만이 성당 안을 맴돈다. 정말 '하느님이 존재한다면 좀 도와줬으면 좋겠다.'는 생각이 간절해진다. 비록 답이 없는, 일방적인 부탁이지만 다음으로 가야 할 곳은 부평 공원묘지 안에 있는 승화장이다.

　장의 버스 차창 밖으로 보이는 세상은 아무 일 없다는 듯 여전히 바쁘게 돌아가고 있다. 출근길을 재촉하는 바쁜 모습들, 가게 문을 여는 사람들, 차도車道 가득 이어지는 자동차 행렬, 도착한 승화장 역시 들고 나는 수많은 장의 버스와 승용차, 터미널처럼 북적이는 사람들, 화장을 위한 신청과 접수, 공장의 작업대가 움직이듯 승화장의 시스템이 가동되고 모두가 엄숙한 생의 마지막 분위기와는 어울리지 않는 복잡하고 바쁜 일터의 모습을 연상케 한다. 세상이 변하고 장례의 풍속도 많이 달라졌다는 생각이 든다. 화장을 위한 화로 넘버 17번을 배정받아 눈물로 망자와의 하직 인사를 했다. 산 자와 죽은 자의 영역이 뚜렷해지는 순간이었다.

두 시간이 지나고 유골이 나왔다. 다음 단계로 유골 항아리를 안고, 분골을 위한 수골 창구로 이동하여 접수를 했다. 죽음의 절차도 쉽지 않다는 생각이 든다. 그런데 의외의 충격적인 일이 발생했다. 접수창구에서 고관절 수술에 사용했던 철심을 어떻게 처리할 것인지, 유족에게 묻는 것이다. 살아서 수술 한번 한 적 없는 망자에게 도대체 이게 무슨 해괴망측한 소리인가? 당황스럽기 그지없는 일이다. 자초지종을 확인한 결과 처리 과정에서 유골이 바뀐 것이었다.

'어떻게 이런 황당한 일이 있을 수 있단 말인가?' 결국, CCTV를 통해 수습과정을 확인하여 유골을 제대로 찾기는 했지만, 만약 앞의 망자가 수술한 적이 없던 경우였다면, 그냥 다른 사람의 유골을 모셔갈 수도 있었다는 의미가 아니겠는가? 뒤에서 유골함을 들고 순서를 기다리던 다른 가족들도 모두 긴장과 허탈감으로 말을 잃었다.

'삶은 무엇이며, 그 종점은 어디인가?'

'인생의 시작과 끝은 결국 가족이며 진정한 의미의 무덤, 즉 인생의 종점은 남은 가족의 가슴 속에 있음'을 확인하는 순간이었다. 저승길 2박 3일, 그것은 떠난 사람의 길이 아니라, 남은 사람들의 마음속 길이었다.

여시래如是來 여시거如是去
차생사此生死 불가언不可言
이와 같이 왔다가 이와같이 가는데
이러한 생과 사는 말로해서 무엇하리

성타 큰스님 열반게涅槃偈가 가슴을 적신다. 마지막 장지로 향하는 길 비도 멈추었고 차창 밖으로 보이는 7월의 들녘과 신록은 푸르기만 하다.

"사는기 머신기요? 아무것도 아이시더!"

한 달 전 경주 현곡 들길에서 만났던, 몸빼 할머니의 혼잣말이 귓가에 맴돈다.

나의 산실産室

나 자신을 철저히 합리화할 수 있는 그럴듯한 변명들로 지금까지 아침 산책을 미루어 왔다. 아주 작은 자신과의 약속이지만 아침 산책 겸 운동을 꾸준히 하리라던 다짐이 흐지부지되고 나니, 마음의 빚으로 남아 항상 께름칙하고 몸은 몸대로 둔해지기만 했다. 나름대로 나를 정확하게 보고 있는 아내마저 아침 운동을 다시 시작해 보라고 권유를 한다. 아내의 성화에 모처럼 용기를 내어 작년까지 그렇게 열심히 오르던 소금강산을 다시 오르기로 마음먹고 새벽 어스름을 가르기 시작했다. 골굴사지 사면 석불 앞에는 벌써 촛불로 사위四位가 환하다. 입시 철이 임박했음을 느낄 수 있다.

물론 평소에도 많은 불자佛者들이 찾는 곳이긴 하지만, 경주에서만은 중생과 가장 가까운 부처님이 아닌가 싶다. 약사여래불의 떨어져 나간 팔과 무릎을 어루만지고, 다시 자신의 팔과 무릎을 주무르는 여인의 몸짓이 안타깝기만 하다. 생로병사로부터 중생을 구제하기 위해 출가하신 부처님만은 저 여인의 마음을 헤아릴 수 있으리라.

백률사를 거쳐 탈해왕릉 쪽으로 돌아오는 나의 산책코스 중에 산실産室이라고 이름 붙여놓은 500m 남짓한 작은 계곡이 있다. 비록 길이도 짧고 규모도 작지만, 이곳을 지나는 동안 나는 갖가지 생각을 할 수 있어 좋다. 새싹이 움트는 봄, 잎이 무성한 여름, 단풍으로 가득한 가을, 눈보라 흩날리는 겨울까지 심산유곡에서 느낄 수 있는 깊이와 아늑함, 때에 따라서는 철저히 외로움을 느낄 수 있는 곳으로 이곳에서 나는 나의 하루를 구상하고, 지난 일을 정리하기도 한다. 즉 나의 하루가 탄생 되는 산실인 셈이다.

산실은 바깥 세상이 전혀 보이지 않는 나만의 피난처이기도 하며, 너무 깊지 않아 두려움이 없고 가파른 언덕, 노송과 울창한 대숲, 길섶의 아름다운 야생화들로 가득한 평지, 꼬불꼬불 돌아 올라가는 고갯길이 더없이 매력적인 계곡이다. 계곡을 벗어나면 돌 벼랑 옆에 백률사 대웅전이 자리하고 있다. 순교자 이차돈 대사의 혼이 살아 숨 쉬는 백률사 법당에서 산실에서의 구상들을 다시 한번 점검하고, 부처님 앞에 경건한 마음으로 합장 기도한다.

대웅전 뒤 등산로를 따라 소금강산 정상에 오르면 북쪽 50m 아래 지점에 마애삼존불이 자비롭게 자리하고 있고, 남쪽을 바라보면 경주 시가지가 한눈에 들어온다. 법계에서 중생계를 조망하는 느낌이다. 하산하면 '내가 활동하고 살아가야 할 나의 무대가 바로 저기구나!' 하는 생각이 든다. 부처님의 세계와 중생의 세계를 동시에 느낄 수 있는 곳, 바로 소금강산의 특징이 아닌가 싶다. 비록 번잡하고 시기와 질투, 경쟁과 다툼이 난무하는 세상이지만, 이곳에서 몸과 마음을 정화하고 나면 새로운 에너지로 오늘을 꿋꿋하게 살아갈 수 있으리라.

탈해왕릉 쪽의 하산 길은 솔숲이 무성하고 언제나 남풍이 불어서 좋다. 하지만 왼쪽 계곡에 화장터가 있고, 내려가는 길섶에 공동묘지가 있어 인적이 드문 편이다. 인생을 관조할 수 있는 계기가 되어, 나는 꼭 이 길을 하산 코스로 선택한다. 길옆 산소가 외롭다. 나도 어느 시점엔가는 한 줌 흙으로 돌아가 저 모습이 될 것을 인생 여로에 왕도야 없겠지만, 남을 존경함으로써 겸손을, 어려운 사람의 도움을 통해 허욕에서 탈피를 노약자를 보살핌으로써 건전한 육체를, 즉 하심을 통한 보시의 삶을 다짐하게 된다.

완전할 수 없고 약한 것이 인간이긴 하지만, 최선을 다한 인생에 죽음이 두렵고 서러워할 이유야 어디 있겠는가? 생의 시작과 끝이 보이는 듯하다. 아침 산책코스로는 다소 무거운 느낌이 드는 곳이라 변화를 주고 싶기도 하지만, 조금만 더 내려가면 탈해왕릉이 있고 주변에는 표암(밝바위)도 있다. 비록 짧은 시간이지만 종교와 문화, 사색과 건강을 함께 생각할 수 있는 낯익은 이 길을 나는 내내 가련다. 오늘도 나의 하루를 잉태시키는 나의 산실에서 경주만의 아침을 느낀다.

고마운 사람으로 살기

아내와 단둘이 살고 있다. 비둘기처럼!

정년퇴임을 하고 30여 년 객지 생활에서 이제 본가로 돌아와 그동안 떨어져 산 후유증으로 가끔은 부딪히기도 하고, 때로는 서로를 안타까워하면서 느지막이 인생의 의미를 헤아리듯 확인하면서 살아가고 있다.

함께한 세월이 반백 년에 가깝지만 요즈음 들어 아내의 존재감을 더욱 실감하게 된다. 가끔은 둘이서 젊은 시절의 추억을 되새기며 아이들처럼 희희덕거리기도 하고, 건강관리를 위해 서로를 챙기며 산책이나 골프, 좋아하는 사람들을 만나서 외식하는 일이 일상이다.

최근 들어 세상을 떠나는 친구들과 지인들의 소식을 자주 접하면서 당황스럽기도 하고 생사의 전장에서 들려오는 포성이 점점 가까이 다가오고 있음을 실감하게 된다. '덧없는 삶'이란 말이 쉽게 할 수 있는 한담이 아니라, 바로 절실한 나의 이야기임을 절감하며, 그간 살아온 날들을 회상하고 남은 인생을 점검하는 횟수가 잦아지고 있다. 큰 스님의 법문으로만 듣던 제행무상을 부부가 서로의 변해가는 모습을 확인하면서 사색의 가을도 아닌, 만물이 소생하는 이 아름다운 봄날에 인생을 다시금 관조하게 된다.

나이 들면서 여러 가지로 힘에 부치는 일들도 많아지고 급변하는 현대 생활문화에 자연스럽게 미숙해지면서, 부부가 서로의 미흡한 부분을 채워줘야 하는 동반자의 의미를 절실히 느끼고 있다. 우리 세대까지만 해도 가정에서 남녀의 역할이 뚜렷해서 밥, 빨래, 청소 등 소소한 일들을 남자가 하는 것은 금기시 되거나 웃음거리가 되었지만, 나는 요즈음 아내에게 조금이라도 도움이 될 수 있는 일이라면 묻지도 따지지도 않고 스스로 알아서 하고 있다.

노루 꼬리만큼 남은 내 인생에 그것이 뭐 그리 큰 대수이겠는가? 그저 서로에게 고마운 사람으로 남고 싶은 마음뿐이다. 그동안 직장 관계로 내가 인천과 경주를 오가며 오랜 세월 주말 부부에 이어 월말 부부생활까지 하게 되어, 마치 새끼를 돌보는 어미 새처럼 아내 혼자서 직장생활과 아이 셋을 키우고 교육했다. 동반자로서의 몫을 놓치지 않으려 애를 써 봤지만, 결국 신세만 진 인생이 되고 말았다. 자신의 충실한 직업 수행과 가정을 지키기 위해 일에 함몰되어, 인생의 아름다움을 제대로 의식하지도 못한 채 속절없이 젊은 시절을 보내버린 아내, 벌써 인생 후반의 칠순 노인이 되어버렸다.

　최근 아내의 간곡한 권유로 몇 주간을 서울 압구정동에 있는 치과 병원에 다녔다. 가격도 비싸고 인천에서 거리가 멀어 힘겹긴 했지만, 70여 년간 사용한 이빨이 마모가 심해 남은 인생 마지막까지 사용할 이빨을 제대로 보완하기 위한 결단이었다. 비록 장시간에 걸친 수차례의 시술이 고통스럽긴 했지만, 아내가 해 준 칠순기념 선물이라 고마운 마음은 아픈 만큼 더욱 커짐을 느낄 수 있었다. 부부는 돌아누우면 남이라는 말도 있지만, 나에겐 부모님이 물려주신 이 육신에 아내가 선사한 이빨이 부부의 증표로 더해지게 된 것이다.

　그동안 직장 주변 사람들과 가족들을 중심으로 베푸는 일에 거침이 없었던 아내의 보시 선행이, 드디어 아름다운 칠순 선물로 포장되어 나에게까지 전해진 것이다. 잊을 수도 지울 수도 없는 고마운 인생 선물이 되어 내 몸의 소중한 일부분으로 남아 있다. 옛날 같으면 인생 칠십이면 삶을 정리해야 할 나이지만, 세상이 좋아져서 아내로부터 받은 칠순 선물을, 새롭게 시작하는 남은 인생의 유용한 도구로 여기며 삶의 의지를 다져 본다. 인생은 끝나는 날까지 배우면서 산다고 했던가? 이 나이에 어떤 일이든 용서하고, 받는 것보다는 베풀고 배려하는 즐거움을 누리며 살아야 할 때가 아닌가 싶다.

　이제야 철이 드는 것 같아 조금은 부끄럽기도 하지만, 늦은 만큼 남은 삶을 더욱 부지런히 살아야 할 것 같다. 사람의 마음을 움직인다는 것이 쉬운 일은 아니겠지만, 누군가에게 고마운 사람으로 산다는 것, 그것이 진정 아름다운 인생, 행복한 삶이란 생각을 새삼스럽게 해 본다.

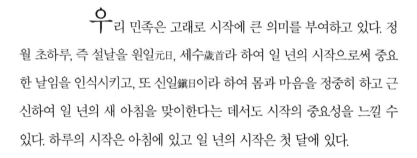

불국의 아침

우리 민족은 고래로 시작에 큰 의미를 부여하고 있다. 정월 초하루, 즉 설날을 원일元日, 세수歲首라 하여 일 년의 시작으로써 중요한 날임을 인식시키고, 또 신일愼日이라 하여 몸과 마음을 정중히 하고 근신하여 일 년의 새 아침을 맞이한다는 데서도 시작의 중요성을 느낄 수 있다. 하루의 시작은 아침에 있고 일 년의 시작은 첫 달에 있다.

그러고 보면 인생의 시작은 아침에 있는 것이 아닌가 싶다. 아침의 의미가 더욱 커짐을 느낄 수 있다. 나는 일과를 마치고 나면 저녁 시간은 아무런 부담 없이 주로 쉬는 편이다. 어떤 이는 내일의 계획을 저녁에 미리 짜놓고 자야 든든하고 잠이 잘 온다고 하지만, 종일 지친 몸과 마음으로 어떻게 밝은 내일을 설계한단 말인가? 물에 젖은 스펀지는 쥐어짜야 물을 다시금 머금으며, 지친 나귀는 물과 여물을 먹이고 쉬게 해야 잘 가는 법이다.

오늘 일은 오늘로써 마무리 짓고, 내일 할 일은 또 내일의 이른 아침에 맑은 정신으로 계획하는 것이 오랫동안 몸에 밴 나의 생활 리듬이기도 하다. 시작을 소중하게 받아들이고 아침에 활동적인 나는, 아침을 일찍 여는 우리 조상들의 피를 그대로 이어받은 신토불이身土不二 토종 한국인 임에 틀림없는 것 같다. 동천동에 거처가 있을 때는 7년을 하루같이 매일 아침 백률사(이차돈 대사의 순교와 관련한 설화가 깃든 절)가 있는 소금강산을 오르내렸다. 거처를 직장이 가까운 성건동으로 옮긴 후로는 전에 다니던 산행코스가 위치상으로 접근성이 좋지 않아 신라의 불적佛蹟 들로 가득한 남산을 오르기로 마음먹었다. 새벽 5시, 자신과의 작은 약속을 지키기 위해 자욱한 안개를 헤치며, 민족의 성산聖山 남산으로 향했다.

서남산 기슭에 도착하여 삼릉 솔숲 길로 들어섰다. 먼저 나란히 자리한 삼릉과 솔숲 사이로 경애 왕릉이 나를 반긴다. 신라 말기 퇴락하는 왕조를 이끌었던 임금들이 고요히 잠들어 있다. 왕릉 주변은 구불구불한 노송들이 빽빽하게 하늘을 가리고 있어, 영산靈山으로서의 기품을 느끼게 한다. 하지만 오르내리는 산행객들에게는 그저 스쳐 지나가는 신라 시대의 알 수 없는 세 개의 왕릉일 뿐, 큰 관심이나 의미를 느끼지 못하는 것 같다. 같은 신라의 왕들이지만 태종무열왕릉이나 해중의 문무대왕릉 선덕왕릉 등과는 달리 애처로운 느낌이 든다. 신선한 아침 솔숲의 향기를 음미하며 한참을 오르니 부처님의 법음처럼 신선한 물소리가 계곡을 메우고, 곧이어 얼굴 없는 석조여래좌상이 나타났다. 합장 삼배를 올리고 있어야 할 부처님의 얼굴을 상상해 본다.

부처님은 은은한 미소를 머금고, '내 얼굴이 없다고 안타까워하지 말라. 나는 얼굴이 없는 것이 아니라 이 사바세계 중생의 수만큼 많으니, 각자 자신의 부처를 스스로 마음 속에서 찾도록 하라.'고 말씀하시는 듯하다 내가 생각하는 나의 부처님은 '오늘도 베풀며 사는 하루를 만들어 가라' 고 법문하신다. 보시의 의미를 되새기며 향한 다음 코스는 마애관음보살 상 선각육존불, 마애선각불이 있는 곳을 찾아 경배하고 다시 정상을 향 해 발걸음을 재촉했다. 계곡 물소리는 점점 작아지고 대신 상선암에서 들 려오는 맑은 목탁 소리가 점점 가깝게 들려온다. 청정한 계곡물에 세수하 고 나니 정신이 번쩍 든다. 물속에 드리워진 남산의 고운 가을 단풍이 한 폭의 그림처럼 푸른 하늘을 배경으로 물 속에서 일렁이고 있다.

상선암 뜰에 올라서니 물소리는 끊어지고, 염불 소리와 향 내음이 그 윽하다. 암자 뒤쪽은 하얀 상사바위 능선이 병풍처럼 감싸고, 앞쪽에 펼 쳐진 기암괴석의 산줄기들이 작은 개골산처럼 아름답다. 비록 소규모의 사찰이긴 하지만 신라 시대로 거슬러 올라가는 축대가 그대로 남아 있어 이 절의 전통을 느끼게 한다.

다시 금오봉을 향해 계단 길을 오르기 시작했다. 왼쪽으로 거대한 자 연 암벽에 높이 6m의 마애석가여래좌상이 뜬 듯 감은 듯 자비로운 눈길 로 미소를 띤 채 중생들을 굽어보고 계신다. 자연에서 나서 자연으로 돌 아가는 우리네 인생의 의미를 말해주듯, 자연석의 좌대 위에 부드럽게 조 각된 마애여래좌상의 모습이다. 자비로운 부처님의 모습에서 신라인들의 후덕함과 따뜻한 인간미를 느낄 수 있다. 오늘을 사는 현대인들이 천년을 소급해서 신라를 그리워하고, 그 당시의 생활 모습과 사회상을 알고자 하는 연유를 알 것만 같다. 그들은 깨달음을 지향하는 고아高雅한 문화생활을 향유 하였고, 그 결과 훌륭한 문화유산을 후손에게 남겨 주었다.

우리 또한 조상들의 문화유산을 소중히 간직하고 보존하면서 이 시대에 걸맞은 문화 창조에 노력해야 할 일이다. 드디어 금오봉 정상에 올랐다. 남산 전체가 자욱한 안개에 묻혀 천년고도 경주는 간 곳 없고, 내가 서 있는 곳만이 안개 속에 섬처럼 떠 있다. 하산 길은 전망이 좋은 바둑바위 코스를 선택했다. 잠시 바둑 바위에 앉아 연꽃 위에 서서 허공을 나는 관세음보살을 상상하며, 명상의 시간을 가졌다. 눈을 뜨니 주변의 꽃들과 지저귀는 새 소리가 마치 불국에서 만나는 아름다운 생명체들인 것 같다. 동쪽 하늘에서 구름 사이로 찬란한 아침 햇살이 쏟아지고 있다. 불국의 아침, 무명無明이 걷히듯 밝은 햇살 따라 안개는 서서히 사라지고 하산 길에 만나는 얼굴들마다 밝은 미소와 활기로 가득하다.

붕디미의 비밀

유년의 뜰, 내 고사리손에는 봄 소풍 용돈으로 받은 20환이 들려있었다. 며칠째 20환을 어떻게 쓸 것인지 행복한 고민을 하고 있었다. 곰곰이 생각한 끝에 좋은 방법이 하나 떠올랐다. 그렇게도 원 없이 먹고 싶었던 사까리를 사는 것으로 결정을 했다. 사까리는 명절에 떡을 하거나 집안 잔치가 있어 단술을 만들 때 점방에 가서 사 오는, 내가 가장 좋아하는 어머니의 심부름이었다. 그럴 때면 집까지 오는 도중 몇 번이고 사까리 봉지를 풀어서 한 알씩 꺼내 먹고는, 표시 나지 않게 다시 싸기 위해 얼마나 가슴 조이며 고민하였던가? 그런데, 이제 내 맘대로 먹을 수 있는 사까리를 20환어치나 가지게 된 것이다. 사까리를 그냥 한 알씩 먹어버리기에는 너무 아깝고 낭비하는 것 같아, 보다 만족스럽게 먹을 수 있는 방법을 다시 고민하기 시작했다. 궁리 끝에 기발한 생각 하나가 떠올랐다.

'내가 소 풀 먹이러 다니는 '붕디미 입 벌린 바위' 밑에 맑은 샘물이 흐르고 있는데, 거기에 사까리를 푼다면 다 녹을 때까지 실컷 먹을 수 있지 않겠는가?' 깊은 산골짝이어서 주변에 오고 가는 사람도 별로 없고, 바위 밑에서 흘러나오는 깨끗한 실개천이니까 그 물에 사까리를 풀고 내가 좋아하는 친구들과 차례로 마실 것을 생각하니, 그것만으로도 마냥 행복했다. 그리고 가장 친한 친구 두 명에게만 이 비밀 계획을 알려주고 함께 마시기로 약속을 해 두었다. 친구들도 입맛을 다시며 좋은 생각이라고 환호성을 질렀다.

그날 이후 우리는 붕디미의 비밀을 함께하고 있는 사까리 삼총사가 되어 더욱 가까워졌고, 친구들은 사까리 주인인 내 맘을 그르칠까 온갖 노력을 다하며 따라 다녔다. 며칠 후 산에 소를 풀어놓기 위해 이른 아침 자기 집 소를 몰고 나온 아이들이 동네 앞 감나무 공터에 모두 모였다. 오늘은 어느 산에 소를 놓을 것인지 의논한 끝에 중미골 돌배나무 위에 소를 풀어놓기로 했다. 중미골은 중(스님)의 묘가 있어서 이름이 붙여졌다고 전해지는데, 골짜기가 깊지 않아 골 안이 훤히 들여다보이는 동네 맞은편 작은 산골짜기로 가파른 고갯길을 넘어서면 해인사로 이어지는 길이다. 고갯마루에는 남녀가 다정하게 서 있는 모습의 희고 큰 상사바위가 있는데, 정분이 난 동네 처녀총각이 야반도주할 때도 이 고개를 넘었다. 또한 나에게 이 길은 국민(초등)학교 입학 전부터 해인사에 어머니를 따라 불공을 드리러 다니던 순례의 길이기도 했다.

소와 사람이 차례로 줄지어 앞 들판과 홍도(빨간 스웨터에 얼굴이 예쁜 아이) 네 주막집을 지나, 큰 개울을 건너 아침 이슬로 가득한 중미골에 도착했다. 소뿔에 고삐를 단단히 감아서 묶고, '학교 파하고 다시 몰러올 때까지 풀 실컷 뜯어 먹고 멀리 가지 말라'고 타이르는 마음으로 소의 볼기짝을 툭 치며 놓아 주었다. 소는 큰 눈알을 굴려 힐끗 쳐다보고는 신바람이 난 듯 산 위쪽을 향해 훌쩍 올라 가 버렸다. 소를 놓고 오는 길에 큰 개울에 도착해서 산 위를 올려다보니 소들은 이미 산꼭대기에서 내려온 아침 안개 속으로 사라지고 보이지 않았다. 돌다리 한가운데 제일 넓은 바윗돌에 엎드려 흘러가는 개울물을 실컷 마셨다. 소도 먹고 나도 먹는 이 시원한 개울물을 나는 좋아했다. 세수하고 개울가에 쌓인 깨끗하고 고운 모래 한 줌으로 이빨까지 닦았다.

이제 학교 갈 준비도 끝이 난 것이다. 학교에서 공부하는 동안에도 쉬는 시간이면 우리 소가 앞산 어디쯤 있는지 늘 확인을 하곤 하는데, 학교가 파할 무렵 산을 올려다봤더니 유난히도 털이 빨간 우리 소가 앞장을 서서 동네 소들을 데리고 중미골 능선을 넘어 붕디미 산마루로 향하고 있었다. 오후에 소 몰러 가면 앞장선 소의 주인이 책임지고 멀리 있는 소들을 모두 몰아오는 것이 우리들의 불문율이었다. 우리 소 때문에 '오늘도 내가 고생 좀 하겠구나!' 생각하니 주인 골탕 먹이는 소가 얄밉고 야속하기도 했지만, 우리 소가 대장이란 생각에 늘 감수해야 하는 일이다.

마침 소가 붕디미 까지 넘어갔으니, 소 몰러 가기 전에 입 벌린 바위 밑 실개천에 사까리를 풀면 좋겠다는 생각이 떠올랐다. 두 친구에게도 "오후에 붕디미에서 사까리를 풀 계획이니 같이 행동을 하자."고 미리 약속해 두었다. 평소 같으면 점심 먹고 큰 개울에서 멱 감고 비석 치기, 삼곳 감자묻이, 덤불 장치기 등으로 실컷 놀다가 해가 서산에 기울 때쯤 소 몰러 가는 것이 일상이었다. 하지만 오늘은 사까리를 푸는 특별한 날이라 모든 것을 포기하고 일찌감치 친구 두 명과 아무도 모르게 보물섬을 찾아가듯 흥분된 마음으로 우리만의 비밀 약속장소인 붕디미 입 벌린 바위를 향해 부지런히 발걸음을 옮겼다. 목적지에 도착하자 우리는 사까리를 풀 수 있도록 흐르는 물을 모래로 막아 작은 웅덩이를 만들고, 돌판을 깔아 엎드려서 편히 물을 마실 수 있도록 만반의 준비를 하였다.

이렇게 완벽한 준비가 끝나고 물 마실 연습을 위해 엎드리니, 큰 바위 밑 깊숙한 곳에서 불어나오는 서늘한 바람이 기분을 더욱 상쾌하게 해 주었다. 서로 말은 없지만, 친구들도 마냥 행복한 얼굴로 입맛을 다시며 사까리 풀기만을 기다리고 있었다.

이제 우리 삼총사만이 달콤한 사카린 물을 실컷 마실 수 있는, 이 세상에서 가장 행복한 순간을 맞이하게 된 것이다. 왕모래가 깔린 개울 바닥에 흐려진 물이 맑아지기를 기다려 속주머니에 깊이 넣어 두었던 사까리 20환어치를 조심스럽게 꺼내어 과감하게 쏟아부었다. 그리고는 순서에 의해 내가 먼저 재빨리 돌바닥에 엎드려 흘러가는 도랑물을 마시기 시작했다.

아, 그런데 어찌 이런 일이!

기대했던 달콤한 사까리 물맛이 아니라, 아무 맛도 없는 맹물이었다. 어이없어 마시고 또 마셔 봤지만, 도저히 납득할 수 없는 일이 벌어진 것이다. 두 친구도 내 말이 믿기지 않은 듯 차례로 엎드려 도랑물을 마셔 보고는, 막대기로 저어도 보았다. 하지만 우리들의 보물, 사까리 20환어치를 한순간에 앗아간 도랑물은 단맛을 숨긴 채 무심히 흘러갈 뿐……모든 것을 잃어버린 사까리 삼총사는 한동안 멍하니 허탈한 마음으로 서로를 바라보고 서 있었다. 마음 같아서는 한 알만이라도 다시 건져내고 싶었지만, 이미 사까리는 작은 모래알 틈 어디로 사라졌는지 보이질 않았다.

아깝고 억울하고 아쉬운 마음에 우리는 아무 맛도 없는 도랑물을 교대로 마시고 또 마시고, 배가 부르도록 마셔댔지만 야속하게도 우리의 귀한 사까리를 삼켜버린 입 벌린 바위 밑에서 흐르는 그 물맛은 여전히 변함이 없었다. 60여 년이 지난 지금도 나의 그때 그 사까리를 품은 붕디미의 도랑물은 '입 벌린 바위' 밑을 여전히 흐르고 있을 것이다.

굿 샷

페어웨이 곳곳에서 굿 샷!, 나이스 샷! 을 외치는 소리가 들려
오고 있다.

골프를 시작한 초기에는 그것이 진짜 굿 샷 인 줄만 알았었다. 하지만
구력이 쌓이고 골프를 서서히 알게 되면서 캐디의 입에서 나오는 굿 샷!
이 아니면, 대부분 영혼 없는 골프장의 메아리임을 알게 되었다.

물론 진짜 굿 샷도 더러 섞여 있긴 하지만, 비록 영혼 없는 굿 샷의 외침
인 줄 서로가 뻔히 알면서도 습관처럼 외치고 있는 것은, 그것이 함께 플
레이하는 사람들에 대한 관심의 표현이자 매너처럼 느끼고 있기 때문이
다. 간혹 급한 마음에 친 공이 떨어지기도 전에, 확인도 하지 않고 굿 샷!
부터 립 서비스 했다가, OB가 나서 다소 겸연쩍기도 하고 혼자 멀뚱해 질
경우도 있다. 하지만 동료들의 플레이를 잘 보고 타이밍에 맞춰 살짝 악센
트를 앞에 두고, 길게 쭉 끌면서 굿~샷! 을 해 주면, 기분을 업 시켜 주는

세련되고 효과적인 굿 샷! 의 립 서비스가 될 수 있다.

평범한 동료의 샷에 가만히 있기는 좀 거시기(?)하고, 그럴 때는 짧게 들릴 듯 말 듯 진짜 영혼 없는 굿 샷을 립 서비스 하면 된다. 그리고 진짜 굿 샷일 때는 큰 소리로 굿 샷을 외쳐주고, 상대가 가까이 있으면 어색하지 않게 하이파이브를 해 주면 더욱 좋다.

만약 적절한 덕담까지 건넨다면 이것은 최상의 립 서비스로, 살짝 감동을 먹을 수도 있어 즐거운 라운딩을 만들어 가는 데 매우 효과적이다 더욱이 골프의 대중화로 너도 나도 골프장으로 몰려다니는 요즈음, 고급 승용차에 멋진 골프웨어를 입고 고가의 골프채를 휘두르며 폼 잡는 맛으로 다니는 사람들도 더러 있는 듯싶다. 이런 경우 굿 샷! 립 서비스는 더욱 위력을 발휘하게 된다.

나와 함께 골프를 즐기는 동지들은 대체로 탁월한 선수도 싱글도 아니어서 날을 세워가며 까다롭게 경기를 하지는 않는다. 나 또한 그저 골프의 격을 떨어뜨리지 않는 수준에서, 원칙에 가깝게 흉내 내며 즐기는 골프다. 경기에 지장을 초래하지 않는 범위 내에서 가끔 농담을 즐기기도 하는, 핸디보다는 라운딩 자체를 즐기는 스타일이다.

시원하게 드라이브를 한 방 날리고, 좋아하는 사람과 아름다운 녹색의 초원을 걸으며 정담을 나누는 것이 마냥 행복하다. 핸디야 잘 나오면 좋지만 못 나와도 별로 개의치는 않는다.

하지만 골프 실력은 변변찮으면서도 골프 매너는 예민하게 느낀다. 슬쩍 알까기 하는 장면을 목격하게 되면 그 사람의 품격을 의심하게 되고 골프의 맛이 뚝 떨어지지만, 매너 있는 골퍼와 함께 라운딩을 하고 나면 결과와 관계없이 자존할 수 있는 계기가 되어, 뒷맛이 개운하고 골프의 참맛을 느끼기도 한다.

수도권 쓰레기 매립장 부지를 활용하여 만든 인천 드림파크 골프 클럽은 거리가 가깝고, 수도권 쓰레기를 받아들인 인천 시민에게 주는 일종의 보상 혜택으로 그린피가 저렴하여 자주 이용하고 있다. 매주 월, 화요일마다 부지런히 마일리지를 쌓아서, 골프모임인 청수회 회원 네 사람은 마음만 먹으면 언제든 라운딩할 수 있는 점수를 두둑이 쌓아 두고 부자가 된 느낌으로 기회를 기다리고 있다.

비록 나의 골프 실력은 빈약하지만, 굿 샷 하나만은 눈치껏 자연스럽게 잘 외치는 편이다. 구력 30년에 남은 건 "굿 샷 !" 이것뿐인 것 같다. 언제나 경기 시작 전엔 버디나 파만 할 것 같은 흥분된 심정으로 굿 샷을 기대하며 티잉 그라운드에 서지만, 끝나고 나면 항상 아쉽고 나인 홀만 추가하면 더 잘 될 것 같은 기분으로 끝이 난다.

'마약 같은 유혹, 이것이 골프인가 보다.'

늦은 나이에 노력한다고 크게 달라질 것이야 없겠지만, 골프채를 들 수 있는 힘이 다하는 그날까지 꾸준히 정진해 볼 참이다.

굿 샷! 익숙한 그 소리가 늘 귓가를 맴돈다.

환승 열차

KTX 신경주역이 개통되어 보다 편리해졌지만, 나는 아직 한 번도 이용한 적이 없다. 그 전처럼 동대구역에서 내려 포항행 단선 열차로 환승해서 경주를 왕복하고 있다. 올해 겨울은 유난히도 춥고 눈도 많이 내려 만나는 사람마다 기상 이변이라고 호들갑이다. 나의 어린 시절 고향 거창 산골에서도 겨울이면 설국처럼 눈 속에 파묻혀 살았고, 봄이 되어서야 앞산 계곡의 눈이 녹아내렸었다. 물론 그때도 '기상 이변'과 '세상 말세'라는 이야기는 수시로 들어오던 이야기였다. 하지만 올해는 유달리 눈이 좀 많은 편이다. 그리고 보면 눈도 적게 내리고 그렇게 춥지도 않았던 지난 몇 년이 오히려 비정상이고, 이번 겨울이 정상이라는 생각도 든다.

인천에서 경주로 출발할 때만 해도 멀쩡하던 날씨가 대전 지나면서부터 뿌옇게 흐려지더니, 대구에 내리니 발목이 빠질 정도로 천지가 눈 세상이 되었다.

경주행 환승열차를 갈아타기에는 30분의 여유가 생겨 동대구역에서 간단하게 요기를 하고 환승열차를 타기로 마음먹었다. 나는 장거리 여행을 할 때면 기차역이나 고속도로 휴게소를 들러 구경도 하고 주전부리하기를 좋아한다. 오늘은 열차 안에서부터 동대구역에 내려 무엇을 먹어야 할지 즐거운 고민을 하면서 내렸었다. 역사 안은 많은 사람들로 북적이고 매우 소란스럽다. 너나 할 것 없이 하얀 눈 속 겨울 여행에 다소 들뜬 모습들이다.

식사를 하고 환승하기에 충분한 시간이었지만, 마음은 급하고 겨울 분위기에 맞는 음식을 찾으려고 헤매다가 결국 가장 빨리 나오는 가락국수를 선택했다. 그곳 역시 앉을 자리도 없이 북새통이었지만, 조금도 불편한 생각 없이 서로 이해하면서 따뜻한 가락국수 한 그릇으로 몸을 녹였다. 세상을 뒤덮은 새하얀 눈이 사람의 마음까지 너그럽게 감싸 주는 것같다. 하지만 경주행 새마을호를 기다리는 3번 홈은 철로 위에 부는 바람이 왜 그렇게 춥고 쓸쓸한지? 한참을 기다려 눈보라 속을 헤치고 기차가 들어왔다.

다소 늦기는 했지만, 이 폭설 대란 속에 기차가 와 준 것만으로도 고맙다는 생각이 든다. KTX가 현대 대중교통을 대표하는 고속 교통수단이라면, 환승열차는 좀 느리긴 하지만 편하고 친근하고 여유와 재미를 느낄 수 있는 인생열차라는 생각이 든다.

쏟아지는 눈 속을 기차가 서서히 움직이더니 이내 고모령을 넘었다.

마치 소설 『닥터 지바고』의 한 장면처럼, 설국의 시베리아를 여행하듯 하늘과 땅의 구분이 없는 하얀 눈 속을 기차가 꽥꽥 소리를 내며 힘차게 달린다. 무장한 러시아 군인들처럼 털모자와 두꺼운 잠바를 입은 사람들이 들뜬 모습으로 기차의 좁은 통로를 부지런히 오간다.

모처럼 접하는 아름다운 겨울 풍경에 그냥 앉아 있을 수가 없는가 보다. 눈을 뒤집어쓴 노송과 철로변의 포도. 대추. 사과밭, 끝없이 펼쳐진 하얀 벌판, 모두가 움직이는 한 폭의 그림이다. 기차가 경주에 들어서자 선도산 아래 눈 덮인 서악동 고분군이 고요한 모습으로 새로운 세상을 연출하고 있다. 천년고도의 입성을 의식이라도 한 듯 기차도 느린 속도로 숨 고르기를 한다. 죽은 자와 산 자가 공존하는 왕릉의 도시, 눈 덮인 고도古都의 뜰에서 삶과 죽음이 둘이 아님을 절감한다.

인생도 결국 환승 열차처럼 삶이라는 열차에서 죽음이라는 또 다른 열차로 환승하는 것이 아니겠는가? 눈 속을 달리는 환승 열차 속에서 인생 열차도 함께 달리고 있다. 남은 인생 아름다운 여정을 위해 하심의 창을 활짝 열어야겠다. 대지를 뒤덮은 눈 밑에선 봄을 향한 또 다른 세상이 시작되고 있으리라.

의사는 병을 고치고 병은 인간을 고친다

인종과 민족, 동서고금을 막론하고 누구나 무병과 장수를 기원하지만, 그것은 바람일 뿐, 한 세상 건강하게 산다는 것은 더 없는 행운이 아닐 수 없다.

얼마 전 건강에 문제가 생겨 큰 부담 없이 병원을 찾았다가 갑자기 발견된 중증질환으로 급히 입원을 하고, 힘겹게 수술까지 받았다. 수술을 전후해 착잡한 심정으로 보낸 지난 한 주 동안, 수많은 생각들이 머릿속을 스쳐 지나갔다. 가장 먼저 떠 오른 것은 죽음이었다. 평균 수명이 길어진 오늘날의 세상살이로 보면 아직 죽기에는 너무 이른 나이이기에 억울하다는 생각이 들었다. 하지만, '의술이 고도로 발달한 현대 의학으로 최선을 다하고도 불가능한 일이라면 어쩔 도리 없이 받아들일 수밖에 없지 않겠는가?' 하는 생각이 들었다.

'사는 동안 최선을 다해 살아왔고, 나름대로 만족감도 느끼며 살았으니 이만하면 한세상 원도 한도 없이 잘 살고 간다.'라고 스스로를 위로하며, 죽음에 대한 불안과 공포를 들어내려 애를 쓰기도 했다.

그런데 냉정해 지려 마음을 다잡을수록, '진정 그렇게 소중했던 내 인생이 여기서 이렇게 끝나고 마는 것인가!' 하는 생각에 서러운 눈물이 쉼없이 흘러내렸다. 그리고 두 번째로 떠오른 것은 죽은 내 모습과 뒷 일들이었다. 하지만 그것은 내가 관여할 수 있는 문제도 아니고, 어떻게 처리한들 무슨 큰 의미가 있으랴. 이내 마음을 접어버렸다. 다음으로 머릿속을 채운 것은 곁에 있는 아내에 대한 생각이었다. 고맙고 미안하고 불쌍한 생각에 마음을 가눌 수가 없었다. 첫 만남에서부터 그동안 함께했던 삶의 추억과 흔적들이 어제 일처럼 선명하게 끝없이 이어졌고, 남은 세월을 모진 슬픔 속에 살다가 외롭게 혼자 떠날 아내의 모습을 생각하니 나의 죽음보다도 오히려 가슴이 더 먹먹해졌다.

남편을 살리기 위해 지극정성 헌신적으로 간병하다 병실 의자에서 쪽잠을 자고 있는 아내의 모습을 보면서, 만약 이번 기회에 건강을 회복할 수만 있다면 여생은 '내가 없는, 그대만을 위한 삶을 살아 보리라.' 고 다짐도 했다.

그리고 늘 그립고 더없이 소중한 아들 며느리 딸 사위 손자 손녀들의 면면이 꿈속처럼 가물거렸다. 좀 더 살갑게 대해 줄 걸, 하는 아쉬움에 가슴이 아팠다. 하지만 그들은 할 일이 많은 젊은 세대들이니 인연의 끝자락에서 잠시 슬픔이 지나가고 나면 무리 없이 잘 살아갈 것이고, 또 그렇게 하는 것이 순리라는 생각도 들었다. 가끔 기억이라도 해 준다면 그것으로 고마운 일이겠지!

또한, 가까이에서 오랜 세월 서로의 삶을 위로하며 마음을 나누었던 고마운 벗들, 그동안 삶의 고비마다 인연을 맺었던 수많은 지인들도 차례로 머릿속을 스쳐 지나갔다. 한 세상 사는 동안 모두가 내 인생에 고마운 사람들 뿐이었다. 삶의 단계마다 함께했던 기억에 남아 있는 자연의 모습들 또한, 어느 것 하나 아름답지 않은 것이 없고, 꿈같은 시절들이었다는 생각이 들었다.

인생을 살면서 병 없이 살 수 있으랴!
어차피 인생의 마무리는 병과 함께 하는 것을……!병이 깊어지면 마음도 예민하고 순수해지는가 보다. 옛 어른들 말씀에 "죽을 때가 되어야 철난다."더니 생의 마지막 단계가 될지도 모른다는 생각이 드는 순간, 병은 스스로의 삶을 반추하도록 깨우침의 계기를 만들어 주는 것 같다.

'작은 병일지라도 삶이 기울어지기 전에 좀 더 일찍 철이 들어서, 다시 태어나듯 새로운 인생을 시작할 수 있다면……;'

그동안 나만 있고 남을 보지 못한 세월, 이번 병치레를 하면서 삶과 죽음, 사후까지 인생 전체를 반추하면서 타인의 삶에도 적극적인 관심을 갖는 계기가 되었다. 또한 매사를 긍정적 시각으로 보고 현재 나 자신의 처지를 늘 만족스럽게 생각하는, 지족하려는 마음도 더욱 확고해 졌다.

'병으로도 고칠 수 없는 병 즉, 중병을 앓고도 생명의 존귀함과 세상에 대한 고마움을 느낄 수 없다면, 그것은 이승에서는 누구도 고칠 수 없는 불치의 중병이 아닐까?'

아직 육신이 고통스럽고 수술과 치료가 더 남아 있긴 하지만, 의사 선생님과 병의 협진協診으로 고쳐 준 귀한 몸과 마음을, 여생 동안 육바라밀을 위한 유용한 도구로 삼으리라 다짐해 본다. '의사는 병을 고치고 병은 인간을 고친다.'라는 것을 몸소 체험하고, 새로운 마음으로 병원 문을 나선다.

천성天性

타고난 개인의 품성인 천성을 바꾸기는 쉬운 일이 아닌 것 같다. 매사를 서두르는 급한 성격을 가진 나는 어릴 때부터 어머니께서 "야 이놈아 안 뺏어 먹는다. 좀 천천히 먹어라." 하고 수시로 타 일렀건만, 종심을 넘긴 이 나이에도 그 급한 성격을 버리지 못하고 늘 내 인생의 과제로 남아 있다. 그동안 삶을 살아오면서 다양한 제도권 교육도 받았고, 아름답고 정제된 삶을 위해 오랜 세월 절에 다니며 명상을 하고 스님의 법문을 들으며, 마음의 다짐도 했었다. 때로는 작은 목표를 세우고 그것을 행동으로 옮기기 위해 나름대로 노력도 해 왔다. 부단한 노력의 결과로 급한 운전습관이나 줄 서서 순서 기다리기 등은 행동하기 전 수시로 점검도 하고 반성하는 노력으로 어느 정도 인위적 제어가 가능해졌다. 하지만 음식을 먹을 때면 무의식적으로 나의 급한 식습관이 그대로 드러나고 만다. 느긋하게 식사를 즐기기로 다짐을 하고 젓가락질을 느리게, 그리고 조금씩 집어서 오래 씹으려 시도를 해 보지만, 입안에 들어간 음식물은 이내 사라져 버리고 만다. 게다가 입에 든 음식물을 다 삼키기도 전에 벌써 젓가락은 다른 음식을 집고 있다. 이토록 급한 나의 식습관 때문에 혀를 깨물어 피를 흘린 적도 한 두 번이 아니었다.

요즈음은 여러 사람이 함께 식사할 기회가 생기면, 의식적으로 고기 굽는 일을 맡거나 다른 사람들을 챙기는 일로 먹는 것을 자제하면서, 식사 속도를 조절하기 위해 노력하고 있다. 거의 수행修行하는 심정으로 인내하며 수시로 마음과 행동을 확인하는 편이다. 그러나 잠시 방심하면 공격적인 나의 식습관은 여지없이 정체를 드러내고 만다. 참 여의치 않은 일이다. 지난주 겸손하고 배려심이 깊은 절친 초등학교 동창 K와 둘이서 모처럼 고향 거창을 찾아 늦가을 경관도 즐기고, 마음 편히 대화도 나눌 겸 2박 3일 일정으로 여행을 떠났었다. 이른 아침 인천에서 출발하여 내비게이션의 안내에 따라 경부고속도로를 거쳐 통영 대전 간 고속도로 함양의 서상 나들목으로 빠져나갔다. 능선 길을 굽이굽이 돌아 청량한 가을 하늘 아래 조용히 가을을 맞고 있는 덕유산 자락 월성계곡으로 접어들었다 아름다운 계곡을 거쳐 거창 관광의 백미로 꼽히는 수승대에 도착했다. 차 한 대 마주치지 않는 덕유산 허리 길은, 한적한 단풍터널과 탁월한 조망까지 우연히 발견한 올해 늦가을 최고의 숨은 비경이었다. 수승대는 삼국시대 때 백제와 신라가 사신을 전별하던 곳으로, 자연경관이 수려하여 이곳을 찾은 많은 시인묵객詩人墨客들이 방문 흔적을 남기고 있다. 점심 식사를 예약해 둔 농가 맛집을 찾아 수승대 맞은편 황산 전통한옥마을로 향했다. 일상생활에서 접할 수 없는 고색창연하고 고즈넉한 전통한옥의

멋과 품위를 느낄 수 있는 전형적인 조선 시대 반가 마을이다.

　농가 맛집에 들어서자 넓은 마당을 지나 골기와 지붕의 한옥 사랑채로 안내되었다. 오직 예약제로만 운영되는 이 맛집의 오늘 손님은 우리 두 사람뿐이었다. 방안은 남쪽으로 난 창호지 문으로 가을 햇살이 담뿍 밀려들어 밝으면서도 아늑한 분위기를 연출하고 있었다. 기대했던 밥상이 들어왔다. 방자 수저와 도자기 그릇에 정갈하게 차려진 음식들이 구미를 당기게 한다. 덕유산에서 채취한 청정 산채들을 재료로 전통적인 조리법을 이용한 건강식이다. 모처럼 전통한옥에서 죽마지우와 양반이라도 된 듯 순서에 따라 들어오는 향토음식을 차분히 여유롭게 음미하기 시작했다 하지만 얼마 지나지 않아 자신도 모르게 음식 먹는 속도는 점점 빨라져서, 마치 속도전을 치르듯 새로운 음식이 들어오기가 무섭게 먹어치우고는, 다음 요리를 기다리는 것이다. 식후 전통차를 마시며 친구가 조용히 미소를 지으며, "너 음식을 좀 빨리 먹는 것 같아. 나이 들면 천천히 먹는 것이 건강에 좋다는데"하고 조심스럽게 조언을 한다. "그래, 내가 좀 빠른 편이지?" 하고 대답은 했지만, 내심 나잇값도 못 하는 것 같아 부끄러운 마음을 감출 수가 없었다.

　희수를 넘긴 노인에게 감히 누가 충고를 해 줄 수 있겠는가? 진심 어린 충고를 해 준 친구의 따뜻한 마음이 짙은 여운으로 남아, 이번 여행의 의미를 더욱 깊게 해 주었다. 다음 여정은 이번 여행의 하이라이트로 삼고 있는 가조면 우두산 자락에 새롭게 만들어진 Y자형 출렁다리 체험이다.

살피재를 넘자 어린 시절 외국처럼 멀게만 느껴지던 외가가 있는 가조면의 전경이 한눈에 들어왔다. 마치 물 없는 백두산 천지처럼 가조 분지를 에워싸고 있는 주변의 산세가 장관이다. 곧바로 의상봉 가는 길을 거슬러 올라 항노화 힐링랜드 주차장에 차를 세웠다. 두 갈래 길이 앞에 나타났다. 왼쪽 계곡 길은 원효대사가 창건하고, 의상대사가 참선했다는 의상봉 아래 위치한 천년고찰 고견사 가는 길이다. 고운 최치원 선생이 심었다는 천년이 넘은 은행나무가 있어 방문객들이 많이 찾고 있는 사찰이기도 하다. 우리는 출렁다리로 가는 가파른 오른쪽 등산로를 선택했다. 가쁜 숨을 몰아쉬며 한참을 올랐다. 중간 쉼터에 도착하자 아름다운 계곡의 경관을 즐길 겨를도 없이 목적 달성을 위해 경쟁이라도 하듯, 또다시 서둘러 올라온 내 모습을 발견할 수 있었다. '뭐가 그리 급한가? 천천히 현재를 즐기자' 혼잣말을 하듯 마음을 가다듬으며 자책보다는 스스로를 격려하기도 했다. 드디어 출렁다리 입구에 도착했다. 우두산 기슭 600m 지점, 깎아지른 협곡에 세 방향의 암봉을 연결하여 만든 국내 최초의 교각 없는 Y자형 출렁다리라고 한다. 한국 건축기술의 세계적 수준을 가늠할 수 있는 놀라운 광경이란 생각이 들었다. 멋진 자연경관과 고도의 기술이 접목되어 시너지 효과를 창출하여 창조적 아름다움을 연출하고 있었다. 하산 길에 용담소 마을의 부녀회원들이 손수 빚었다는 햇도토리 떡을 한 팩 사서, 무장애 데크로드를 걸으며 모처럼 여유를 즐길 수 있었다.

다음 목적지는 내 마음의 고향이자 언제나 머물고 싶은 곳 해인사다 해인사로 가기 위해 옛 고만리 들길 쪽으로 차를 몰았다. 어린 시절 어머니 손 잡고 발이 붓도록 걸어서 부산마을 외갓집을 갔던 멀고도 아득했던 고만리 들길을, 승용차를 운전하여 포장도로를 달리는 현실이 어색하기만 하다. 반겨 주시던 외할머니, 외할아버지도 모두 세상을 떠나시고, 가슴을 베듯 새로 난 자동차도로가 빈 들판을 가로지르고 있다. 옛 추억에 가슴이 아리다. 해인사에 도착하자 숙소부터 정하고 이내 홍류동 계곡 소리길 탐방에 나섰다. 다소 늦은 가을이지만 계곡을 가득 채운 단풍과 그 밑을 흐르는 맑은 물, 상큼한 숲의 향기, 물소리 새소리, 숲을 흔드는 미풍에 모처럼 모든 상념을 잊고 오직 현재만을 즐기며 오감으로 느끼는 만족감을 실감할 수 있었다.

아침 일찍 일어났다. 아침 식사는 사과와 감, 도토리 떡 몇 점으로 대신하고, 어제 걷지 못한 나머지 소리길을 걸어서 해인사 큰절에 도착했다. 아침 공기가 초겨울 날씨처럼 다소 쌀쌀하지만, 아름다운 경관과 산사의 분위기에 흠뻑 취해 '살아 있음이 곧 행복이구나!' 하는 깨달음을 얻을 수 있었다. 정제된 차분한 마음으로 대웅전에 들러 '남은 인생 서둘지 않는 마음의 여유를 갖도록 노력하며 살겠다.'라고 부처님 전에 서원하며 예불을 올렸다. 다음 행선지는 충북 영동이다. 누구든 완벽한 천성을 가지고 태어날 수는 없는 일이다. 부족한 부분은 그때그때 개선하며 살아가는 것, 그것이 깨달음이요 인생이 아니겠는가?

* 고만리들: '천년도읍지 전설'이 있는, 거창군 가조면 수월리 상수월 마을에서 일부리의 부산마을에 이르는 넓은 들판
* 살피재: 거창읍과 가조분지를 넘나들던 고갯길 도둑을 피해 살피며 넘던 고개에서 유래

인연의 끝자락에서

타향살이 30여 년, 정년퇴직 후에도 살던 아파트를 처분하지 못하고 한 달에 한 번 정도 경주를 방문하고 있다. 그런데 연 초부터 경주 아파트 베란다의 식물들을 정리하는 것이 어떠냐는 아내의 조심스러운 제의가 있었다. '제때 물을 주지 못해 식물들을 고생시키고, 본인도 늘 초조하게 마음을 쓰느니 차라리 다른 사람들에게 나누어 주는 것이 좋겠다.'라는 것이다. 일리가 있는 얘기긴 하지만, 20여 년 나와 삶을 함께 해 온 정든 벗들과 이별을 해야 하고, 그동안 내 삶의 흔적이 사라지는 것 같아 생각만 해도 가슴이 미어져 쉽게 결정을 내리지 못하고 마음의 갈등만 키우고 있었다.

퇴직 후 경주에 대한 나의 미련을 늘 못마땅해하는 아내가, 내 마음을 헤아려 주지 못하는 것 같아 내심 섭섭했지만 생각해보자고 애매한 대답을 해 두었다. 그런데 결정을 해야 할 마지막 순간이 오고야 말았다. 마침 문경에 출장 갈 일이 생겼는데, 내려간 김에 경주까지 들러서 이번 기

304

회에 화분 문제를 꼭 해결하고 와야 한다는 것이다. 장기간의 유럽여행을 앞두고 있기 때문이다.

어린 시절 시골 고향에서 추석 명절을 쇠기 위해 우리 물방앗간에서 기르던 돼지를 잡아 동네 집집이 나누고는 돼지고깃값을 받지 못해 애를 먹었던 그 시절이 떠올랐다. 어머니는 나를 내촌 김 씨네 집에 가서 돼지고깃값을 꼭 받아오라고 보내셨고, 그 집은 이미 몇 차례나 방문한 적이 있었지만, 돈은 주지 않고 오히려 돈 받으러 온 나를 어린애라고 무시하고 야단치며 문전박대했었다. 그때마다 빈손으로 집에 돌아갈 수도 없고, 다시 그 집 대문을 두드리기가 두려워 문 앞에 서서 어린 가슴 조이며 얼마나 고민하였던가? 한참을 망설이다가 대문을 두드리고는 두려워 도망가기도 하고, 몇 번을 되돌아가다가 용기 없는 자신을 질책하며 다시 대문을 두드려야 했던 진퇴양난의 그때 그 순간이 가슴 속 불덩이가 되어 울컥하고 올라왔다. '그래, 이젠 퇴직을 했으니 어차피 혼자만의 경주 생활이 아닌, 아내와 함께 인천 본가에서의 새로운 삶을 살아야 할 시기가 아닌가?'

어머니와의 약속을 위해 용기를 내어 대문을 다시 두드렸듯이, 이제 아내의 간곡한 부탁을 위해 마음은 아프지만, 식물 친구들과의 인연을 이쯤에서 접기로 마음먹었다. 고민 끝에 경주 용담정 솔밭 입구에 한옥 전원주택을 새로 지은 절친 李 교수에게 전화하여 화분 정리 계획을 얘기하고, 내일 아침 9시 전후해서 내 아파트로 화분을 실으러 와 달라고 약속을 해 두었다.

문경에서 용무를 끝내고 경주로 향했다. 떠나보낼 식물 가족들의 모습과 함께했던 시간들, 장차 그들의 운명, 이런저런 생각에 속도감도 모르고 고속도로를 달리다 보니 평소 멀-게만 느껴졌던 경주에 쉽게 당도했다. 집에 들어서자 내일이면 보내야 할 베란다 식물 가족들을 눈으로 사진을 찍듯 애절한 마음으로, 하나하나 가슴속에 담으며 마지막 물을 듬뿍 주었다. 온갖 생각에 밤새 잠도 오지 않고 아침 일찍 일어나 베란다로 나갔다. 힘든 일이긴 하지만, 이 교수가 도착하기 전에 식물들과 마지막 석별의 정도 나눌 겸 화분들을 밖으로 내 가기 좋도록 일일이 내 손으로 직접 거실로 옮겨 놓기로 마음먹었다. 거의 수명이 다한, 그리고 나만의 귀한 벗으로 의미를 부여했던 잡초는 내 손으로 미리 정리하는 것이 좋을 것 같아 직접 거둬 내고, 다른 화분의 식물과 에어컨 실외기까지, 온 베란다를 제 마음대로 종횡무진 감고 있는 마 줄기는 아침 내내 줄기가 상하지 않도록 조심해서 풀어주었다.

애써 단단히 붙들고 놓지 않으려는 마 줄기들을 억지로 하나하나 풀면서 번거롭거나 짜증스럽기보다는 오히려 한없이 미안한 생각이 들었다. 나무줄기에서 내린 수많은 잔뿌리가 화분에 뿌리를 박고 열대의 멋을 뽐내던 학장 취임 기념 선물 팬더, 어린 모종이 자라 지금은 품위와 아름다움으로 기대와 사랑을 받고 있는 학생 조교가 주고 간 수국, 20여 년간 해마다 한 개씩 귤을 수확하여 가족과 알뜰하게 나눠 먹고 있는 귤나무, 추운 겨울 수종도 모르고 입양하듯 길섶에서 데려온 사철나무, 그리고 꾸준하게 살아남아 준 난 화분들, 각자 첫 인연들을 떠 올리며 거실 바닥에 신문지를 깔고 차례대로 옮겨 놓았다. 머리와 얼굴에 맺힌 땀방울이 범벅이 되어 눈물처럼 흘러내렸다. 보내야 할 식물들을 내어놓고 아침밥을 먹자니 그들 생각에 밥맛이 없어 먹는 둥 마는 둥 간단히 식사를 끝내고 말았다. 더욱이 李 교수가 수국을 비롯해서 일부 화분만을 골라 가겠다는 의사를 추가로 보내왔었다.

잠시 후면 이 교수의 선택에 따라 달라질 그들의 운명을 생각하니, 극심한 경쟁 사회에서 가는 곳마다 비교에 의해 선택을 기다리는 오늘날 청년 구직자들이나 매한가지란 생각이 들었다. 안타깝게도 송별을 앞둔 이 순간 식물 친구들을 위해 내가 할 수 있는 것은 '행운을 빈다.'라는 작별의 말밖에 아무것도 떠오르질 않는다. 영원한 이별인 죽음 앞에서조차 더 좋은 곳, 극락이나 천국행을 위한 명복(행운)을 빌 수밖에 없듯이⋯⋯결국 그것은 남은 자의 위안을 위한 가장 형식적이고 손쉬운 마지막 고별의 한 방편일 뿐이란 생각이 들었다.

전화벨이 울리고 곧 李 교수가 아파트에 도착했다. 도움을 청한 아파트 경비원도 함께 올라왔다. 송별을 위해 거실에서 다시 대문 앞 복도까지 내어놓았던 화분들을 엘리베이터에 실어 아파트 입구로 옮기기 시작했다. 그런데 李 교수가 의외로 가장 큰 팬더는 열대식물이라 마당에서 겨울을 나기가 어려울 것 같아 인수를 포기하겠다는 것이다. 우리 집에서 가장 오래되고 귀하게 여기던 대장 나무가 한 순간에 갈 곳 없는 천덕꾸러기 신세가 되고 만 것이다.

'이 일을 어떻게 할 것인가!' 난감한 상황에 한동안 마음의 갈피를 잡을 수가 없었다. 일단 대장 나무를 아파트 화단에 분리해 놓고 나머지 식물들만 차에 싣기로 했다. 착잡한 심정으로 차에 화분을 싣는 동안 온통 '이 나무를 어떻게 구출할 것인가?' 하는 방법만을 궁리하고 있었다. 생존에 위험이 있긴 하지만 아파트 화단에 심던지, 아니면 이웃이라도 찾아다니며 "귀하고 아까운 나무이니 잘 키워보라"고 권유해 볼 심산이었다. 화분 싣기가 끝나고 차를 떠나보내기 전 李 교수에게 "이 식물 친구들을 나를 대하듯 잘 보살펴 달라"고 신신 당부를 했다. 그때 아파트 경비 아저씨가 남겨 놓은 팬더를 보며

"이 나무 보통 나무가 아닌 것 같은데, 제가 한번 키워보면
 안 되겠습니까?"
'아, 이렇게도 반갑고 고마운 일이!'

다행히 대장 나무의 연륜과 가치를 알아보시고, 본인이 기꺼이 가져가겠다는 뜻을 밝혀 겨우 한숨을 돌렸다. 인연의 끝자락에서 나 역시 이젠 이들의 행운을 빌어야 할 때가 된 듯싶다. 몇 억겁을 돌고 돌아 언젠가 다시 만날 그 인연을 기대하며, 마음속에 영원히 남기기로 했다. 오랜 세월 갖은 어려움을 견디며 나와 함께 해 준 식물들이 고마울 뿐이다.

그들의 행운을 빈다.

꺾어진 날개

풋풋한 교사 시절 직장에서 나름대로 올바른 교직의 길을 생각하며, 뜻 맞는 선·후배 동료 다섯 명이 남의 눈 아랑곳하지 않고 돈독한 우정을 쌓아왔었다. 힘겨운 직장생활을 서로 돕고 격려하면서 함께하는 즐거움으로 직장의 어려움도 극복할 수 있었다. 퇴근길엔 시시덕거리며 함께 하는 즐거움을 하루의 낙으로 삼고 살았었다. 신포동 골목길 목로주점에서 술잔을 기울이며 시간 가는 줄 모르고 직장의 문제점과 세상사를 논하기도 하고, 동인천 삼치 집 주인의 후덕한 인심에 세상 고맙게 사는 방법을 깨우치기도 했었다.

고갈비 골목을 누비며 한 잔 걸치고 나면, 직장의 스트레스는 물론 복잡한 인생사, 세상사 모두가 해결되었다. 「독수리 오형제」 모임은 그렇게 탄생이 되었다. 세월이 흘러 서로가 헤어져 다른 곳에서 직장생활을 하면서도 사십여 년을 이어 온 「독수리 오형제」는 벌써 희수 안팎 장년의 독수리가 되었다. 그런데 헤라클레스처럼 건장하고 정년 후엔 사이클로 전국을 누비며 건강을 자랑하던 1번 선배 독수리가 희수를 갓 넘긴, 아직 살만한 나이에 루게릭병으로 갑자기 세상을 떠났다. 지난 2월 세월의 무상함을 아쉬워하며 전화로 새해 인사도 나눴었는데, 나중에 안 사실이지만 그는 1년 전부터 이미 투병 중이면서도 내색을 하지 않았고, 중환자실 입원 3개월 만에 일체의 전화와 면회를 사절한 채 스스로 곡기를 끊어 세상을 하직하고 말았다.

나와는 동갑내기인 그 선배가 여유 있는 노년의 아름다운 삶을 남겨 놓고 허무하게 떠나버렸다. 만나면 농담도 하고 서로를 골리며 친근감을 표시했던 그를 말 한마디 못하고 떠나보낸 것이 너무 안타깝고 가슴이 아프다. 나머지 독수리들도 허탈한 심정으로 6개월을 보내고, 오늘은 꺾어진 날개로 상처 입은 남은 독수리들이 그를 추모하기 위해 모이기로 한 날이다. 장소는 늘 함께했던 그 집, 인천집에서 만나기로 했다.

평소와 달리 약속 시각도 되기 전에 서둘러 네 명이 모두 모였다. 웃음기 잃은 얼굴들, 서로를 격려하듯 인사를 나누고 평소 앉던 5인 독수리의 고정석에 자리했다. 기다려도 오지 않는 1번 독수리!
술과 안주가 차려지고 주모가 들어와 합석하며 반갑게 인사를 한다.

"아직 한 분이 안 오셨네. 좀 늦으시나 보죠?"

우리는 주모에게 가슴 아픈 사연을 털어놓고, 고인의 명복을 빌며 추모의 잔을 울컥울컥 삼켰다. 산 자와 죽은 자의 구분이 뚜렷해지는 순간이다. 지난 40여 년간 쌓아 온 인연을 토대로 나름대로 추억을 더듬으며, 삶과 죽음에 대한 푸념 같은 인생 이야기는 끝없이 이어졌다. 독수리가 창공을 날 듯 함께했던 젊은 날들이 엊그제 같은데, 이젠 참새 가슴처럼 위축된 독수리가 되어 화려했던 그 시절을 회상하며 아파하고 있다. 하지만 세상은 남은 사람들의 이야기일 뿐, 그는 말없이 떠나갔다.

나고 죽는 일이 어디 사람의 마음대로 될 일인가?

시간의 차이일 뿐 남은 독수리들도 언젠가는 하나둘 차례로 북망산을 향할 것이고, 결국은 모두 사라져 가겠지만 아직은 살아남은 독수리로서 그의 명복을 빌 뿐이다.

생일 여행

이나이 먹도록 생일날에는 으레 미역국이 있는 밥상과 생일선물을 주고받으며 잔치를 벌였었다. 그런데 이번 생일부터는 전통적인 생일잔치 대신 생일 여행을 떠나기로 마음을 바꿨다. 매년 부모의 생일에 선물을 신경 쓰는, 살기 바쁜 아들딸들의 모습도 그렇고, 나 또한 생일을 핑계로 옛 추억이 깃든 곳이나 마음에 두었던 새로운 관광지를 찾아 버킷리스트를 해결하듯 마음 편한 여행을 하고 싶었다. 자식과 부모 간에 서로가 부담 없이 생일의 의미를 살릴 수 있는 방안으로, 먼저 한 달 간격인 아내와 내 생일을 하나로 묶었다. 그리고는 번거롭게 선물이나 음식에 신경 쓸 것 없이 얼마간의 생일 여행 성금을 지원해 줄 것을 미리 당부했다. 평생을 그토록 중요하게 여겼던 미역국 생일상이 없는 생일을 생각하면 다소 횡한 기분이 들기는 하지만, 아내와 함께 미역국은 올해로 졸업을 하자고 굳게 약속을 하고 마음을 바꾸고 나니 홀가분한 느낌도 든다.

'한 생각 바꾸고 나면 이렇게 자유로운 것을⋯⋯.'

일단 여행 첫날 차를 몰고 제천으로 떠났다. 꼭 한번 먹어보고 싶었던 향토음식이 있었기 때문이다. 한적한 산촌 가정집 같은 식당임에도 이미 먼저 온 식객들이 방안 가득 대기하고 있었다. 음식의 신선함을 위해 주문을 받고 요리를 시작하기 때문에 기다리지 않고는 맛볼 수 없는 음식이란다. 한참을 기다려서 산초 두부구이, 감자옹심이, 묵밥, 감자전, 도토리 빈대떡 등이 차례로 나왔다. 평소 쉽게 맛볼 수 없는 건강식이다. 한 가지씩 천천히 음미했다. 소박하고 정직한 음식 맛이 먼 거리를 달려온 피로감을 잊게 해 주었다. 인간관계도 이런 맛을 느낄 수 있는 사람이 있다면 천 리 길도 한걸음에 달려갈 텐데……. 소박한 정이 늘 그립다. 식후 디저트는 뜰 앞 뽕나무에 까맣게 지천으로 열린 오디를 따먹으며 어린 시절을 추억할 수 있었다.

다음 행선지는 호반 도시 충주다. 남한강과 아름다운 정원, 문화유산이 어우러진 중앙탑 사적공원을 찾았다. 산책을 시작했는데 얼마 지나지 않아 갑자기 허리와 다리에 심한 통증이 느껴지기 시작했다. 십여 년 전 허리협착증으로 고통을 겪으며 수술까지 고려했던 적이 있었는데, 아무래도 요즈음 무리했던 장거리 운전으로 그 병이 도진 것 같다. 마치 숨이 멎을 것 같은 고통으로 한 걸음이 지옥이다. 강을 배경으로 잘 정비된 아름다운 공원과 소중한 문화유산도 지금, 이 순간 나에겐 아무런 의미가 없다. 일찌감치 예약해 두었던 수안보상록호텔로 가서 여장을 풀었다. 잠시 한숨 돌린 후, 흘러가는 시간이 못내 아쉬워 다시 거리로 나갔다. 마음만 있을 뿐 고통은 여전하다. 아내의 손을 잡고 힘겹게 한 걸음씩 걸으며, 장애인들의 모습을 떠올렸다. 멀쩡하던 사람도 한순간에 장애인이 될 수 있음을 실감하며 장애인의 모습으로 그렇게 걸었다. 마음이 원하면 몸이 따르는 것이 당연한 이치지만, 몸이 아프면 마음이 있어도 어쩔 수 없는 일, 마음뿐인 현실이 무슨 의미가 있으랴? 여행도 한때라는 생각이 든다. 더 이상 걸을 수가 없어 상가商街 음식점에 들러 다슬기탕을 안주 삼아 복분자주 두어 잔으로 충주 관광을 아쉽게 마무리했다. 아침 일찍 온천수로 샤워를 하고 안동으로 향했다.

2일 차 목적지는 영주지만 안동을 먼저 찾은 이유는, 안동 전통시장의 찜닭 골목에 들러 원조안동찜닭을 꼭 먹어보고 싶었다. 전국 가는 곳마다 안동찜닭이야 많이 있지만 오리지널 그 맛이 너무 궁금했었다. 역시 원조를 인정할 수밖에 없는 분위기와 맛을 느낄 수 있었다. 고통스러운 몸을 이끌고 영주시에 들어서자 아내의 권유로 병원부터 들러서 엑스레이를 찍고 주사를 맞고 약 처방까지 받았다. 예상했던 대로 허리협착증이 원인이었다. 관광을 하는 중에 병을 치료해야 하는 입장이 되고 보니, 건강의 소중함이 더욱 절실하게 느껴졌다. 치료 후 다소 통증이 완화되긴 했지만, 결국 애초에 계획했던 부석사와 무섬마을 관광은 무리일 것 같아 일찍 호텔로 가서 온천욕을 하며 휴식을 취했다.

휴식도 의미 있는 생일 여행의 한 과정이니까!

오늘이 진짜 생일날이다. 아침부터 며느리 사위 아들딸 손자 손녀들로

부터 축하 문자가 들어오고, 우리도 여행의 하이라이트 순간들을 영상으로 전하며 안부를 확인해 주었다. 생일 여행 선물로 영주 향토특산물을 아들딸들에게 택배로 보내고, 여유롭게 여장을 챙겨 이번 여행의 최종 목적지인 경주로 향했다.

경주는 현직 시절 30여 년을 보낸 익숙하고 정든 곳이다. 생일 점심상은 다소 격식을 갖춘 레스토랑을 선택했다. 과거에 즐겨 찾던 곳이다. 수석과 사진으로 분위기를 살린 우아한 실내 장식, 품위 있는 상차림에 단정하고 친절한 종업원의 서비스가 내가 다니던 그 시절보다는 한층 업그레이드된 느낌이 들었다. 만족스럽게 풀-코스 요리를 즐기고 나오는데, 안주인께서 옛 기억을 되살려 반갑게 인사를 한다. 그리고는 바로 옆 정원수 농장 사무실에 남편이 있으니, 만나면 무척 반가워할 것이라며 안내해 주었다. 세월이 흘러 서로의 모습은 조금 변했지만, 이내 알아볼 수 있었다 오랜만에 절친을 만난 듯 포옹하며 인사를 나누었다. 떠날 때는 부부가 우중에 농장 입구까지 먼 거리를 걸어 나와 따뜻이 배웅해 주었다. 그 오랜 세월이 일시에 소급되는 우연한 재회, 여행의 참맛을 절감하는 순간이다. 촉촉이 내리는 빗속에 분위기 있는 찻집을 찾아 한 번쯤 가보고 싶었던 천북에 있는 『자연을 닮은 카페』를 찾았다. 고즈넉한 분위기 속에 빗소리를 들으며 우중의 망중한을 즐기기에 제격이다.

전통차 향기가 내리는 빗물처럼 온몸에 스며든다. 생일 여행을 마무리하는 날이다. 경주 서남산 기슭 포석로에 있는 수육 칼국수 맛집에 들러 점심을 먹고, 곧바로 옛 추억이 깃든 삼릉 솔숲 산책에 나섰다. 마음대로 자란 구불구불한 소나무들, 파란 이끼가 가득한 거북등 같은 노송 껍질 삼릉을 향해 머리를 조아리듯 낮게 드리운 소나무 가지들, 가장 한국적인 아름다움을 느낄 수 있는 자연경관이다. 뜻하지 않게 삼릉 앞 길섶에서 빨갛게 익은 산딸기를 두 홉이나 땄다. 칡 이파리 쟁반에 담아 먹는 산딸기의 맛이 싱그럽고 달착지근하면서도 쌉싸름하다. 몸과 마음이 힐링 되는 느낌이다. 평생을 신앙처럼 여겼던 미역국에서 해방되어 처음 시도 했던 부부 생일 여행, 허리 통증의 해프닝은 있었지만, 가장 여유롭고 마음 편한 여행이었다. 벌써 내년 생일 여행이 기다려진다.

허전한 오후

언제부턴가 무엇을 해도 마음 한구석엔 늘 허전함이 자리하고 있는 것 같다. 오늘은 평생동행 청수회 두 집 부부 모임이 있는 날이다. 즐겁고 색다른 시간을 갖기 위해, 나이 든 사람들이 좀처럼 선택하지 않는 송도신도시 센트럴파크의 핫플에 있는 재즈바에서 만나기로 했다. 마침 비가 내려서 행인들도 뜸하고 번화가의 분위기도 차분히 가라앉았다. 2층 카페에서 내려다보는 창밖은 장맛비가 세차게 내리고, 수상택시가 한적한 센트럴파크 호수 공원을 유유히 가로지르고 있다. 낭만과 여유가 느껴지는 풍경이다.

옆 좌석엔 젊은 연인인 듯한 커플이 창가에 앉아 다정한 모습으로 레드와인에 피자와 스파게티를 먹으며 한껏 재즈바의 분위기를 즐기고 있다. 하지만 뷰가 더 좋은 곳에 자리한 우리는 자연스럽게 근황과 관심사를 주고받다 보니, 대화의 내용이 사랑도 재즈도 아닌 최근 지인의 죽음

에서부터 오랜 병마로 고생하던 친구의 자살 시도 소식 등 인생의 무상함
과 우울한 노년의 삶을 얘기하고 있었다. 재즈 음악이 울려 퍼지는 카페
분위기와는 거리가 먼 얘기들을, 마치 사자가 노리고 있는 야생의 벌판에
서 불안하게 노닐고 있는 가젤의 심정으로!

　모처럼 즐거운 주말을 위해 찾은 곳이지만, 옆좌석 젊은이들에게는 사
랑을 속삭이는 아름다운 장소가 되고, 우리에게는 인생 말년의 우울한
대화를 나누는 삭막한 식당이 되고 말았다. 와인에 고급 안주도 별 의미
가 없고, 재즈 연주도 큰 감흥을 주지 못했다. 음악과 연주가 끝날 때마다
박수를 치며 호응은 했지만, 1부 공연이 끝나자 우리는 자리에서 일어나
카페를 나오고 말았다.

　비는 더욱 세차게 내리고 밤은 깊어가지만 그대로 귀가하기엔 아쉽고
허전한 마음에 발길이 돌아서지질 않아 다시 '인생술집'을 찾았다. 빈 좌
석이 없을 정도로 젊은 손님들로 가득하다. 그 틈에 앉아 우리도 맥주와
어묵국, 모듬전을 시켜 놓고 2차를 시작했다. 촉촉하게 비 내리는 주말, 옆
에는 친구, 앞에는 아내가 함께하고 있다. 술을 즐기기엔 더 없이 좋은 조
건이건만 장소를 바꿔도 즐거움 속에 스며 있는, 알 수 없는 외로움과 허
전함은 가시지를 않는다. 아마도 장소의 문제가 아니라, 나이에 따른 인생
의 자연스러운 현상이 아닌가 싶다. 긍정적인 생각으로 마음의 평정심을
되찾아야 할 것 같다.

젊은 시절엔 젊음의 아름다움을 만끽하며 살았으니, 나이 들어서는 노년에 느낄 수 있는 허전하고 외로운 인생의 맛도 자연스럽게 받아들이며 살아야 할 일이다.

늙은 모습으로 젊은이 같은 삶을 살기 위해 애쓰기보다는 현재 자신의 모습에 걸맞은 삶을 찾아서 누리는 것도 아름다운 인생의 모습이리라. 늙고 병들고 죽는 것이야 인생살이의 당연한 과정, 피할 수 없다면 그때그때 인생의 주기마다 주어진 삶의 매력들을 찾아서 누리는 것이 노년 인생의 상책이 아니겠는가? 평생 수행해도 내려놓지 못하는 분별심처럼, 쉽지야 않겠지만 남은 인생 수행의 과제로 삼고 살아갈 일이다. 허전했던 오후가 검은 밤의 빗물 속으로 저물어 가고 있다.

발문

파도리 보리수나무 그늘에서
그윽하고 향기롭게

성 덕 화

　초당 서태양 작가님이 세 번째 수필집 『사는기 머신기요』를 펴냈다. 칼럼집까지 치면 네 번째, 두 권의 시집까지 합하면 여섯 번째 작품집이 맞다. 늦깎이로 등단해서 참 부지런하게 글 농사를 지으셨다는 생각에 먼저 축하와 부러운 인사를 전하고 싶다. 무엇보다도 시와 수필 칼럼 때로는 동화 소설까지 넘나드는 멀티 작가로서 왕성하게 활동하고 계심에 존경해 마지않는다.

　詩야 함축 속에 자신을 숨기고 소설은 플롯 뒤에 자신의 내면을 넌지시 꿍쳐둔다지만 수필은 오롯이 글쓴이의 생각, 느낌, 가치관, 경험 등 개인적인 일이나 고백 등 작가의 개성이 있는 그대로 벌거숭이로 드러난다고 볼 때, 가장 사람 냄새 나는 정겨운 문학작품이 바로 수필 장르가 아닐까? 작가는 수필로 먼저 등단하고 나중 詩로 등단을 했지만 살아나온 삶 자체가 詩같이 함축적이지 않고 소설처럼 장황하지도 아니하였으며 어디에도 매이지 않고 물 흐르듯 자연스럽게 수필적(?)으로 살아왔기에 어쩌면 전자에 더 애착을 갖는 듯하다. 성격이 의뭉하지 않고 화통해서 자신의 개성을 겉으로 드러내어 겪은 일을 사실대로 솔직하게 쓰는 일을 즐거워하는 작가이다. 작가의 글을 읽고 있노라면 작가의 그러한 외향적 취향을 온전히 느낄 수 있어 때로는 유쾌하고 때로는 행간에서 말을 걸어오는 듯한 착각에 빠져들게도 한다. 나이를 잊고 포도주처럼 향기롭게 익어가는 작가님이 이순耳順을 건너 고희古稀를 지나 어언 종심從心의 중턱까지 살아오신 여정이 매우 궁금했는데(함께 있어도 그리운 건 그리운 거다) 70여 편의 수필로 답장을 주시니, 얼마나 반갑던지 얼른 발문을 써 보겠다고 자청을 넣어버렸다.

글을 쓰든 빈둥거리고 놀든 한 곳에 오래 머무르다 보면 매너리즘에 빠진다거나 나태해지거나 멀미가 날만도 한데, 작가님은 생활 자체가 쉼표와 마침표가 질서 정연하다고 할까? 올해 같은 역대급 무더위에 집필실에서 고요하게 칩거하는가 싶더니 내일이면 처서, 태풍 종다리가 남기고 간 후텁지근한 날에 작가님은 천연덕스럽게 짠! 냉수로 목간을 하고 유년 시절의 앵두나무 웃픈 추억으로 시작되는 수필집Ⅲ 『사는기 머신기요』 화두를 들고 납시었다. 처음에 제목만 보고는 그답지 않아 다소 의아하고 낯설어서 지레 염려를 했었다. 생노병사生老病死마저도 찬란한 이벤트로 생각하는 긍정의 아이콘 낙관주의자가 나이에는 장사가 없나 보다? 혹시 허무주의의 늪에서 우울한 노년을 보내시다가 SOS를 보내오는 것은 아닌가? 오해를 하기도 했지만, 역시나 기우에 불과했다. 마치 사진을 찍어 놓은 듯 촘촘하게 씌여진 여러 편의 수필에서 사랑과 이별, 삶과 죽음을 슬기롭게 승화시키고 있었다. 무겁고 힘겨운 삶의 무게를 "아무것도 아이시더" 따뜻하게 위로해 주며, 페르시아의 보석 같은 빨간 앵두를 맛보라고, 한 움큼 건네준다.

『~태안군의 최서단 파도리에 있는 농장엔 내가 애지중지하는 유실수가 한 그루 있다. 바로 앵두나무다. 삼 년 전 농장에 유실수를 심을 때 가장 먼저 사서 특별히 농막 가까운 밭머리 물가에 심어 놓았다. 가뭄에는 수시로 물을 주고 막걸리를 먹을 때면 반병은 내가 먹고 나머지 반은 으레 앵두나무에 주었다. 앵두가 사과나 복숭아처럼 큰 과일은 아니지만, 보석처럼 빨간 열매가 유달리 예쁘고 익으면 얕은 맛도 있다. 하지만 앵두나무에 대한 나의 애착은 유년 시절 고향에서 있었던 잊을 수 없는 추억 때문이 아닌가 싶다. 거창군 가북 송정마을 아래 뜸의 진오 노인은 오막살이 초가에 자식도 없이 두 노인만 살고 있었다. 그 집 뒤뜰엔 마음대로 자란 큰 앵두나무가 몇 그루가 있었는데, 매년 초여름이면 돌담 너머 앵두나무엔 빨간 앵두가 탐스럽게 열려 있었다. 그 집 뒤 고샅길을 지날 때면 '언젠가 꼭 한 번 저 앵두를 따 먹어야지.' 하는 충동이 일어나곤 했었다. 마침 오월 어느 날 진오 노인이 툇마루에 누워 낮잠을 자고 있을 때, 친구와 나는 앙증맞은 앵두의 유혹을 뿌리치지 못하고 돌담을 넘고 말았다. 그 순간 엉성하게 쌓아 놓은 돌담은 와르르 소리를 내며 무너져 내렸고, 집을 지키고 있던 개가 달려와 내 무릎을 사정없이 물어버렸다. ~(중략)』〈나는 앵두가 좋다 p14〉

천년 고도 경주와 30여 년 그토록 애틋하게 연애하던 작가님은 요즘 현재 살고 있는 도심에서 두어 시간 거리쯤 태안 소원면 파도리의 작은 농장에 드나들며 꽃나무와 푸성귀 가꾸는 재미가 쏠쏠한 눈치다. 더구나 밭에 인접한 작은 동산에서 고사리 두릅 명이나물 더덕 망개 둥굴레 돌배까지 채취하는 호사를 누리고 있다고, 그가 파도리 얘기를 한번 꺼내면 자랑이 늘어진다.(설마 前 연인 경주를 잊은 건 아니겠지요) 누구나 인생에서 한 번쯤 꿈꾸게 되는 텃밭 로망을 이룬 셈이니 참 복도 많으시다. 바닷가의 갯내음과 해 질 녘 노을이며 파도 소리도 좋지만, 생명력이 왕성한 잡초와 씨름하며 삶의 활력을 얻고 있다고 종종 지인들에게 귀띔하더니 자연스럽게 어촌 살이 詩며 수필이 나올 수밖에……, 그 파도리 어르신들은 '밤에 잠도 안 자는 잡초를 이길 생각일랑 아예 접으라.'고 성화란다. 그러나 작가는 굽히지 않고 마치 태생이 농사꾼인 것처럼 정직한 흙에 겸손과 노고를 한 땀 한 땀 눌러 심고 가꾼다고 하더라. 휘영청 달 뜨는 밤 여섯 평 농막 퇴창 밖에서 들려오는 대나무숲 바람 소리를 들으며 무념무상에 젖어있는 시간이 마냥 행복하다고 고백한다. 그러한 순간들을 놓치지 않고 작가는 인류 처음 문자를 점토에 새겼던 수메르인처럼 소소한 일상을 Ctrl +S 했을 거다. 그렇게 해서 탄생한 파도리 연가들이 여러 편 눈에 띈다.

〈나는 앵두가 좋다 p14〉 〈아름답고 귀한 인연 p49〉 〈호박씨 p145〉 〈자유 p207〉

언젠가 작가와 동행하여 도심에서 가까운 산사에 들른 적이 있다. 삼배라도 올리고 가자고 대웅전으로 걸음을 옮기는 중에 갑자기 일면식도

없는 거사님 한 분이 다가오더니 반색하며 작가님 손을 덥석 잡는 게 아
닌가!

"아니, 어쩌면 인상이 이렇게 좋으신가요. 마치 부처님을 뵈온 듯합니
다."

작가님이 매우 당황하고 겸연쩍어 한 적이 있는데, 동행한 보살 입장으
로 보면 이런 경우가 그때가 처음이 아니고 가끔 더 있었던 터라, 엷은 미
소로 지그시 바라볼 뿐이었는데, 이제 새삼 생각해보니 참 신기한 일이기
도 하다. 작가는 그저 본인의 얼굴이 특색이 없고 동네 아저씨처럼 평범
하고 친근감 있게 생겨서 그런가 보다 하지만, 내가 보기에는 서산〈마애여
래삼존상〉을 닮아도 너무 닮아 보인다. 궁금하신 독자는 바로 검색해 보
실 터이니 그 이유는 생략하련다. 본말이 길을 잃고 곁가지로 나간 것 같
은데, 그의 '친숙하고 주는 것 없이 밉지 않은' 편안한 인상처럼, 따뜻하게
혹은 낫낫하게 말 걸어 주는 글들이 주류를 이루고 있다. 그것이 작가만
의 장점이자 커다란 매력이라는 것을 에둘러 말하고 싶었던 것이다. 신언
서판 언행일치라고나 할까? 그의 온화한 안색과 안총과 품성과 글이 더도
덜도 말고 합이 딱 맞아떨어진다. 이건 참 흔치 않은 일이다.

『~허공의 푸른 캔버스에 소나무들은 움직이는 그림이 되고, 청량한
솔바람 소리가 귓가에 맴돈다. 보이지 않는 바람이 솔숲을 만나 영혼을
씻어 주는 솔바람 소리를 만들어 내고 있다. 반야심경의 『색즉시공 공
즉시색』이란 구절이 떠 오른다. 색이 곧 공이요, 공이 곧 색이다. 모양이

있는 것은 없는 것이요, 없는 것은 있는 것이다. 일어났다가 사라지고 또 일어나는 파도나 바람처럼 계곡 웅덩이에 비친 하늘과 소나무가 또 다른 한 폭의 그림을 만들고, 진달래 꽃망울이 어린 소녀의 가슴처럼 수줍다. 마지막 산죽 오솔길을 거처 칠불암에 오르니 숨이 턱에 찬다. 사면 석불의 노천 법당은 부처님 전에 절하는 사람들로 빈자리가 없다. 땀도 식힐 겸 한동안 바위 의자에 걸터앉아 마음을 가다듬었다. 큰 바위에 동서남북으로 일곱 부처님이 계시니 사방이 법당이다. 남산 전체를 아우르는 가장 큰 자연 법당인 셈이다. 예불을 올리고 요사채로 향했다 맑고 밝은 표정의 주지 스님께서 반갑게 맞아 주셨다. 오랜 지기를 만난 듯 편하고 자연스러운 스님의 법문을 들으며, 음미하는 향기로운 뽕잎 찻잔 속엔 이미 봄이 가득하다.』〈찻잔 속의 봄 P56〉

앵두 따 먹다가 개에 물린 추억, 떠난 매미, 옥수수 껍질을 벗기며, 유년 시절 뒷산에 올라가 덤불장 치던 얘기 등 그렇고 그런 시시껄렁한 신변잡기 같은데 조곤조곤 읽다 보면 행간에 유머와 재치가 넘치고 삶의 지혜들이 촉촉하게 녹아있다. 지극히 사소한 듯하면서도 그 안에 독자와 함께 나누고 싶은 의미나 가치가 솔솔 스며 나온다. 그토록 소박한 얘기 속에도 삶을 통찰하는 예지가 깃들어 있고, 삼라만상을 바라보는 관세음보살의 덕담이 담겨 있다. 그만의 품격이고 깊이가 아니겠는가! 작가에게 허심탄회하게 물은 적이 있다. 글을 왜 쓰느냐고? 아직까지 답을 안 주는 걸 보니 "새벽의 문 열고 왜 여행을 떠나느냐?"고 물은 것만큼 우문愚問이었나 보다. 그렇다. 작가님은 글이 밥이고 돈이 되는 글을 쓰는 분이 아니란 것을 잠깐 잊었었다. 그는 그저 호흡처럼 숙명처럼, 쓰기 위해서 쓴다고 해야 할지 아마도 그는 읽어 줄 독자가 지금 여기 발문 써주고 있는 성덕화 보살 말고는 그 어느 누구 하나 없다고 해도 그는 전혀 개의치 않고 무소의 뿔처럼 묵묵히 쓰실 분이다. 문운文運 같은 건 전혀 그의 바람이 아닌 것은 확실해 보인다.

『~오랜 세월 '나 자신을 위해 구하지 않으리라.'라는 마음을 그렇게 다짐해 왔건만, 희수의 나이에 공연히 일을 만들어 분별심을 일으키는 어리석음을 자초하고 말았다. 인생은 죽을 때까지 배운다고 했던가? 이쯤에서 '지나온 내 인생살이와 그동안의 다짐을 한 번쯤 총체적으로 점검해 볼 수 있는 기회를 얻었다.'라는 것도 의미 있는 일이라고 자위自慰하면서, 아직 버리지 못한 분별심을 다시 일깨워 준 그들을 여생餘生의 스승으로 삼아야 할 일이다. 서로 관계를 맺고 살아야 하는 인생살이에, 서로 정情을 나눌 수 있다는 것은 인생을 아름답고 풍요롭게 만들어 주는 소중하고도 행복한 일임을 혼신渾身으로 느끼는 요즈음이다. 그동안 느슨했던 나의 인생 과제, 잡초처럼 수시로 되살아나는 분별심과 경계심을 어떻게 다스릴 것인가? 귓불을 스치는 바람, 흘러가는 뜬구름에 답을 묻는다.』〈인생살이 p216〉

마감 시간에 떠밀려 쓰는 작가가 아니라서 늘 여유롭다고 작가는 말한다. 그렇다고 못 쓰고 안 쓰는 것은 아니니 심심할 틈도 없다고 한다. 매일 아침 홈카페에서 간단한 다과로 식사를 마치고 집안에 마련된 집필실로 출근해서 읽고 싶은 만큼 원 없이 읽고 짧은 북리뷰 쓰는 일을 게을리하지 않고 있다. 타인의 삶의 발자국을 통해서 내 삶을 반추해보는 일도 의미가 있지만, 나이를 먹어가며 슬슬 빠져나가는 단어들 어휘들을 붙잡아두는 데도 괜찮은 취미이자 노력 같다. 가끔 월간지 등에서 청탁이 오면 투고도 하고 문학동인들과 온·오프라인으로 교류도 하면서 그만의 풍요로운 시간을 가꾸며 지내고 있다 하니, 작가로서는 퍽 신선놀음을 하고 있는 셈이다. 작가는 평생 부여잡고 있던 관광자원개발&여가축제문화 전공을 벗어나니 더 넓은 세상이 품 안으로 들어오더란다. 이 또한 축복받은 일이 아닌가! 70여 편의 글을 찬찬히 읽으며 다시금 그의 속내를 돌아나오니, 작가는 정중하게 묻는다. 그리고 나는 대답한다.

"사는기 머신기요?"
"내는 모르겠니더."

앞으로 마음 내키면 파도리 보리수나무 그늘에서 그윽하고 향기롭게 일곱 번째 작품집을 묶어 낼 요량이라고 하니, 팔순 그즈음에도 그의 감성이 부디 지금처럼 녹슬지 않기를 합장 기도드린다.

2024년 늦여름
홈카페 「솔안뜰」에서
성덕화 합장